岩波現代文庫／文芸 172

JN306901

艦武蔵
ート

吉村 昭

岩波書店

目　次

戦艦武蔵ノート

一

二十年前に不意に終結した八年間の戦いの日々は、あれは、一体私にとってなんだったのだろう。

戦後、戦争に対する概念は、ゆるぎない確かさで定着し、すでにそれは人々にも納得され、異論のさしはさむ余地もないように思える。戦いの中の歳月は、暗黒の時代であり、人々は戦いを呪《のろ》い、かなり多くの者たちが戦いを批判的にながめ、それぞれの形で抵抗したともいう。こうした回想の中には多分に自己保身の弁明口調のものもまじっているようだが、いずれにしてもそうした発言が入念に反復されていくうちに、私は、自分一人が完全に疎外されているような白々した思いを味わいつづけてきた。

少年であった私の眼にした戦争は、かなり質のちがったものであって、人々の回想とはあまりにも差がありすぎ、そのことが私をすっかり戸惑わせてしまっていたのだ。

しかし、数年前から、ようやく私は、決して自分だけが孤立しているのではないことに気づきはじめた。私が、おずおずと自分の眼でみた戦争の記憶を口にすると、突然眼を輝かせ私に同調してくれる友人たちが何人かいた。それは、きまって私と同じ年齢程度の、戦争時代に少年期を送った男たちに限られていた。――女たちが、一人の例外もなく私の話に共感どころか、逆に反撥《はんぱつ》を示したのは、私にとって興味深い。彼女たちの記憶にある戦争は、食料や衣料の欠乏と、ごく身近かな人の死にかぎられている。彼女たちにとっては、現在の生活そのものが最も重大な関心事であり、それと比較して戦時の生活がどうであったか、というきわめて素朴な対比が、その戦争観の尺度になるのである。それに、服装や化粧の流行に対するその折々の愛すべき信仰は、そのまま戦争に対する考え方にも及んでいて、彼女たちは、世の進歩的文化人たちと称せられる人々の口にする戦争観を、そのままうのみにしているのだから、これはすでに論外であるといっていい――。

さて、私の口にした戦争の記憶に同調してくれた友人たちの表情が例外なく一致したものであったことは、私に、一つの同志感のような隠微な愉悦を与えた。かれらの表情には、長い緘黙《かんもく》から解き放たれた安らぎの色が露《あら》わに浮び、私に向ける眼には、共犯者同士のみせるあの幾分不信の翳《かげ》を含んだ親密感に似た光がはりつめるのが常であった。

それらの友人の中の一人に、泉三太郎という男がいた。この男と初めて会ったのは七、八年前スポンサーつきの文芸誌発刊の誘いにのって二十人ばかりの若手の作家が顔を合わせた席上だった。交通事故で亡くなった山川方夫《まさお》氏の姿などもあったが、結局その文芸誌発刊の企ては流れ、泉三太郎との交友だけが残された。

この男の職業は、にわかには断定できない多様さをもっている。ロシア語に精通していることから、現代ソビエトの小説や戯曲を翻訳し、かれの翻訳になる芝居が民芸などの新劇の舞台で上演されている。また文芸雑誌にかれの小説が発表されたことがあるし、時にかれが照れくさそうに差し出す名刺には、建設会社取締役の肩書きが印刷されていたりする。そして、現在、かれは、ある出版社を経営している身でもある。

この泉三太郎に、戦争の記憶を口にしたとき、かれは、

「そうなんだ、そうなのさ」

と、私が驚くような大きな声をあげ、顔を上気させた。

……この瞬間から、私と泉は、戦争の記憶を仲介にした得難い友人になった。

現在の私にとって、自分の経験した戦争というものが、正直のところ、それほど大きな意義のあるものとは思えない。

「戦後は終った」という言葉も、そのまま素直に受けいれてもいいのだし、なにも気負い立って戦争について考え、話し、聴く必要もない。

だが、数年前から、私は、落着かない気分が胸の中にきざし、それがたとえようのないいら立ちに変化していくのを意識しはじめた。

過ぎ去った戦争について、多くの著名な人々が、口々に公けの場で述べている。「戦争は、軍部がひき起した」「大衆は軍部にひきずられて戦争にかり立てられたのだ」等々

……。それらも、おそらく本心からの声なのだろうが、私のこの眼でみた戦争は、全く種類の異ったものにみえた。正直に言って、私は、それらの著名人の発言を、かれら自身の保身のための卑劣な言葉と観じた。

嘘ついてやがら——私は、戦後最近に至るまで胸の中でひそかにそんな言葉を吐き捨てるようにつぶやきつづけてきたのだ。

が、そのうちに、私の気負い立った気分も、徐々に冷静なものになってきた。たしかに戦争責任からの回避のために卑劣な逃げ口上を述べている者が多いのだが、少数の人々は、決して自己保身のためではなく、真情を述べているのだということにも気づきはじめたのだ。そしてそれを、私は、少数の信頼に価する人々の書いた文章からかぎとり、折にふれて発せられる言葉から察することができた。

そこに、結論めいたものが生れた。戦争に対する見方は、その年齢と広い意味での教養によって、千差万別なのだ……と。そしてさらに、教養というものが、かぎられた日本人にしか与えられていなかったことを考え合わせると、生れ育った時代的風土、戦争を経験した折のその年齢的風土によって峻厳な差異があるのだということも……。だから、私の眼にした戦争は、あくまで私の年齢が見た戦争であり、それは決して普遍性をもったものではないのだろう。

私と同じ年代のものが（私は、昭和二年生れ）、今まで戦争について口をひらかない意味を、私はよく理解することができる。一言にして言えば、戦時中の私たちは、決して戦争を罪悪とは思わなかったし、むしろ、戦争を喜々と見物していた記憶しかない。

こうした私たちにとって、戦後から今に至るまでかまびすしくくり返されてきた戦争批判は、私たちの口を封じずにはおかなかった。正直に戦時中の自分たちの考えていたこと、行動を口にすることは、それだけで完全に思想性を疑われることにもなり、妙な色目でみられるおそれが多分にある。つまり、私たちには、踏絵的性格をもつ戦争に関する話は禁忌であり、その点については、沈黙をかたくなに守らねばならない世代なのだ。

私も、同世代の人々の例にもれず戦後を奥歯に物のはさまったような割りきれない気分ですごしてきたが、その間にも、私の心をかなりやわらげてくれる二、三の文章にふれることができた。

その一つは、大岡昇平氏の『俘虜記』一連の作品であり、ラディゲの『肉体の悪魔』の一節であった。

大岡昇平氏の作品については、新潮文庫『俘虜記』の吉田健一氏の解説が、このすぐれた大岡氏の戦争文学を短い文章の中で鋭く凝集し分析している。その解説の中で「ファブリイスにとってワアテルロォーの戦いとは、大勢の人間が砲煙の中を右往左往しているうちに、いつの間にかフランス側の敗けと決って、戦場と覚しい場所から反対の方向に逃げて行くことだった。戦争がそういうものに過ぎないというのではなくて、それが余りにも大規模な、広範囲にわたる出来事である為に、一人の人間にとって、と言うのは結局は、一人の文学作品を書く立場から見るならば、戦争を大袈裟に扱えば扱う程その結果は虚偽となるのである」と述べている一節に私は、私なりに同調する。

「大勢の人間が砲煙の中を右往左往している」という一文を摘出し、大岡氏の文学解明に持ち出したことは、この文学史に残るべき秀れた作品の解釈と同時に、吉田健一という文学者の戦争というものに対する型式的な考え方を打破する独自な鋭い批判の眼といってもいいのだろう。

さらにラディゲの『肉体の悪魔』は、戦時という時間的舞台が与えられなければ成立しない作品だが、その冒頭に、「僕」即作者のすぐれた戦争観が、短い文章の中に鮮やかに表現されている。

「……多くの若い少年達にとって、戦争が何であったかを思い出してみるがいい。それは、四年間の長い休暇だったのだ」(新庄嘉章訳)

長い休暇——この表現は、鋭い。そして、私も、この表現に強い親近感をおぼえるのだ。私も、勇気をふるい起して口をひらかねばならない。私なりに私の眼にした戦争を、この筆で詳細に書かねばならない。

ある人は言った。

「戦争なんて、もう思い出させないでくれ、沢山だ」——と。

ある若い男は言った。

「戦争の話なんて退屈だ。僕たちは空襲もなにも知らないし、丁度夢の話が退屈なのと同じように、僕たちは、きく気にもなれないのだよ」

泉三太郎は、ほぼ私と同じ種類のいら立ちをおぼえているようだった。そして、そのいら立ちは、それがひどく具体的な経験で裏打ちされているだけに、私よりも一層はげしいものであった。

戦時中、少年であったかれは、日本の和平運動組織の最末端の一人として動いていたらしい。その運動が成功した折には、日本の軍国主義は破壊され、天皇は退位して共和制の日本が誕生し、大統領には尾崎行雄か鳩山一郎が就任するのだという理想がかかげられていたという。かれは末端組織の一員であったため組織の全貌は不明だったが、運動に従う者はほんの一握りの数であった。やがて八月十五日の終戦がやってきた。変則的な生活の中ですでに結核におかされていたかれは、北海道の療養所に入院した。

翌年、五月一日。メーデーの日に数十万の日本人が皇居前広場に集り、戦争反対、永久平和を謳歌した。その新聞を病床で目にしたかれは、憤りをおぼえた。

「いろいろ調べてみたんだが、この日本で実際に和平運動を行っていたのは、わずかな人数だったらしい。むろんそれだけではなかったろうけど。おれが運動に加わっていたとき、憲兵や警官と同じくらい恐れていたのは、実は隣り近所にいる平凡な市民だった。それなのに戦争が終ったとたん、数十万人もの人間が出てきて今さらのように戦争反対永久平和をとなえて気勢をあげるなんて、そんな馬鹿げたことがあるか。人間なんて信用できないものだなと、おれはつくづく思ったのさ」

私は、かれと会うと戦争の話ばかりした。そして私は、私なりに戦争の記憶をもう一度じっくりと反芻《はんすう》してみることが、私をもふくめた人間というものの実質を解明するのにこの上なく恰好《かっこう》な方法だということに思い至った。

たしかに、和平運動をつづけている間、泉三太郎を恐れさせた庶民というものが、戦時という異常な環境の中で、いつの間にか一つの巨大な権力化した怪物になっていたということは事実だ。その庶民が、今や戦争を必死に避けようとつとめ、平和の恵みを享受しようとしている人々の群にあざやかに変身した。それは、喜ぶべき過程であり、喜ぶべき結末でもある。が、同時に、そうした変身の鮮やかさには、戦慄すべき危険な要素がひそんでいないとは決して言えない。

私という人間は、生きてきた歳月を(戦争というものに対して)二種類の人間として生きてきた。それは、背景によって変色する保護色機能をそなえた動物のように、終戦の日を境にして鮮やかな変色をなしとげたのだ。——あまりにも見事な、環境の変化に対する順応性。

私は、一匹のカメレオンなのか。

昭和三十九年、泉三太郎が何度目かの入院をして、脊髄の手術を受けることになった。戦争中、かれの体に忍び入った結核菌は、二十年間かれの体を食い荒し、骨組織の中にまで食い入ってはなれなくなっている。

「武蔵っていう戦艦があったろ。あの重要資料がおれのところにあるんだ」

ギプスベッドに入っているかれは、天井を仰いだまま、見舞に訪れた私に言った。

私は、友人との待ち合わせ時刻が迫っていることを気にしながらも、仰臥《ぎょうが》したままのかれの枕頭から立ちかねていた。

二

戦艦「武蔵」について、私のいだいている知識は、ほとんど常識の範囲を出ない。戦時中「大和」とともに世界最大の排水量を誇り、終戦直前に南太平洋でアメリカの機動艦隊に撃沈されたという漠とした知識しかない。戦争記録などに関心のまったくない私は、そうした戦時の兵器に創作意欲を刺戟されるはずもなかった。

が、泉は、妻を呼んで三、四十冊もあるかと思える分厚い大学ノートのようなものを持ってこさせた。うながされるままに中をひるがえしてみると、大きな印画紙がノート型式にとじられていて、そこには指令文や電報文や設計図などが焼きつけられ、ところどころに「軍極秘」などといういかめしい判も捺《お》されている。

泉の説明によると、その資料は、米軍が進駐してくる直前、かれらに押収されるのを恐れてすべて焼却する予定になっていたが、建艦にたずさわった技術責任者が永遠に資料が消滅するのを惜しんで、ひそかに秘蔵しておいたものなのだそうだ。

たまたま泉の友人に内藤初穂という人物があり、かれが社長をしている日本工房という会社が「三菱長崎造船所百年史」の編纂《へんさん》を引受けたとき、古資料の中から、許可を得てこの建艦日誌を写真複写して持ち帰った。泉は、病床のつれづれにその整理をはじめたが、闘病中のため意のままにならず、なんとなく二年間がたってしまったという。

かれは、私の好奇心を刺戟するように、その戦艦がいかに巨大なしかも戦闘艦として優秀なものであったか、各国からのスパイの眼を防ぐためにいかに綿密な配慮が払われたか等々を、スリリングな挿話を点綴《てんてつ》させて私に話しつづけた。

私は、いつの間にか興味をおぼえはじめていたが、一方ではかれの話をそのままうのみにしがたい意識も働いていた。かれは、無意識にではあるが、多分に事実を自己流に再構築する傾きがある。

ある時、かれは、あるアメリカの現代作家の短篇をこの上なく秀れたものだと激賞した。あまりのかれの興奮の仕方に、私は帰宅すると早速《さっそく》その作家の短篇集を探し出して読んでみたが、それはすでに一読したことのある何の奇もないショートストーリーの一種で、筋もかれの話してくれたものとかなりちがう。翻訳家であり劇作家であり小説家であるかれは、その短篇を自分の世界に引きずりこんで、自分流に再構成し、肉付けし、まったく異った別の作品にこしらえ上げてしまっていたのだ。

私も、自分の嗜好《しこう》にかなった作家の作品を読んでいる時、自分勝手な空想を弄《もてあそ》んでいることがしばしばある。とは言っても筋の展開に刺戟をうけるのではなく、その文字の配列──つまり文体から、自分の書こうと志す作品世界がひらけてくる。それも、私小説的発想を培養土とした作家の文体からそれを受けることはほとんど稀で、プルーストやジュネやガスカールなどの、蔦《つた》が幾何学模様をえがいて複雑にからみ合っているような文体から刺戟を受けるのである。これらの作家の文体は、奥深い密林を連想させる。樹皮の湿った匂い、重なり合った葉のそよぎ、昆虫同士のひそかな殺戮、樹液のほとばしり、それらがその文字の配列から濃厚に発散されてくるのを感じる。そして私は、それらの入り組んだ翳《かげ》りの多い表現の森の中から、勝手に自分なりの果実をつまみ出してくるのだ。

「これを書く気はないかい。戦争の象徴としてこれ以上のものはないと思うがな」

泉は、半身を起した。

「でも、君がせっかく調べてきたものなのだから、僕が書かせてもらっちゃ申し訳ない」

私は、かれの熱っぽい眼を見つめて言った。

「それは構わないんだ。第一、僕は五日後には入院して、生きるか死ぬかの手術をうける身だ。武蔵を書く体力も気力もないんだ。君が書いたら、きっと新しい戦争観のにじみ出た作品になるよ」

かれはそう言うと、私に明るい微笑を見せた。

……数日後、私は、須佐美博一という知人の車にのせてもらって泉の家に資料をとりに行った。「武蔵」に興味をいだいたというわけではなく、病床にあるかれの意にさからいたくなかったからだった。私は、家にもどると書棚の片隅にそれらの資料を積み上げた。

やがてかれは、川崎の労災病院で脊髄の手術を受けた。脊髄が結核菌におかされて腐蝕骨折し、そこから膿が出るという厄介《やっかい》な病状だった。手術の折に輸血用の血液を大量に必要としたが、かれの友人や、かれの関係している建設会社の若い労働者たちが活きのいい血液をふんだんにかれの体内に流しこんだ。

一年ほど静養して外出も可能になった頃、かれは、私を日本工房の内藤初穂社長に紹介してくれた。

内藤氏は、著名なフランス文学者内藤濯《あろう》氏を父に持つ東大出の工学士だが、一見して社会的職業の匂いのまったくしない、過去の職歴さえも察することのできない模糊《もこ》とした人物だった。ただ旧海軍技術大尉であったという過去が、いかにも海軍将校の服を着せたら似合わしいだろうというその容姿から察せられるだけである。

私は、内藤氏と話しているうちに、かれの経営している日本工房が日本の一流重工業会社のPRや資料蒐集《しゅうしゅう》の仕事をしているらしいことに気づきはじめた。外国の文献も各企業に紹介しているらしく、街を歩いている外人とは印象の異る学究肌の誠実そうな金髪の男などが、黙々と仕事をしたりしている。

「まず手はじめに、これを読んでみたらいかがです」

内藤氏は、資料室から『三菱長崎造船所史』という分厚い本を持ち出してきた。

私は、氏の指し示す「戦艦武蔵の建造について」という個所に目を落した。そこには「本艦の概要」として次のようなことが記されていた。

戦艦「武蔵」は、姉妹艦「大和」とともに昭和十二年度艦艇補充計画(第三次補充計画)の根幹をなし、軍縮条約破棄後最初の新造計画として従来の制限から一切を解放され、基準排水量六四、〇〇〇噸《トン》、一八吋《インチ》砲三連装砲塔三基九門を擁する未曾有《みぞう》の超弩級《ちょうどきゅう》戦艦として本邦建艦技術の最高水準を結集したものであった。

即《すなわ》ちこの種戦艦は昭和九年末軍令部の要求に基き基本計画に着手し、その後主機械型式の変更その他を繞《めぐ》り種々検討の結果、昭和十二年三月艦型の決定を見、第一番艦「大和」は昭和十二年十一月四日呉海軍工廠《こうしょう》に於《お》いて、又第二番艦「武蔵」は、翌十三年三月二十九日当長崎造船所に於て夫々《それぞれ》起工された。然《しか》して所謂《いわゆる》大和型戦艦は、第一次大戦以来各国海軍を風靡《ふうび》した大艦巨砲主義の思想に基くもので、当時はこの不沈艦の出現によりよく国家を泰山の安きに置き得ると思考されていたものであるが、戦局の推移に伴い航空機が巨砲以上の威力を有することが如実に立証せられるに到り、その前途には早くも**一脈の暗雲**(傍点筆者)が漂った。即ち引続き昭和十四年度軍備補充計画により第三番艦及び第四番艦の二隻が計画され、前者は昭和十五年五月四日横須賀海軍工廠造船渠《せんきょ》で起工されたが、昭和十七年六月航空母艦としての改造が建議されるにいたり、航空母艦「信濃」(公式排水量六八、〇九五噸)として計画され、一方後者は昭和十五年八月「大和」進水直後に呉海軍工廠で起工されたが、建造半ばにして遂に工事を取止め解体されるにいたった。

前記の事情により結局大和型戦艦として建造されたのは、昭和十六年十二月「大和」、昭和十七年八月「武蔵」の二隻で夫々艦隊に編入の上偉容を誇ったが、戦局の変転の前には如何《いか》んともなし得ず、「武蔵」は捷号作戦中昭和十九年十月二十四日比律賓《フィリピン》シブヤン海に於て蝟集《いしゅう》する米国艦載機の雷爆撃を蒙り、命中魚雷二十本、命中爆弾十七個及び至近爆弾二十個以上により遂に沈没し、又「大和」は、沖縄突入作戦中昭和二十年四月九日種子ケ島西方海面に撃沈されるにいたった。……

「すると、一脈の暗雲と書かれているところを見ると、「武蔵」も「大和」も、建造途中ですでに武器としての価値を疑われていたというわけですか」

私は、顔を上げた。

「そうです。ハワイ奇襲作戦の成功で航空機の戦艦に対する優越性が認められ、ついでマレー沖海戦の圧勝で、日本海軍自らが皮肉にも実証づけたわけです」

氏は、苦笑した。

私たちの会話が、活気をおびて交叉し合った。

航空機の戦略的価値が決定的になった結果、予定されていた同型の第三番艦が空母「信濃」に、第四番艦が建造途中で解体されたが、戦後の飛躍的な航空機の進歩を考えてみるとハワイ・マレー沖海戦以後巨大な戦艦の意義はまったく失われてしまったと言っていい。つまり、今後、「武蔵」「大和」に比すべき巨艦は世界のどこにも絶対に出現しないし、この二艦は、人類初の巨大な戦艦であると同時に、地球上最後の巨艦ということにもなる。しかもその二艦は、戦時中機密漏洩を恐れて、限られた人々の眼にしかふれていない。実際にその姿をつぶさに眼にした者は、建艦にたずさわった人々、乗艦した将兵たち、そしてそれを撃沈するために攻撃したアメリカの航空兵たちだけなのだ。

幻の戦艦……そんな言葉が、私の胸の中に生れた。幻と言えば、私にとって少年期に見た戦争は、一種の幻に近いもののように思える。

「私はこう見た」「ぼくはこう見た」「おれはこう見た」……一人一人がさまざまな戦争の記憶を口にするが、それぞれに異り、しかも戦後二十年以上も経たというのに、今もって熱っぽく人々の口から洩れるのは、まぎれもない一種の幻であった証拠ではないか。（戦後、戦争というものが、一つの定型化された解釈の下にその幻影性を失ったことは戦争そのものの実態を逆にぼかしてしまっている。そうした操作をほどこしたのは、ある種の進歩的文化人と自称する主体性の欠如した人々の時流に迎合した発言によるもので、かれらは、あきらかに保身のために戦争に対するきわめて陳腐な公式を作り上げた。庶民が、かれらの解釈に追随しているかどうかははなはだ疑問だが、それら文化人と称されている人々の本質は、一言にしていうならば、怯懦《きょうだ》である。保身に明け暮れるかれらは、もし戦争の危機が目前に迫った時、まず沈黙の中に身をひそめ右顧左眄《うこさべん》して、不意に戦争謳歌者にも変身するだろう。そうした巧みな変身を見、聞きしてきた私たちは、第一に自分の眼を信じこむことからはじめなければならないし、自分の眼で見た戦争という幻を、自分の頭脳で反芻し整理しなければならない。つまりそれが戦争回避につながる最も素朴なしかも力強い方法であり、それを行うのに戦後二十年を経た現在の時点は、冷静に回顧できるという意味から最も恰好な意義を持っているにちがいない。）

内藤氏は、建艦にまつわる一挿話を口にした。当時建造に従事した工員たちは、不沈艦としての「武蔵」の能力に絶対な信頼をいだいていただけに、撃沈されたという報せも容易には信じようとしなかった。そしてその中の老工員の一人は、今でも「武蔵」は南太平洋のどこかに生きている……とかたくなに信じこんで疑わないでいるという。

私は、その話に不思議な感銘をおぼえた。幻影に近い戦艦「武蔵」を評して、これほど真実に迫った表現があるだろうか。そして、それは戦争そのものに対する素朴なしかも適確な判断ではないか。

「なんだか分らぬが、話をきいているうちに、「武蔵」が人間に思えてきたよ。人格化された戦争の象徴物のようにね」

私が、こんなことを口にすると、泉三太郎の顔に薄ら笑いが浮んだ。

「ほら、見ろよ。だから調べてみろって言うんだ。書きたくなるんだよ、「武蔵」ってのは」

私は、仕方なく苦笑した。

私は、それでもまだ戦艦「武蔵」を小説として書く積極的な気持にはなれないでいた。たしかに「武蔵」のことをしらべてゆくと、随所に興味をひかれる無数のエピソードにつきあたるのだが、逆に興味をひかれるものがあればあるほど、それだけ文学とは本質的に遠いもののように思えてくるのであった。

まず私は、「武蔵」を素材にした作品を書く上で視点となるべき特定の人物を設定させることは不可能であるのを知っていた。建艦計画から建造へと、「武蔵」は、多くの人々から他の人々へとバトンタッチされ、しかもそれらの人々は、ごく少数の人をのぞいてあたかも盲人が象をなでるように、ごく限られた部分部分にしかふれていない。そしてさらに、「武蔵」が戦艦として戦場を移動し沈没するまでの過程にも、同じようにさまざまな人々が接触しては離れてゆき、「武蔵」に一貫してふれつづけた人は、一人としていないのである。つまり、私は、「武蔵」そのものを作品の主人公としなければならないことに気がついていたのである。

私は、「武蔵」を書くことに深いためらいをおぼえていた。たとえ私の胸の中で「武蔵」が人間に似たものとして感じられてきていたとはいえ、それは鋼鉄で構築された一種の物であることに変りはない。

芸術の一ジャンルとしての文学が、窮極的には人間を描くものである限り、対象が物であってはどうにもなるまいという考え方が私を支配していた。殊に、「武蔵」という物がたしかに実在したものであるだけに、それを作品化する場合、出来得るかぎりその事実に忠実であらねばならぬという宿命も負わされているように思えた。

文学が芸術であるかぎり、素材となる事実は十分に抽象化という作業を経なければならないだろう。「武蔵」という確乎《かっこ》とした事実を、どのように抽象化という操作の中でかみくだき再構成させ得るか。それは、当然私の戦争に対する考え方が支柱になるはずであった。

そうした間にも「武蔵」の克明な建造日誌を読んでゆくうちに、淡々とした事務的な日誌の中から奇妙な熱気が、古びた紙面からふき出ているのに気づきはじめていた。その日々の記述は緊張の連続であり、それは、戦争以外に生み出すことのできない素朴きわまりない熱気のようにも感じられてくる。

戦争というものは、男という種属の生み出した巨大なエネルギーであろう。おびただしい人々を死に追いやり、個人生活を徹底的に破壊させた得体の知れぬエネルギー。それは、到底女という種属には理解しがたい不可思議なものであろう。

戦争反対を女が口にする場合、型通りであるうらみはあるがそれはそれなりに素直に耳をかすことはできる。彼女らにとって戦争は肉親の死を招き、生活を破壊させた戦慄すべきものであり、現実の生活そのものがすべてである彼女たちにとって、それらを打ちくだく戦争は、到底許しがたいものであるのだろう。

だが、ここで注目しておきたいことは、彼女たちが、戦争をあたかも天変地異のように受動的に受けとめていたことである。戦争をひき起し持続させたものは、一体誰であるのか、そうした憎むべき張本人の究明を彼女たちは忘れている。というよりは、そうした能力にははじめから欠けているのである。戦争という現象を人間社会に生み出したものは、実は彼女たちが同じ屋根の下で起居している男という種属なのだ。憎むべき張本人は、自分の息子であり、恋人であり夫であり、父や祖父であることに気づかないでいる。

こうしたことを考える時、男は、軽々とした気持で戦争反対を口にすることはできないはずだ。男がそれを口にする場合、当然犯罪者が犯罪そのものを非難するような一種後めたい感情をいだかねばならないはずだ。その後めたさを感じずに、戦争反対を口にする男たちは、それだけでも男という種属の本質的な性格に気づかぬ、自己反省の欠除した人間であることを自ら証明していることにほかならない。

戦争を、この世から絶やしたいと思うなら、まず男というものの究明から出発しなければなるまい。平和な時代には猫をかぶっている男が、一旦、感情をたかぶらせ、それがある方向に流れ出すと現実の生活はむろんのこと、他人の生命も自己の生命すらも死に追いやって悔いない奇怪な動物に変化する。その一つの大きな現われが、戦争で、戦争という巨大なエネルギーは、疑いなく男が生み出したものであり、そのエネルギーの正体を見きわめることなくして、戦争を論ずることはできないだろう。

戦艦「武蔵」は、そのエネルギーの一個の結晶物である、と私には思えた。起工から完成まで四年余、準備期間まで入れれば十年近くの長い歳月と、信じがたいほどの秀れた人間の頭脳と技術と莫大な資材と労力を消費し、しかもそれが竣工後わずか二年にして、一、〇〇〇余名の乗員とともに海底深く沈没してしまったのである。

「武蔵」が、戦争という巨大なエネルギーを解明するのに最も恰好な物であることは資料を蒐集してゆけばゆくほど明らかなものとなり、私の眼には、「武蔵」という物の周囲に、蟻のようにむらがるおびただしい数の人間たちの姿を鮮明に見ることができるようになってきていた。

私の脳裡に、映画のフランケンシュタインという人造人間の映像が不意に浮び上ってきたのもその頃であった。船というものが、itではなくsheで表わされる通り、船そのものにはどことない人間くささが感じられる。事実、船の建造過程を追ってゆくと、そこには、船が物であることを忘れさせられるような要素がいくつもころがっているのに気づく。起工してから、まず人体の背骨や肋骨に相当する竜骨の組み立てられてゆく光景。そしてさらに筋肉や内臓や皮膚がそなえられてゆく経過には、フランケンシュタインが人造人間として作り上げられてゆく情景にも酷似している。フランケンシュタインという娯楽映画の傑作性は、それ自身の怪奇さより、それを異常な熱意で作り上げた老科学者の奇怪さにある。つまり、フランケンシュタインは、その老科学者の投影であるといってもいいだろう。

私の頭の中にわずかな明るみがさした。「武蔵」という物体を描くことは、その周囲に熱っぽくむらがり集った男たちを描くことにほかならないし、それはまた戦争という熱っぽい異常な時期を解き明かす一つの糸口になりはしないか。

私は、ようやく「武蔵」の取材に手をつける気持になった。

私は、「武蔵」の資料を集めることに心を決めたものの、高々とした峰を前に立ちすくんでいるような気分だった。戦艦「武蔵」の怪物的な存在はよく見えるのだが、山裾《やますそ》は広く、山の頂きは雲の中にある。

資料蒐集といえば、五年ほど前、東京の某医科大学の解剖死体収容室にもぐりこんだことが思い出される。部外者の出入りはかたく禁じられているのだが、私は、その大学の解剖学研究室にいるNという友人に頼みこんで三日ほど通いつづけた。かれは、私に洗い晒《さら》された、ボタンも欠けたような白衣を着せ、医学徒をよそおわせて大学の一劃にある陰気なコンクリートづくりの部屋に誘い入れた。

そこで私は、多くの実験用死体と親しんだ。かれらは、五個ほどある三メートル四方のコンクリート槽の中に折りかさなってつめこまれていた。ホルマリンにひたされたそれらは、駅の売店などに売っている平たく加工された切り烏賊《いか》のように茶色に変化し、N氏にうながされるままに手をふれてみると、やはり切り烏賊のように水気に乏しい肌ざわりの粗い感触をしていた。

その後、図書館で医学書をあさり、二年間ほどの間に「少女架刑」「透明標本」と題する二作の短篇を書いたが、それを読んだN氏から、「僕の知らなかったことが書いてある」と、妙な感心をされたことがある。むろん全体的なことを門外漢の私が正確に知ろうはずはないのだが、作品を書く上で、あるせまい一部分を執拗に追った私は、その部分にかぎっては五年間も研究室で専門に研究している友人の気づかない二、三の個所を掘り当てていたのだろう。

こうした経験は、ほかにも幾つかある。だが、「武蔵」の場合には、そのように簡単に事はすみそうもない多くの要素が含まれている。

第一に、「武蔵」という戦艦の起工してから沈没するまでの時間の長さと、それに接触した人の問題がある。「武蔵」は、昭和十三年三月二十九日に三菱長崎造船所で起工し昭和十九年十月二十四日にレイテ沖で沈没したが、起工以前にも「武蔵」が誕生するまでの長い歴史がひかえている。正確に言えば、それは日露戦争の日本海海戦にまでさかのぼらねばならないだろう。

常識的に時期を分ければ、「武蔵」が起工されるまでの海軍部内の発案、検討、建艦計画、建艦発令の一時期があり、さらに三菱長崎造船所内の起工から引渡しまでの建造の一時期と、その後連合艦隊の主力艦として沈没に至るまでの一時期がある。これらを克明に調べ上げていかねばならぬわけなのだが、その調査の上で最も大きな障害は、それにふれた人間の問題であった。

先にも述べたように、「武蔵」には、多くの人々が接触し、そして離れていった。海軍部内で建艦計画に参画または反対した人々、長崎造船所で建造に従事した所員たち、厳重な機密保持のためその生活までおかされた長崎市の市民、外国人たち、そして、戦力としての「武蔵」に乗艦した将兵たち、それを沈没させたアメリカ機動隊員、海に投げ出された乗員を救った駆逐艦の乗員たち、それらは、おびただしい数に上る。しかも、かれらは一人の例外もなく、ただある一時期、または数時間、数分接触しただけで、「武蔵」に一貫してふれつづけた人は、ただの一人もいないのである。

この点が、戦艦「武蔵」を作品化するのに、私が特定の人物の視点をかりるのを断念させた原因であったし、同時に私は出来るだけ多くの人に会わねばならぬ宿命を負わされていることにもなった。つまり私は、「武蔵」を知るために多くの根気と長い月日を必要とすることを知ったのである。

第二に、技術的な問題がある。「武蔵」は船である。私の主題が、「武蔵」の建造にそそがれた造船所の技師・工員たちの異常なほどの情熱であるかぎり、私には、当然船というものの実体を知らねばならぬ義務を課せられている。戦時中、紡績会社をやっていた長兄が、企業統合でやむなく木造船工場を千葉県に設け、そこで中学卒業の日から終戦の日まで働いていた私は、船づくりの過程に少々の知識はあったが、それは船大工がこつこつと漁船を作るのに似た他愛ないもので、「武蔵」を知るためには、なんの手がかりにもならない。

私は、吐息をついた。建艦日誌を読んでいっても、後から後から専門的な技術用語が出てきて、「武蔵」がどこまで出来ているのか一向にわからない。

しかし、一方には、妙な確信が私にはあった。それは、たとえ高度に進歩し複雑化した技術も、その基本には、平凡な常識がひかえているにちがいないということであった。木と木をつなぐのに釘《くぎ》を使う。釘に力を加えて木に埋めこませる。その力を加えるためには金槌《かなづち》で叩く。この常識も一種の技術であることに変りはない。船を進水させるのに進水台に獣脂を使うのも、船がすべってくれることを願うための、きわめて平凡な常識から出発しているのである。

それに、第一私は、深く造艦技術を知る必要がないことも知っていた。むしろそれは、作品を書く上で逆に障害にさえなりかねない。私の描こうとしている対象は、「武蔵」を媒介とした戦争と人間との関係なのである。それに、私には、読んでくれる人々に伝達しなければならない義務もある。大多数の私の作品を読んでくれる人々は、私同様、造艦技術などにはまったく知識がないといっていいのである。

この一点は、きわめて重大なことに思われた。私は、初めて「武蔵」建造日誌を読んだ折の技術用語に対する戸惑いを、終始大切にしたいと思った。資料を集めてゆけばゆくほど、当然技術用語にもなじみ、一般の人々もそれを知っているような錯覚にはまりこみがちである。これは、私にとって危険きわまりないことにちがいなかった。

だが、高度な技術も平凡な常識から出発しているという観点からみれば、一つの技術もいくつかの常識にときほぐし、それを表現することは、それなりに意味があるにちがいない。私が、もしある技術的な知識に興味をいだくなら、私の作品を読んでくれる人々にもそれはそのまま理解され興味もいだいてくれるだろう。造船技術には、たしかにドラマがある。そして、それらは、常識と常識とが巧みにからみ合ったものばかりであった。

私は、時折技師たちの話や資料を読んでゆくうちに、不意に笑いのこみ上げるのを感じることがあった。一月ほど前、たまたまテレビで、チンパンジーの知能テストの情景を写した番組をみた。檻の中に、チンパンジーがいる。檻の外には、短い棒があり、少しはなれたところに長い棒がある。そして、またさらにはなれたところに食物が置いてある。チンパンジーは、いろいろ試みた末、短い棒で長い棒を引き寄せ、その長い棒でついに食物をとりこみ口の中に入れるのである。

私は、ふき出したが、その笑いと共通したおかしさが、造船技術にもある。人間の考える知恵が、私には面白くてならなかったのである。

阿部敦という男がいる。アベアツシと読むのだが、「アベトン」または「トン」と称されている。アベトンは、私の女房の妹の亭主、つまり義弟である。

東大造船学科を卒業し、現在日本郵船の工務部に勤務中。私より二歳上で、造船課長(現神戸副支店長)である。英国生れらしいオーソドックスな型の背広を着ているかと思うと、ハンチングに赤いポロシャツで現われたりする。酒を飲むと気さくないい男になるが、酒が入らない時は無口で無愛想な男である。

私は船の技術を教わるために、晩酌時をねらってはよくアベトンの家に出向いた。

「ちっともわかっちゃいねえんだな」

などと呂律《ろれつ》のまわらぬ口調で、それでも熱心に図解して船の出来上るまでの経過を説明してくれる。私は、彼から船舶工学大意編集室編の『船舶工学大意』という初歩的なものと、彼が在学中ノートした「福田軍艦設計ノート」を借りたりした。

私がかれの説明途中によく笑うのでかれは、

「なにがおかしいんだい」

と、不服そうに言う。

「だってさ、詮《せん》じつめれば、平凡きわまりない常識ばかりだからさ」

と言って、私はチンパンジーの知能テストの話をした。

「そう、そう、その通りだ。科学というのは、そこから出発しているんだ」

かれは、機嫌を直したらしくひどくまじめな口調で言ったりした。

その頃、日本工房の内藤初穂氏から電話がかかってきた。三菱重工業の船舶事業部船舶業務部長である竹沢五十衛氏に会わせるというのである。

竹沢五十衛という名は、建造日誌の初めから出てくる。「武蔵」建造の内命が長崎造船所に下って、それに従事する技師・工員たちが機密を外部にもらさぬために宣誓書を書かされたが、まず昭和十二年九月九日の日誌に、「鋲鋲《こうびょう》」係竹沢技師宣誓す、としてその名が出てくる。宣誓書としては、きわめて初期のことで、それだけでも当時、竹沢氏は、「武蔵」建造の中心グループの一人であったことが推察できた。

翌日十時に、私は、内藤氏と丸の内の三菱重工業本社に行った。応接室に通されるとすぐドアが開いて、五十年輩のダブルの背広を着た人が入ってきた。

内藤氏と三人で二十分ほど「武蔵」について話をしたが、竹沢氏は、今はまだ当時関係していた所員が生きているが、後十年もしたら「武蔵」の実体は、ほとんど埋没してしまうだろう、と言った。そして、近々ゆっくりと当時のことを話すと同時に、建艦にたずさわった古賀繁一氏(後に三菱重工業会長)をはじめ、中心グループの人々にも引き合わせてくれると約束してくれた。

私は、竹沢氏に民間会社の役員としての物柔かさしか感じることのできないのが不思議であった。この物柔かさと「武蔵」との関係を一体どのように解釈したらよいのだろう。戦時は、はるか彼方の遠いものとなってしまったというのだろうか。

だが、そのうちに、私は「武蔵」という言葉を口にする時の竹沢氏の奇妙な表情に気づくようになった。竹沢氏は、その瞬間きまったようにわずかながら眼を伏せ、かすかな笑みをうかべるのである。

私は、その表情を勝手にこんな風に解釈した。氏にとって、「武蔵」は、戦艦という特殊なものではなく、数多くの手がけてきた客船や貨物船やタンカーと同じ一個の船にすぎないのではないか。「武蔵」は、氏の手がけてきた船の中で、最高の頭脳と最大の労力をそそぎこんだ愛着深い対象で、三十歳にも満たない竹沢氏の青春時代の、記念すべき象徴ではないのだろうか。

あらためて「武蔵」が、三菱重工長崎造船所という民間会社で建造された船であることが実感として感じられた。そして、そのことは、私に、「武蔵」という船の意義をより一層興味深いものにさせてくれた。

私たちは、慇懃《いんぎん》に挨拶し合って別れた。

私は、内藤氏と丸ビル内の喫茶店に入った。

「その頃の中心になって建艦にたずさわっていた技師たちは、大部分が本社の幹部になっていますからね。まずこの方たちに会って話をきくこと。それから長崎へ行って当時の技師や工員にも話をきくんですね」

氏は、コーヒーをすすった。

「後何年かかるか、まあゆっくりと腰を落着けてやるんですね」

私は、苦笑した。

だが、そんなにのんびりしていることはできない。気づいてみると、私が「武蔵」の資料を手にしてから、すでに一年三カ月が経過していた。

三

夏になった。

ある日、内藤氏から、森米次郎という人と会う段取りをつけたから……という電話を受けた。

森米次郎氏の名は、私が保存している「第八〇〇番船見積・契約その他関係書類」の中にひんぱんに登場してくる。森氏は、「武蔵」起工当時、営業課長島本信興氏の下で、「武蔵」の見積書を作成したいわば係長クラスの人であった。

私の持っている書類の中に、昭和十五年一月二十四日と日付のうってある起工後変更された見積書の下書きがはさまれている。この鉛筆書きの下書きは、森氏の手になるもので、この一頁の内容が、私にとってひどく印象深いものになっていた。

「所長丈《だけ》ノ含ミ」と書かれている下に「森ニ御返シ願フ」などと書かれている。¥五二、六五〇、〇〇〇とひときわ濃く書かれているのは、長崎造船所で請負う「武蔵」建造の見積総額で、割払いとして契約時一二、〇〇〇、〇〇〇―、十四年三月二十日一一、〇〇〇、〇〇〇―、十五年三月二十日一一、〇〇〇、〇〇〇―、十六年三月二十日一〇、〇〇〇、〇〇〇―竣工時残り八、六五〇、〇〇〇―計五二、六五〇、〇〇〇―(御内訳拡張関係四、〇〇〇、〇

○○―ヲ含ム）という文字も見える（但し、この見積総額は、竣工までにかなり増額している）。

この下書きの隅の方に、文字がうすれてよくはわからぬが、

「……契約額ヨリ決算シテ本店マージンヲ含ムコトニ対シ、＋10％位ノ恰好トシテハ如何。斯《か》クスレバ、コスト約四七、八○○、○○○――トナル」

と鉛筆で書き記されている。この10％というパーセンテージがなにを意味するのか。私にははっきりはわからぬが、いずれにしても、そこから匂い出てくるのは、民間会社の営業関係者の体臭である。

私が、この鉛筆書きの下書きに興味をおぼえたのは、三菱重工業KK長崎造船所にとって、「武蔵」は、単なる受註船の一つであったという事実である。むろん、建造日誌を読めばすぐわかることだが、長崎造船所の所員たちは、戦場の兵士たちにも劣らぬ祖国愛にもえて「武蔵」の建造にとりくんでいる。だが、長崎造船所が、民間会社であったという基本線はくずれていない。株主に配当し、所員に給与を払わねばならぬ造船所としては、やはり、仕事に適応した利益を得なければならないのである。

著名な軍艦研究家である福井静夫氏が私に、

「なぜ第一号艦の「大和」を書こうとせずに、「武蔵」をえらんだのですか」

と、不審そうに言った時、私は、

「民間会社で作ったから……」

と、即座に答えたのも、森氏の書いた下書きでもあきらかなように、人間くささが濃く感じられ、それが私の興味をひいたからであった。

内藤氏の電話をうけた翌日、私は、氏とタクシーにのって、佐世保重工業株式会社へおもむいた。森米次郎氏は、内藤氏の話によると、三菱造船株式会社から佐世保重工業株式会社社長となり、現在は相談役になっておられるということであった。

内藤氏の後から廊下を歩いて、ある部屋のドアを開けると、面長の老紳士が金ぶち眼鏡をかけて大きな机の前に坐っているのが目に入った。森米次郎氏であった。

私たちは、森氏と「武蔵」について雑談した。森氏は美しい顔をしている人だった。さまざまな社会の波風をうけ、時には汚濁にみちたものの中に巻きこまれたこともあるのだろうが、森氏の絶えず微笑をたたえた目には、険しさといったものはみじんもなく、ただ端正なおだやかさだけがただよっている。日本人の中にも、こんな質の良い顔をもった経済人がいたのか、私は、そんなことを思いながら森氏の顔ばかりみつめていた。

結局、森氏は、「武蔵」の建造に関する話は、三菱重工の役員をしている古賀繁一氏が最もよく知っている……と言い、一度、ゆっくりとどういう人に会ったらよいか御相談しましょう、と言ってくれた。そして、旅行の都合もあるので阿佐ケ谷にある家へは、半月後に来てみるようにということになった。

私は、森氏の部屋を辞し、内藤氏とも別れて一人で東京駅まで歩いたが、森家へ訪れて話をきくことを半月待たなければならないことにすっかり失望していた。私は、すぐにでも取材にとび廻りたかったし、「武蔵」を書きたい欲望が、抑えきれぬほどの強さで湧いていた。半カ月という時間は、私にとって十年も二十年もの長い歳月のようにさえ思われた。

仕方なく私は、日本郵船工務部の造船課に勤務する阿部敦に電話をかけた。かれの亡父は、阿部吾一と言って、戦時中日本船舶公団の要職にもついた、やはり造船業界で生きつづけた人物であった。

阿部は私の話をきくと、それでは三菱重工の知人にきいて、「武蔵」建造に関係のある人を紹介してもらうように頼むから……と約束してくれた。

翌日、阿部から、三菱重工の船舶事業部国内船部国内船一課の平井幸郎氏に至急連絡せよ、という電話があった。早速、ダイヤルを廻すと、平井氏は、

「船舶事業部艦艇部の杉野茂調査役に話をしてありますから、一時に来社して下さい」

という話であった。

私は、家をとび出した。

艦艇部に行くと、浅黒い五十年輩の人が目の前にあらわれた。

「「武蔵」のことをしらべたいというが、あなたは小説家なんですか」

杉野氏は、私の名刺に目を落し、

「ペンネームは、なんと言うんですか」

と、眼をあげた。

「本名と同じなんです」

私は、笑いながら答えた。

杉野氏と同じ質問を、私は過去に何度うけたかわからない。中学時代の同窓会に出席しても、友人が近づいてきて、

「君、小説書いているんだって？　ペンネームはなんていうんだい」

と、きく。

「ペンネームなんかないよ。同じなんだ」

私が答えると、友人の顔には、興味を失ったような表情が浮ぶ。文芸雑誌にほんの数えるほどしか作品を発表したことのない私の名など、知っている人がいるはずはない。

杉野氏は、私が無名の者であろうとなかろうと大して意にも介さぬように、

「戦後集めた資料もいくらかはありますから、家にいらっしゃい。今夜でも結構ですよ」

と言い、住所・電話番号・地図を書いたメモを渡してくれた。

私は、杉野氏の地図を書く手もとを見ながら、思わず頬をゆるめた。流れるように描かれる鉛筆の線は、長年設計図と親しんできた人以外のものでは決してない。そして、その

夜、私が自由ケ丘の駅から歩き出した時、その地図の線が、距離までも正確に示したものであることをあらためて知らされた。

私の足は迷うこともなく動いて、やがてコンクリート建てのがっしりした二階づくりのドアの前でとまっていた。私はベルを押すために手をのばしかけたが、ふと、片手がからになっているのに気づいた。家を出る時、資料とノートの入った袋を手にし、吉祥寺駅前で洋菓子の折箱を買い求めそれをかかえてやってきたはずであった。私は、井ノ頭線の網棚に菓子折りを置き忘れたことに気づいた。のんきな性格ではあるが、未知の人に話をききにきたのに、さすがの私も手ぶらで訪問する勇気はない。私は駈けるようにして、その正確な地図をたどって駅に引返し、洋菓子を買って、汗をぬぐいながらベルを押した。

杉野氏の書斎は、二階にあった。氏は長崎の生れで、旧制第五高等学校から九大造船学科を卒業し、昭和十一年四月一日に長崎造船所に入社している。「武蔵」の建造内命が、海軍艦政本部からもたらされたのは昭和十二年一月であるから、氏は、入社一年後には、「武蔵」建造にまきこまれたわけである。

杉野氏の自宅への訪問は、その後「武蔵」をしらべる上できわめて重要な意義を持っていた。杉野氏は、「私は、その当時まだ駈け出しの技師でしたが……」と、謙遜《けんそん》しながら、ひどく客観的に「武蔵」建造にたずさわった人々の配置を説明してくれた。さらに現在も艦艇部の調査役をしておられるだけに、軍艦そのものの技術的な知識にくわしく、素人の私に苦笑しながらも念入りに図解してくれたりした。

私は、三菱重工本社に行くたびによく杉野氏のいる艦艇部に顔を出した。その度数は、三十回近くにも達しただろうか。小説を書き進めながらも不明の点があると、電話をかける。失礼とは知りながらも、日曜日に御自宅へ電話をかけたこともある。私の最も世話になった人々の中の一人である。

その夜、私は、杉野氏の説明によって第一号艦（大和）と第二号艦（武蔵）の関係を知ることができた。

一八・一インチ（四六センチ）口径主砲搭載の新戦艦の建造計画は、昭和九年十月にまでさかのぼらなければならない。つまり、その十月に、軍令部から海軍省へ新戦艦の設計研究の要求が提出されている。そしてこの要求は、さらに海軍艦政本部にひきつがれた。

当時の艦政本部長は海軍大将中村良三、造船部門を担当する第四部長は造船中将山本幹之助であった。新戦艦の設計を実際に担当したのは、福田啓二造船大佐で、かれが、設計基本計画主任となっている。福田啓二を中心にして、まず平賀譲造船中将が顧問役となり、造船部門では、竜三郎、牧野茂、松本喜太郎（後造船大佐）、それに技師として岡村博、土本卯之助、今井信男等が参画した。さらに、造機関係は、渋谷隆太郎（後海軍中将）、近藤市郎（造機少将）、長井安式等、造兵関係は、菱川万三郎（後技術中将）、秦技師等が担当し、甲鈑（アーマー）関係では、呉製鋼部の佐々川清（後技術少将）が、その設計に従事したのである。

基本計画は、途中エンジン関係の変更があって、昭和十二年三月末にようやく、第一号艦（大和）の建造を予定されていた呉海軍工廠に手渡されている。これにもとづいて、詳細設計が作成されたのだが、その設計を担当したのが、当時海軍造船少佐であった牧野茂であった。牧野氏は、現在三菱重工業の顧問をしておられるが、その頃、氏はまだ三十代のはずで、第一号艦設計主任という大任を背負ったのである。

「大和」と「武蔵」は同型艦で、牧野氏の設計した図面は、そのまま長崎造船所の「武蔵」の建造にも使われることになった。

長崎造船所では、まず「武蔵」起工の前年の昭和十二年六月二十三日に、馬場熊男技師をキャップとする工作部門の第一陣を呉工廠にひそかに送り出している。さらに七月二十四日には川良《かわら》武次技師をキャップとする設計部門の第一陣を、同じように呉工廠へ出発させている。……杉野茂氏は、その中の若手の技師として加わっていたのである。設計陣は、私のその後の調べで杉野氏以外に笹原、高木、岸川、松永、御厨《みくりや》、切通、荻原、村瀬の各氏の名を知ったが、おそらくこの十一名だけにちがいない。

杉野氏の家で得た資料の中で貴重だったのは、氏がその前後につけていた簡単な日記で、呉への出発日時も知ることができた。日記には午後十一時発（終列車）、翌日の欄には午後二時着と記されている。発とは長崎を出発したことであり、着とは呉着の意である。

また、「宣誓」についての知識も得た。私の所持している建造日誌にも、たとえば、昭和十二年五月十九日の欄に「渡辺賢介、芹川正直、古賀繁一、馬場熊男、首席監督官室ニテ宣誓」などという記述がみられる。「武蔵」建造は海軍の機密にぞくすことなので、その建造にたずさわる者は首席監督官室で宣誓書に署名・捺印しなければならない。むろん呉へ出発した杉野氏たちも、緊張した空気の中で「宣誓」したわけだ。

私は、この宣誓書の文面をぜひ知りたいと思ったが、大体の内容は会う人すべてが口にするのだが、正確なものはどうしてもつかめない。むろん私の手持ちの資料にもない。ほとんど断念しかけたが、当時「武蔵」の建造主任であった渡辺賢介氏を副主任格として補佐していた古賀繁一氏が、私に貸してくれた資料の中に「宣誓書」の写しを発見した。私の胸は、はずんだ。

その宣誓書は、左のようなものであった。

宣　誓　書

今般当造船所ニ於テ建造ノ第二号艦ニ関スル業務ニ干与セシメラルルニ当リ之ガ重要ナルコトヲ認識シ、其ノ機密保持ニ附テハ最モ注意シ同艦ノコトニ関シテハ事情ノ如何ニ拘ラズ肉親交友ニ対シテモ一切漏泄スルガ如キコトナキヲ宣誓仕リ候
依テ若シ万一些少ニシテモ右宣誓ニ反スルガ如キコトアリタル場合ハ貴社又ハ海軍ニ於

テ適当ト認メラルル処置ヲ執ラルルコトニモ異存無之候
三菱重工業株式会社長崎造船所
職名
氏名　　　　　　　　　　㊞
昭和十二年　月　日
本者、在長崎海軍監督官事務所ニ於テ本宣誓ヲ為シタリ
三菱重工業株式会社長崎造船所長
玉　井　喬　介

宣誓書の署名捺印は、首席監督官室で厳粛に行われ、緊張した空気に体がふるえて困った、とその折のことを追憶して話してくれた人が多かった。

文面の内容を正確に知っている人が皆無であったのも無理はない。文章をよく読みもせずただ夢中に署名し捺印した人が大半であった。それだけに、宣誓書の全文を古賀氏から借用した資料の中で発見したことは、幸いであった。

話を前にもどそう。

私は、自分の戦争観を一気に吐き出すために「戦艦武蔵」を書き出したい心のたかぶりをおぼえていたが、私の「武蔵」に対する知識はようやくその端緒をつかみかけた段階で

しかなかった。建造日誌は、手中にある。だが、その中の記述は専門用語の氾濫《はんらん》で、造船知識のまったくない私には、なにがなにやら一向にわからない。

竹沢五十衛氏、森米次郎氏には会ったが、それもただの挨拶に終っただけで、「いずれ後日にゆっくりと話を……」ということで終っている。わずかに、杉野氏の自宅を訪問して概括的な話をきくことができたとは言え、私にとって「武蔵」は、依然として雲におおわれた巨大な峰として眼の前にそびえ立つ幻のようなものでしかなかった。

私は、小説を書く人間としては、調べて書くという部類に入るのかも知れない。数年前、ある同人雑誌に二百七十枚ほどの小説を発表したことがある。これはダム建設工事現場を舞台にしたものであったので、御母衣《みほろ》ダムに三日間、黒部第四ダムの工事現場に二十日間もぐりこんだが、戦艦「武蔵」の場合は、到底そんな生易しい調査では解決ができないことを知っていた。心は焦るが、どこから手をつけてよいのかあまりにも対象が大きくてつかみどころがないのである。

まず、戦艦「武蔵」について書かれたものを手あたり次第に集めてみよう、と思い立った。

ある日私は、午前中に家を出て神田の古本屋街を歩きまわった。かびくさい店の書棚から書棚へと、私の眼は「武蔵」「戦艦」「軍艦」「長崎」という文字を探っていった。その間、わずかに「長崎」に関する新書判の本を二冊手にしただけで、「武蔵」についてのものはついに眼にふれてこない。

疲れきった私は、古本屋の密集地帯からはずれて、靖国神社の方へ大通りを歩いて行った。時計を見ると、すでに四時であった。昼食もとらずに六時間は歩きつづけたことになる。

今日は帰ろう、と思った。その日私の眼にふれた書籍は、数千冊かそれとも一万冊以上にものぼるだろうか。いずれにしてもそれらの書籍の中で「武蔵」についての書籍が一冊も発見されなかったことは、すでに戦艦「武蔵」が現在の日本人の関心外にあることを意味しているようにも思える。

私は、そんなことを考えながら、それでも惰性のように店の中をのぞいて歩きつづけた。古本屋もまばらになって、靖国神社の鳥居が見えてきた頃、何気なくのぞいた一軒の古本屋の内部が今までのぞいてきた店とは少し変っているのに気がついた。第一に、客が、それも若い学生たちが店一杯に入っていることと、なにかわからぬが古い雑誌が、店の中の台にところせまいまでに積み上げられている。

店に入った私は、その文華堂という古本屋が、戦記の書籍だけをあつかっている店であることに気づき、学生たちがそれにひかれて集ってきているのを知った。

学生たちの熱心な表情に、私は戸惑いをおぼえたが、ここにはなにかあるにちがいないという予感で書棚をさぐって歩いた。私の指は、手あたり次第に本を引き抜き、たちまち十冊を越えた。

中で最も私を喜ばせたのは、松本喜太郎著『戦艦大和・武蔵の設計とその建造』の一書であった。松本氏は、海軍艦政本部の造機関係の権威で、大和・武蔵の基本計画に参画した海軍技術陣のスタッフの一人であった人である。私は、後に軍艦研究家の元海軍技術少佐福井静夫氏から、松本氏の著書が信頼するに足る内容を持つものであることを教えられたが、素人の私にも一読して名著と呼ぶにふさわしい品格とでもいったものが感じられた。この著書は、小説「戦艦武蔵」を書く上に重要な指針となった書物であった。

その日、私は十数冊の本を手に家にもどったが、その中に一冊の戦記物もまじっていた。

この新書判のような本は、「武蔵」の艤装時に乗組んで、最後の沈没まで在艦した「武蔵」乗組みの下士官の記録で、私は、この一書に大きな期待をかけた。殊に「武蔵」が戦力として動き出し、沈没時までの経過をこの一書を参考に、さらに徹底的に調べてまわりたいと思った。

しかし、十頁も読み進まないうちに、私は、この書物にかけた期待があやまちであったことを知らされ、その後、調べが進むにつれて、この一書に対する期待は、根底からくずされていった。

他人の書いたものを批判するのが大人気ないことはわかっているつもりだが、実は、この戦記物が「武蔵」に関する唯一の記録として珍重されているという事実を思うと、一言いっておく義務があるように思えるのである。珍重されている証拠に、某一流出版社の発行した叢書《そうしょ》にも、この戦記物の抜萃《ばっすい》が転載され、その他、この一書が正確な戦記物として取りあつかわれている例がかなり多く見られるのである。

この戦記物のあやまちは、無数にあったが、この一書にかぎらず、雑誌その他に発表されている「武蔵」の記録も正確さとはほど遠く、困ったことには、権威のある人までがその誤った記載を信用して引用したりしている。となると、この記録は、その人への信頼からあたかも正確なものでもあるかのように堂々と通用することになるのである。

なぜ戦記物にこのような誤りが多いのか。原因の大半は、実際に戦闘を経験した人が自分の筆で書かないからであろう。口述した内容を戦記物を出版している出版社の人が筆記して、それを一篇の戦記物としてまとめてしまうのではないだろうか。当然そこには商業意識がはたらいて、面白おかしくストーリーを作り上げることになる。被害者は実は、著者として名を記されている人なのかも知れない。

そうしたことに気づいた私は、この一書だけにかぎらず「武蔵」に関する記述を、すべて信用しない態度をとることにきめた。そして、それは、結果的にきわめて正しかったと信じている。歩く、そして聞く——私は、取材の基本態度を守りつづけた。

「丸」という雑誌を知ったのも、その頃であった。それまで、駅の売店などで、その雑誌を眼にした記憶はあったが、むろん手にしたことはなかった。が、戦記物専門の古本屋に積み上げられていた雑誌の中には、この「丸」という奇妙な雑誌が、かなり貴重なものとして取りあつかわれていることを知った。それは、軍事専門雑誌とでも言ったらいいのかも知れない。

古本屋で私も、「丸」を四、五冊買ってきた。「武蔵」に関する記事があったからである。私の率直な考えを言わせてもらえば、「丸」の中の記述は、むろん正確なものが多いが、中には、信頼度の低いものもまじっている。それは、「また聞き」か、他の人の書いた誤った記述を転用しているからである。

「丸」の昭和三十五年四月号に「巨艦武蔵を朱に染めて」と題する「武蔵」乗組員の座談会の記事があった。出席者は、海軍二等兵曹細谷四郎、海軍上等兵曹佐藤太郎、海軍一等水兵霜崎源次郎、海軍一等水兵吉田利雄の四氏であった。私は、その記事を読むうちに細谷という人に会ってみたいと思うようになった。理由は簡単である。話していることに事実感があって、直接話をきけばかなり詳しいことがきき出せそうな予感がしたからである。

私は、早速「丸」の発行所に電話して細谷四郎氏の電話番号をきき、氏と連絡をとって、その夜、テープレコーダーを手に家を出た。

池袋駅に降りるとあいにく雨が降っていて、私は、雨にぬれながら堀ノ内の方へ歩いた。細谷氏の職業は呉服商で、家は大踏切を渡ってから細い路に入った一郭にあった。

細谷氏は中肉中背の四十七、八歳の人だったが、その風貌は、芯の強そうないかにも筋金入りの旧海軍の下士官といった印象があった。

テープレコーダーが廻って細谷さんは話し出したが、急に言葉をきると、

「吉村さん。正確に書いて下さいよ、正確に。私たちのやったことは、今の若い人から考えれば軍国主義的だと言われるかも知れないけれど、私たちは、祖国のためだと思って真剣に戦ったんです。戦死した人たちも同じことで、それを馬鹿にするような書き方はしないで下さいよ」

と、きびしい表情で言った。

私は、細谷氏の言うことがよく理解できたし、私が「戦艦武蔵」を書く根底には、戦争中に日本人の大多数が真剣に戦いそして死んでいったことを確認し、そこから戦争というもののはかなさむなしさを解明したいという願いがあった。

終戦後、多くの戦争批判が起って、それが戦争をある意味で美化してきた日本人に「戦争がまったく愚かしい罪悪である」ことを教えた点できわめて大きな意義がある。が、戦争批判が残念ながら表面をなでるだけの浅いものでしかなかった憾《うら》みもある。

その共通した欠陥は、戦争批判を行う者が、戦争に対する根源的な批判ではなく、戦時中の自分の行為の「身のあかしを立てる」ために終始したような節があるのである。殊に戦争中、重要なポストにいた人ほどその傾向は強い。

「私は、かくの如く戦争を回避しようとした」

「私は、かくの如く軍部に抵抗し、かくの如く弾圧を受けた」等々。

それはそれなりに意義もあろう。戦争が、いかに非人間的なものであるか、恐ろしいものであるかを直接日本の庶民に知らせるためには、そうした個人体験を通した戦争批判も大いに効果はあるにちがいない。しかし、それは、あくまで個人的な問題であって、戦争の根底をえぐるものではない。思い返してみるがいい。日本人の大多数の庶民たちは、真剣に戦い真剣に死んでいったのである。そうした大多数の庶民たちと、個人体験を通して戦争批判を行う、いわゆる進歩的文化人と称される人々の間には、戦争というこの日本を荒廃させた生々しい記憶に関するかぎり、天と地のような大きなへだたりがあるのではあるまいか。


終戦後、奔流のように流れ出たこれら進歩的文化人と称される人々の戦争批判に、庶民たちはどのような反応を示したか。庶民たちは、大きな戸惑いをおぼえた。おそるおそる戦時中の記憶をたどってみる。それほど多くの人々が戦争を批判的にながめていたのだとしたら、自分の周囲にもそれらしき人物が一人や二人は必ずいたにちがいない。庶民たちは、つとめてそうした人物を思い出そうとつとめる。が、残念ながら、それらしき人物は思い出せないのである。政治家も、官僚も、大学の教授も、宗教家も、ゲートルを巻いて一心に働いていたし、新聞、雑誌に発表された高名な人々の文章は、かえって自分たちを煽動しているような類いのものしかなかった。

庶民たちの戦時中見聞きしたものと、終戦後、新聞、雑誌に発表される戦時の記憶とには大きな落差がある。庶民たちは、完全に沈黙の殻の中に閉じこもるようになった。親、兄弟、友人にも、戦争について、真剣に戦い働いたことを口にすることもしなくなった。口にすれば、「反動だ」「軍国主義者だ」という言葉が返ってくるのが恐ろしいのだ。

だが、庶民たちは、胸の中で、個人体験を通じて戦争批判をしている者の中にかなり多くの卑怯者《ひきよう》がいる、とひそかに思っている者が多い。戦争批判者は、終戦後戦争責任のワクから逃れ出たいために、声を大にして身のあかしを立てようとしているのだ、と庶民は考える。そしてさらにそうした戦争批判者は、戦争でも起ればまた保身のために沈黙し、中には積極的に戦争協力者になるにちがいないと考えたりする。

ある著述家は、戦争批判の文章の中で自分が徴兵拒否したことを記していた。かれは、徴兵検査の一カ月前からほとんど絶食状態をつづけ、思った通り不合格になって徴兵をまぬがれるのである。冷静に考えてみよう。この著述家は、戦争に抵抗していたのではなくただ卑劣な行為をしただけなのではないだろうか。

軍隊は、員数である。この著述家が徴兵をのがれたために、そうした小細工もきかない素朴な男が一人、その著述家の代りに戦場におもむいたはずであり、もしかすると、戦死したかも知れないのである。その著述家は、一人の庶民の犠牲の上に立って、今生きているといっても言いすぎではあるまい。

こうした責任感の乏しい人間を、私は、人間として信用することができない。まして、そうした恥ずべき行為を、戦争批判の道具として筆にすることは、戦争の解明のために少しも意味がないし、むしろ戦争の実体をぼやかす以外のなにものでもないのである。「特攻隊員の死は、犬死だ」などと言っていては、いつまで経っても戦争の解明はできまい。もしも日本があの戦争に勝っていたなら、こんな言葉は生れるはずがなく、まちがいなく特攻隊員たちは祖国愛の権化《ごんげ》とでも言われているにちがいない。

戦争批判は、勝ち負けなどに左右されるものであってはならない。戦争に対する批判は、そのまま人間そのものに対する批判でなければならないのである。

細谷さんは、「武蔵」が山本五十六海軍大将の遺骨を内地に送り届けた直後に、木更津に投錨している姿を初めてみたわけだが、「それはなにか島のように巨大なものにみえた」という。そして、タラップから甲板に上った時、「これがフネか」と思ったという。舷側に立つと、艦上にいるというよりは、陸の断崖の上に立って海面を見下しているような錯覚におそわれたともいう。

三時間以上も、テープレコーダーは廻りつづけたが、沈没時の話は、正確をきわめているように思われた。それは、細谷氏が信号兵であったからである。

むろん、かれには上司がいた。が、戦闘で上司たちは相ついで戦死し、二等兵曹であった氏が最高責任者のようになっていた。細谷氏は、その折の信号文を書いて私に示してくれた。

「武蔵」は満身創痍《そうい》となった後に、「武蔵」から旗艦に対し、「ワレ舵故障、前後進不能、指示ヲ乞ウ」と発信、それに対して、

「武蔵ハ、警戒艦浜風、清霜ヲシテ急遽サンホセニ回航セヨ」という命令が返ってくる。

「武蔵」からは、さらに「本艦、現在前後進不能」を報じ、旗艦からは「全力ヲアゲテ附近ノ島嶼《とうしょ》ニ坐礁シ、陸上砲台タラシメヨ」という最後の命令が発せられてくる。

その簡潔な文字から、私は、戦闘の激しさを味わうことができたが、細谷氏の記憶力のよさにも驚嘆した。

帰りぎわに、細谷氏は「軍艦武蔵戦歿者慰霊祭記念誌」を渡してくれた。その中には、艦長遺言の全文や、「武蔵」乗組員名簿があったが名簿の内容は痛ましいものだった。戦歿者の名ばかり並んでいて、生存者はわずかなのである。

私は、細谷氏の顔をあらためて見つめた。この人の過去には、いくつか死との接触があったのだろう。その傷痕のようなものが、顔のきびしさとなってあらわれているのにちがいない。

家へ帰ると、私は、テープレコーダーを廻してメモをした。

時折、ガーッという音が入る。それがなんであるかわからなかったが、やがて、電車の

レールを鳴らす音であることに気がついた。そう言えば、細谷氏の家は、踏切を渡って間もなくであった。熱心にきいていた私は、細谷氏と向い合っている時には気づかなかったが、テープレコーダーは、機械的にその音を納めていたのである。

細谷氏が艦から海中に飛びこみ、戦友と海上にただよいながら「君が代」を歌いはじめた個所でも、この電車の音が入っている。細谷氏の凄絶な話と電車の音——そこに私は、戦後というものを実感として感じた。

数日後、私は、メモを手に阿佐ケ谷の森米次郎氏のお宅へうかがった。

森氏の当時の立場は、長崎造船所営業課軍艦係長で第八〇〇番船(「武蔵」を長崎造船所の艦船建造番号からそのように呼んだ。むろん機密保持のためである)の営業関係を担当していた。

森氏の話は、愉快だった。「武蔵」の建造は、長崎造船所にとって他のフネと同じように一つの受註品である。民間会社である限り、そこから利益というものを得なければならない。それを一手に引きうけて海軍と交渉した森氏の立場は辛かったろうし、事実、海軍から大分荒い言葉もかけられたという。

森氏は、そんな折のことを、相手の言葉とそれに対する自分の答えを要領よく話してくれる。そのやりとりは、一種の至芸を思わせるもので、私は笑い通しだった。

相手が怒る。それを森氏は「仰言《おっしゃ》る通りです」とまずうける。それから自分の立場、会社の立場を理路整然と話して、結果的には自分の主張を相手側に認めさせてしまう。きいている私の耳にも、森氏の返答は実に正しく一分のすきもない。物柔い説明なので相手の反撥をひき起さないのである。

「大分、海軍側には権力を笠にきた人がいたでしょうね」

と、私は言った。

「たしかに、下っぱの連中にはそうした人がおりましたな。しかし、上の方になると人格的にすぐれた人がひしめいていました。敬服するような人が、たくさんおりました」

森氏は、真顔になって言った。

「結局、「武蔵」はもうかったんでしょうか」

私は、笑いながらきいた。

「もうかりましたな」

森氏は、即座に言った。

私は、大きな声で笑った。

「しかし、もうかったと言っても、建造そのものではもうかりません。利益はほんの雀の涙ほどで、ぎりぎりの線でこしらえたのですから……。ところが、その後にいろいろな資材が残りましてね、それがもうけです。たしか、船台をおおった棕櫚《しゅろ》縄も、終戦直後に漁師の漁網として漁具商に売り払ったりしましたよ」

森氏は、その日、系統的に私が今後会うべき人の名を教えてくれた。

「なにはともあれ、長崎へ行かれるんですね」

森氏は言った。

私も、長崎へ行かねばならないと思うようになっていた。


病気から立ち直りはじめた泉三太郎から、「戦艦武蔵取材日記」を内藤初穂氏の経営する日本工房の「プロモート」という雑誌に連載しないか、という話があったのはその頃であった。

「君の取材の話をきいていると面白いし、自由に書いてみてはどうだい。取材に関係のない話だってかまやしない。ジイドに「贋金づくり」と「贋金づくりの日記」があるという具合に、「小説戦艦武蔵」と「戦艦武蔵取材日記」を書くんだよ。伊藤整氏の「裁判」というような形もあるし、ともかく書いて決してマイナスにならないよ。「武蔵」というのは、いい意味にも悪い意味にも、第二次大戦における日本の運命の象徴なんだぜ」

かれは、電話でしきりに言った。

私は、思いがけない申し出に驚いて、少し考えさせてくれと言って電話をきったが、書こうという気持はすでに定っていた。

この機会に戦争についていろいろと考え、書いてみよう。それで終戦後のもやもやしたものが一挙に吐き出せるかも知れない。「戦艦武蔵」は、やはり小説であるだけにおしゃべりは許されない。その部分を「取材日記」の中で果そう。それに、「戦艦武蔵」にとりかかる前のトレーニングとしても、それは好都合である。「武蔵」に対する知識はかなりふくらんできているが、対象が対象だけに、私の胸の中には、かなりのおびえがひそんでいる。手をつける勇気はまだ持てない。

私は、承諾の返事を泉三太郎にすると、とりあえず十五枚の「戦艦武蔵取材日記」を書き上げて日本工房に送った。気分は爽快で、吐き出すものを吐き出すことができたことに感謝したい思いだった。

翌日、泉から原稿が届いた旨の電話があった。かれは、いい原稿だった、と言った。私も、率直に、そう思うよと答えた。そして、ふと、

「なんだか取材日記だけ書いて小説「戦艦武蔵」は書かないで終るような気がするよ。相手はあまり大きくてつかみどころがないので、取材日記のような形式で、うろうろしながら書いている方が、戦艦武蔵を描けるような気さえしてきたんだ」

と、半ば真剣になって言った。

その泉に電話でもらした言葉は、私の内部にわだかまっていたものが自然に流れ出たものであった。

私は、すでに十年間も主として同人雑誌に小説を書きつづけてきていた。なぜ小説など

書くようになったのか、自分にもわからない。

終戦後、旧制の私立高校に入学したばかりの私は、結核菌に肺臓と腸をおかされて喀血し、それから四年間の病臥生活を送った。肋骨五本を切断する胸郭成形手術もうけたりして、ようやく新制大学に入学することができたが、体力的な理由で中途退学しなければならなかった。就職が困難な頃で、病歴もありその上大学中退という私には当然まともな勤め口があるはずもなく、薄汚れた小舎のような事務所しかないある協同組合に勤めなければならなかった。

そうした生活の中でも、私は、学生時代から手を染めはじめた小説をひっそりと書きつづけていた。辛うじて病死をまぬがれた私は、幸いに生きることのできた自分という存在を、文学というものの中で見出してみたいと思っていた。

私が小説を書くようになったのは、病気とそれにつづく社会人としての恵まれぬ環境がそうさせたのかも知れない。偶然の事故ともいうべき病気というものがなければ、私は、今頃まったく別の道に入り小説を書くなどという男にはならなかったかも知れない。そうしたことを考え合わせると、この世には小説を書き得る能力がそなわっていながら、それを知らずに日々を過している人がかなり多くいるのかも知れない。同人雑誌作家をふくめて小説を書く人々は、私の場合と同じように、生きてきた過程のどこかで激しく精神的な面で屈折し、およそ経済的には割の合わぬ文学の道に入りこんでしまったのだろう。

私も、乏しい月給の中から高額の同人費をはらい、質屋通いをしながら小説を書いてきた。そうした一般人からは愚かしくもみえるだろう行為をささえてきたのは、文学はこうあるべきだというかたくなな私なりの考え方があったからである。そしてその考え方は、今に至るまでほとんどといっていいほど変っていない。

学生時代に文芸部で「赤絵」という同人雑誌を出したが、その編集後記に私はこんなことを書きしるしている。

「……東京新聞に中村光夫氏が「虚と実の方向」と題して一文を寄せていた。その中で「小説の機能を現実の模倣に限定した」我国の自然主義以来の永い偏見からの脱出として、「何故に人々は作家は架空の世界を自在に創造するものだ、しなければならぬものだといふ自覚を怖れるのか、作家は現実の再現を企図すべきではない。現実の可能性の上に創造を行ふべきだ、といふ自覚を何故恐れるのか」と言う小林秀雄氏の言葉を引用している。事実即真実ではないと言う事、この事を十二分に意識してこそ、自然主義からの完璧な脱出が可能となる訳だ。……」

また「赤絵」の別号の編集後記にも、私は、こんな気負い立った文章を書いている。

「……事実の中には、小説は無い。事実を作者の頭が濾過《ろか》し抽象してこそ、そこに小説が生れる。カミュの「異邦人」の価値は、二十世紀の抽象小説であることだ。川端康成の小説も、畢竟《ひっきょう》作者の頭脳によって抽象された美であり、断じて現実美ではない。秀れた小説は僕達の理性を納得させ、感性を納得させてくれる。……」

舌足らずの気味はあるが、学生時代に考えた「文学とは……」という私なりの定義は、現在の私の文学に対する考え方にも基本的に合致している。小説に於ける真実は、虚構の中にこそ求められるというのが、私の考え方で、そうした私にとって、戦艦「武蔵」はまったく厄介な対象だった。本来ならば、「武蔵」という事実を私なりに勝手に解体して、虚構の中にひきずりこみ、私の意図を表現しなければならないはずだった。

私は、真剣に考えた。

戦艦「武蔵」を擬人化して、その巨大な怪物が、無数の人間たちの手によって、あたかもフランケンシュタインのように骨格、内臓、皮膚がつくられてゆく。人間たちにとって、それは途方もない力をもつ海洋を支配する生き物として多くの期待がかけられる。やがて完成した怪物は、海を自由に動きまわるが、そのあまりの大きさのためにその力を発揮することもなく海中に没してゆく……。

私は、創作ノートにそうしたイメージを断片的につらね、勤めの満員電車の中でも、幻想的な怪物の像を追いつづけた。

しかし、建艦日誌を読み、関係者たちと会う度数が増してゆくにつれて、「武蔵」のもつ事実の重みに、私の虚構化という操作が「武蔵」にかぎっては至難なことであることに気づきはじめた。自分の才能が貧しいためかと、のしかかってくる事実の重みに打ちひしがれたような自分をながめ廻していたが、その一方には、その重みは、戦争の重みなのだとも考えるようになっていた。

私の内部には、ようやくなにかがわかりかけてきているような気がしていた。学生時代に「赤絵」に書いた事実という言葉と、戦争のもつ事実とは幾分質の異るものではないのか。戦争という人間たちの宿命的ともいえる殺戮行為は、簡単な事実という言葉では解決できない多くの要素をふくんでいるのではないだろうか。

人が人を殺す。それは平時の場合ならば、重罪として殺人者は極刑を科せられ、死刑台にも引きずり上げられる。しかし、戦争では、より多くの人間を殺すことが賛美され、その兵士自身すら満足感にひたることさえある。このはなはだしい矛盾を包蔵する戦争という環境は、それ自身一般的な事実という言葉で片づけるわけにはいかない怪奇性をふくんでいる。

そうしたことを考えながらも、私は、依然として戦艦「武蔵」を小説として書く気持にはなれなかった。たとえ「武蔵」の背景にある戦争が、どのような奇怪な性格(それは虚構の世界に通じるものでさえあるが)をもつものであろうと、記録を忠実に追って小説を書くことなど、私には縁遠いことであった。

いつの間にか、私には、戦艦「武蔵」を小説に書こうという気持が失われていた。泉三太郎に電話で言ったように、戦艦「武蔵」という存在があまりにもつかみどころのない大きなものであったと同時に、事実を追わなければならぬ小説を書くことに大きな反撥を感じていた。

しかし、そうした文学に対する考え方とは別に、戦後二十年間にわたって考えてきた戦争をこの巨大な戦艦を描くことによって解明してみたいという願いは、日増しにたかまっていた。そして、「武蔵」を少しずつ知るようになるにつれて、それが戦争というものの恰好な象徴物であるという考えは深まるばかりだった。たとえ小説として書くことはできなくとも、取材日記という形式を借りて描きたい、と、心に決めるようになっていた。

私は、取材ノートを手に「武蔵」の関係者に会うことをつづけた。

四

ある夜、「武蔵」がレイテ沖で沈没した当時軍医長だった村上三郎氏を訪れた。

東横線の沿線に医院をひらいている村上氏からは、職業軍人特有の体臭はかぎとれず、率直な話しぶりに深い親近感をおぼえた。氏は、東北帝国大学医学部卒業後、東京帝国大学放射線科大学院を経て海軍に入っている。そして、「武蔵」が沈没する一年前にトラック島から軍医長として乗艦しているのである。

「まったく大きなフネでした。戦艦「日向《ひゅうが》」が横づけしたことがありましたが、「武蔵」

とくらべると駆逐艦のように小さくみえました」

氏は、町医らしい柔和な表情で思い起すような眼をして言い、私の質問に答えて、沈没時のことを話しはじめたが、軍医らしく負傷者の姿を冷静に観察していた。

病室に集められた多くの負傷者の血が、部屋のしきりからあふれるほどたまっていて、その中に手足のない者、内臓のはみ出した者がひしめき合って横たわっている。顔の半面がえぐりとられた水兵の処置をしようとすると、「重傷の者からやってください」と言いはり、「大丈夫であります」と処置を頑固にこばまれた話。艦が傾きはじめた時、甲板上に集められていた負傷者が、一斉にすべりはじめて海にこぼれ落ちていった情景。それらは、氏の口からさりげない言葉で流れ出てくるが、ノートする私の文字は、興奮のためすべりがちだった。

そうした話の間にも、私は、氏の話にくり返し挿入される言葉に思わず笑いをもらしていた。それは、「恐ろしくて」という言葉だった。

「武蔵」は、レイテ沖でアメリカ機の度重なる攻撃にさらされた。戦闘がはじまると、その合い間に握り飯とサイダーが昼食として配られ、それを兵たちは食べたが、

「私は食欲がまったくなかった」

と、笑いながら言う。

また夕方、艦が少しずつ傾きはじめた折も、はげしい恐怖におそわれて身がすくんでし

まった、とも告白する。

「私は四十三歳で妻も子もいる。生きたい、と痛切に思いましたよ」

そうした村上氏だけに、若い水兵たちの平然とした態度には、敬意と驚きをおぼえたらしい。氏は、艦底の戦時治療室から、「上甲板に上れ」という指示をうけて、上甲板に這い上ってきたのだが、治療室に軍刀を置き忘れてきたことに気づいた。そのことを何気なく口にすると、かたわらにいた若い水兵が、

「持ってきます」という。

すでに艦は傾きはじめているし、治療室から上甲板までの通路は電灯も消え、電線や曲った鉄板が錯綜《さくそう》していて通ることは至難に近い。

あわてて制止したが、水兵は駈け出した。氏は、一人の若者を死に追いやったことをはげしく悔んだが、やがて水兵は軍刀を手に明るい表情をしてもどってきた。

「私は恥しくてなりませんでしたよ。今でもあの若い水兵の明るい顔を思い出します」

氏は、うるんだ眼をして言った。

また副長が退艦用意を命じた時もすぐに飛びこみたかったが、士官が先に飛びこむことも出来ず、水兵たちに、

「飛びこめ」

と命じたが、水兵たちは、

「いやです、軍医長が先に退艦してください」

と言って、きかない。

そんな押問答がつづくうちに艦の傾斜ははげしくなり、ところどころではるか下方の海面に飛びこむ者の姿が多くなった。それ以後のことについて、私のノートには、こんな素気ないメモが書きつづけられている。


私モトビコンダ。海面マデ五〇メートルグライアッタ。私ハ、泳ギガ下手ダ。懸命ニ五〇メートルホド泳イダ。後ヲフリムイタ時、艦ガ爆発ヲ起シテ赤ク染ッタ。真昼ノヨウニ真赤ダッタ。ソノ時、舷側ニイルタクサンノ兵ガミエタ。万才、万才ト叫ンデ海ニトビコンデイタ。

薄暗カッタ。立泳ギシテイルウチニ、重油ガ流レテキタ。ミカン箱ノヨウナ小箱ガ浮イテイタ。ソレニツカマッタ。看護長ガ泳ギ寄ッテキテ、

「軍医長、アチラニ行キマショウ。私ハ泳ギハ水府流デ達人デス」

ト言ッテ、私ノツカマッタミカン箱ヲ引イテ泳イダ。

副長カ？　呼笛ヲピッピッピット絶エ間ナク吹キツヅケテイタ。人間ガ集リ、環ガ出来タ。大キナ環ダッタ。何百人トイウ環ダッタ。三、四時間、互ニハゲマシ合イナガラ泳イダ。駆逐艦ガ近ヅイテキタ。スクリューガ間近ニアッタ。マキコマレタラ大変ト思ッテ、艦

腹ヲケトバシ、舷側ノハシゴニスガリ登ッタ。裸デ泳イデイタ者ハ、ドンドン沈ンデイッタ。駆逐艦ニ収容サレテカラモ五、六人ノ者ガ死ンダ。……

「恐ろしかった」と率直に言う村上氏に、私は、一個の人間を感じた。私は、ある期待をいだいて一つの質問をこころみた。

終戦直後のことであったが、私は、千葉県の本八幡から江戸川河口にある浦安町まで歩いたことがある。バスに乗れずに十数キロの道を歩いていたのだが、その折、二十二、三歳の復員したばかりらしい男と道づれになった。その男は、駆逐艦に乗っていたというが、その艦が雷撃で沈没した折のことを、重い口調で話してくれた。ほとんど瞬時にその艦は沈没したらしいが、水兵の中には放心状態になって一カ所を走りまわったり、あてもなく右往左往している者が多かったという。

「まあ言ってみれば、気が狂ったのと同じってわけなんだな。そんな野郎を下士官がぶん殴って、海にたたきこむんだ。下士官ともなれば、そんなことではあわてねえからね」

男は、口もとをゆがめた。

二十年以上も経っているが、私はその男の口にした駆逐艦沈没時の話を忘れることができず、「武蔵」の沈没時にもそれと同じ状況があったにちがいないと思った。むしろ「武蔵」の場合は、艦が巨大であり、乗員も二千数百名もいたのだから、一層混乱は大きく発狂状態に近い者も多くいたはずだし、それを書き記すことは一層「武蔵」の沈没にともなう悲劇性を濃くすると思った。

しかし、期待は裏切られた。

「それが、非常に落着いているのですよ。軍艦旗をおろした時なども一種の儀式に近い秩序正しさがありましてね。艦が傾いて沈没も迫っているというのに、少年のような水兵まで平静な顔をしているんです」

村上氏は、呆れたように言った。

私は、落胆した。人間というものはそれほど強靱なものであるのだろうか。職業軍人であった人は、それを「訓練によってきたえられた軍人精神のあらわれだ」というかも知れない。しかし、私は、そうした言葉だけでは納得できない。

ある生存者の一人は、その折の平静さにかなり明快な答えを出してくれた。「武蔵」の沈没は、瞬時ではなかった。少しずつ目立たぬように傾いていった。それに、必ず近くにいる駆逐艦が助けてくれるという安心感もあった。それが乗組員を混乱から救っていたのだと……。

私は、その答えで納得はしたが、それにしても、村上氏を驚嘆させたように乗組員の平静な態度は尋常のものではない。

私は、そうした乗員の態度に感心はする。が、その反面には、そうした訓練という一種の集団教育によって恐怖をも忘れる人間に変形してしまうことに大きな不安をも感じるのである。

人間は、教育によってどのようにも変貌するものなのか。周囲の環境にしたがって変色する保護色動物のように、人間は、その順応性を充分に発揮するものらしい。

私なども戦時中、あの異常な時期を決して異常なものとは思わなかった。生れついてすぐから、××事変と称する戦争が相ついで発生していたし、いわば、戦争は、きわめて日常的な変哲もないものであった。そうした私にとって、戦争が人類最大の罪悪などという意識はまったくといっていいほどなかった。私は、完全に戦時という季節の中に埋没しきっていた。つまり、私の皮膚は、戦時という環境の色彩と同一のものに染められ、日々の生活にも殊更《ことさら》不自由は感じなかった。むしろ窮屈な生活の中で、ひそかな自由を楽しんでいたと言ってもいい。補導協会という学生の私行監視機関の者の眼におびえながら寄席通いをつづけたのも、そこにひそかな自由があったことを知っていたからだったし、防空壕の中でワイ談をした時間にも、多くの自由を満喫していた。

共産主義の中国に自由はない……と口にする人がいるが、戦時下の記憶からみて私にはそうとは思えない。中国人は、中国という環境の中に生きている。つまり大多数の人々は、その環境の色彩の中にとけこんでいる。戦時中の私に自由があったのと同じように、かれらにも多くの自由があるにちがいない。中国に自由はないと言う言葉は、現在の日本の一見無秩序な環境からながめた対比的な印象にすぎない。

また逆に中国人、殊に紅衛兵に属する若い人々の表情が明るいと言って感嘆する帰朝者がいるが、そうした類いの人々も愚かしい錯誤をおかしているようだ。中国の若者の表情は戦時中の日本の若者の顔と驚くほど似ていて、それは、ほとんど同質とも思える環境の色彩に染まった若者の表情にすぎない。

それらの表情の明るさに感嘆する帰朝者が、特に女性に多いことは興味深い。彼女たちは、一応知的な種類の女性だということになっている者が多いはずなのに、そうした皮相的な印象を口にしたり筆にしたりするのは、いったいどうしたことか。それは彼女たちが、過去を完全に忘れ去るという特技をもった、女性という種属であったからにほかならない。彼女たちの二十数年前の戦争の記憶は、肉親を失ったこと、食物をはじめとした物資が極度に欠乏していたことといった身辺的ないまわしいことがそのすべてになっている。彼女たちの眼には、戦時下の若者たちの無心とも思えるほどの明るい表情と紅衛兵のそれを比較する能力に欠けている。現在は現在、過去は過去として決して結びつけようとはしないらしい。

女性にとって最も重大なのは、現在だけである。過去はもとより未来すら二義的、三義的なものでしかない。夫婦の諍《いさか》いには、女性というものがほとんど未来に関心をいだいていないことを如実にあらわす会話のやりとりがある。

「今におれも一旗あげる。だから今は我慢してくれ」と夫がいう。

それに対する妻の言葉はきまっている。

「今に、今にって、こんな生活は堪えきれないわ。今日なにを買えるかが問題なのよ」

女性からみれば、男性は、非現実的な未来を夢みる奇妙な生き物にみえることだろう。

そして、未来を夢みる男の特性が、実は男の恐るべき短所ともなっている。

「今に一旗あげる」という言葉の中には、賭けの意識がふくまれている。賭けには負けることもあるはずなのに、男は、勝つことに自分のすべてを投げ出そうとする。戦争は、まさしく大きな賭けであって、戦争を起すのが男にかぎられていることは、その故からなのだろう。

昭和四十一年二月にはいって間もなく、私は名古屋に旅した。そこには、戦艦「武蔵」にとってきわめて重要な人物がひっそりと住んでいた。

「武蔵」は完成後、昭和十八年一月十五日に連合艦隊に編入され、同年二月十一日には連合艦隊の旗艦となった。それから一年九カ月後の昭和十九年十月二十四日には、レイテ沖シブヤン海で沈没するが、その間に艦長となった人物は四名いる。初代が有馬馨《かおる》大佐、二代目が古村《こむら》啓蔵大佐、三代目が朝倉豊次大佐、四代目が猪口《いのくち》敏平大佐で、猪口大佐はもちろん「武蔵」と運命をともにして戦死しているが、有馬、朝倉両氏も病没して、古村啓蔵氏のみが残っているだけである。

私は、むろん古村氏に会う予定は組んでいたが、その前にぜひ会いたいと思っていたのは加藤憲吉氏であった。加藤氏は、「武蔵」が就役後四人の艦長のもとに副長として、しかも沈没時には四時間以上も泳いで生き残ることのできた人であった。副長といえば副艦長であるし、一貫して指揮系統の、しかも上層部にいた氏の存在は貴重だった。失礼な言い方かも知れぬが、氏が今もって生きておられたことは、私にとって幸運だった。

名古屋駅前でタクシーをひろった私は、西枇杷《びわ》島町へ車を走らせた。

車は、ひろい道路をかなり長い間走ると私鉄の踏切をわたり、ニシキ乳業という中流程度の乳業会社の前でとまった。

工場の奥にある小さな事務所に行って、来意を告げると、小柄な六十歳ほどの老人が椅子から立ってきた。加藤憲吉氏であった。加藤氏は、言葉少なに私の挨拶にこたえると、新築したばかりらしい工場の二階に上っていった。そこは、従業員の食堂らしく、就業時間のため私たちしかいなかった。

女子社員が、牛乳とコーヒー牛乳を持ってきた。加藤氏は、甥の経営するこの乳業会社の役員の一人であった。

私は、戦艦「武蔵」の行動表をひろげると、日を追って加藤氏に説明をもとめた。その行動表の中の主だったものの一つに、山本五十六連合艦隊司令長官の戦死前後の「武蔵」

艦内の動きがある。

「武蔵」は就役後、トラック島におもむき、そこで連合艦隊旗艦となり、昭和十八年二月十一日、それまで旗艦であった「大和」から白い長官艇にのった山本が「武蔵」に移乗してくる。私は、その折の儀式的とも思える山本長官の移乗について、加藤氏の口かられる言葉を克明にメモしていった。

山本が戦死し、遺骨は「武蔵」に乗せられて内地へ運ばれる。遺骨を安置した場所、乗組員に対する山本の死の秘匿。さらに行動表にしたがって沈没時までの巨大な艦の行動を追ううちに、私の内部には、戦艦「武蔵」の奇怪な姿がほうふつとして浮び上ってきた。

三時間近くにもなっただろうか、加藤氏の顔にようやく疲労の色が濃くなった。

しかし、私は、もう少し氏に辛抱してもらおうと思った。ふところの豊かでない私は、何度も名古屋へやってくるわけにはいかない。泊る費用も心もとないし、この機会にきくだけはきいておきたい。おそらく疑問点も必ず出てきて、その折には、再び加藤氏を訪れなければならなくなるのだろうが、できれば電話かなにかで確かめることのできるような些細な部分にしておきたかった。

沈没時のことに、私は質問を集中した。ある乗組員の「戦艦武蔵の死闘」という手記に、猪口敏平艦長は短刀を腹に突き立てて真一文字に掻き切り、砲術長が介錯するということが記されていたが、私は、その真偽をただした。

加藤氏は、即座に否定し、その折のことをこんな風に話してくれた。

「艦長は、アメリカ製の三色シャープペンシルで、手帖に遺書を書きとめてありました。いよいよお別れということになって、私たち数名の者が集ると、艦長は、「これを艦隊司令官に渡してくれ」と言ってその手帖を私に渡した。艦は、傾いていました。私は、「お供させてください」と申し上げましたところ、「いかん、乗員の面倒をみてやってくれ、またこの遺書もそえて戦訓を軍司令に伝えなければいかん」と言われました。そして私に、「記念にこれをやる」と言ってそのシャープペンシルを下さいました。そのシャープペンシルは、終戦後四、五年してから、艦長の弟さんである猪口力平さんに渡し、力平さんから艦長未亡人に渡されたときいております」

「その後、艦長はどうなさったのですか」

「艦長休憩室に入り、ドアの鍵をしめてそのまま艦と運命を共になさったのです」

この折のことについては、別の機会に細谷四郎氏からも詳しくきくことができた。

艦長との別れの場に細谷氏もいて、同じ二等兵曹の坂田伊知郎氏とともに、艦長から形見として鞄をいただいたという。その中には、円筒形の虎屋の羊カン七本が入っていた。

また、立派な艦長を死なすに忍びないという声が強く、館山兵曹長がただ一人艦橋に引き返していったが、沈没直前であったため、館山もそのまま帰らなかったという。さらに生存者の一部には、艦長が入ったのは艦長休憩室ではなく、司令官室ではないかと主張する者もあり、また入室後拳銃自殺をとげたという説もある。拳銃の発射音らしいものをきいた者もいるらしいが、それを証明できるものはなにもない。

話は、一応終った。

が、さらに私は、艦形をえがき、艦のどの部分から海中に飛びこんだ者が多かったかをきいた。その折、何気なくきき落すような重要な話が、加藤氏の口からもれた。艦は左側へ傾き、右側の艦腹が露出した。

「その右舷から飛びこんだ者は、傷を負った者が多く……」

と、氏は、さりげなく言った。

私も疲れていたが、何気なく、

「なぜ傷を負った者が多かったのですか?」

ときいた。

「当り前じゃないですか。牡蠣《かき》にやられるんですよ」

「カキ?」

「艦底には、牡蠣やその他いろんな貝殻がついているじゃないですか」

氏は、苦笑しながら言った。

私は、大きくうなずいた。

それまで私の胸の中には、海面上にあらわれた「武蔵」の像しかなかった。大口径の主砲、そそり立つ艦橋、甲板上に動くおびただしい人々。しかし、その下部には壮大な艦底が暗い海水の中にひろがっている。しかも、そこには、牡蠣をはじめ雑貝や、繁茂した海草がびっしりと附着している。それは前世紀に棲息した剛毛におおわれている巨大な海獣を連想させる。艦船は、ある一定期間を置くとドック入りし、牡蠣落しという作業をうける。

私に、突然一つの記憶がよみがえった。

戦時中、紡績会社を経営していた長兄が、国家総動員法の施行によって紡績業から木造船業に転業した。私もその工場に勤務するようになったが、ある日、一五〇トンほどの古びた木造船が修理のためはいってきた。鉄索で河口の水面からその船を造船所の構内に引き上げたが、その折、思いがけないものが水面からあらわれた。船底一面にはりついたおびただしい牡蠣であった。食料不足の頃なので、その牡蠣は思わぬ貴重な食物として所員に配給されたが、かなりの量であった。

一五〇トンの船ですらあのような牡蠣がはりついていたのだから、「武蔵」の艦底に附着した貝や海草の量は厖大《ぼうだい》なものであったにちがいない。

私の描く「武蔵」のイメージは、牡蠣という附着物によって大きくふくらんだ。

この折の経験は、私に一つの信念を与えた。私は小説を書くとき、その裏付けとして取材をするが、まず他人の書いたものを全面的には信用しない。自らの足で歩き自らの耳で聴くことに徹する。

その後、ある出版社の仕事をした折、編集の方を一人取材協力のためつけてくれるという申し出をうけ、事実重要人物の所在を奇蹟的にも探し出してくれたりしたが、取材については、私の方から辞退した。編集者の仕事は多忙をきわめ、私のために時間と労力をさいてくれる余地はほとんどないはずである。第一、私に与えられた仕事は、私自身の仕事であり、第三者に迷惑をかけることは許されないはずである。そうした常識的な考えと同時に、私がその好意的な申し出を辞退したのは、些細な話の中にも思いがけず創作意欲を刺戟する貴重なものがひそんでいることを私自身が知っているからである。

取材に協力してくれる編集者も、専門家であるだけに、そうした貴重なものをききもらすことはないだろうし、逆に、さらに私ではつかめなかったものをつかんできてくれることもあるかも知れない。しかし私には、加藤氏の重い口からぽつりともれた「牡蠣」という言葉と、その折の胸の中にふくれ上った感動を大切にしたい。それには、第三者の力をかりず、素人の稚拙さはあっても、私自身が直接相手の人物に会い、たどたどしい筆でメモをとる。それが、私に課せられた義務であり喜びなのだ。

名古屋から帰京して数日した頃、私の留守に新潮社の田辺孝治氏から電話があったと家人に告げられた。電話の内容は、明日私の家に氏が訪れてくるというのだ。

新潮社は著名な出版社であり、田辺氏は、頑固な編集者として知られている。私には、来訪の意がつかめなかった。

私は、それまでの過去十年間ほどの間に、芥川賞候補に四回、ということは四回とも受賞できなかったことを意味しているが、それでも数篇の小説を、文芸誌に発表させてもらっていた。しかし、それだけでは、むろん生活の資になるはずもなく、二年間の無職時代をはさんで、八年間繊維関係の会社に社員としての勤めをつづけてきた。そして半年ほど前、二年六カ月つとめた次兄の会社を退いていた。

会社づとめをやめたのは、妻の助言によるものだった。妻は、その八カ月前に芥川賞を受賞していたが、おそらく一年間ぐらいは倹約してゆけば原稿収入で暮してゆけるにちがいないから、思いきって会社をやめて執筆に専念したらという。その話をきいた次兄は困惑しながらも、私の退職をみとめ、ただし一年たっても収入らしいものがなければ会社へもどってこいという条件をつけた。

私は妻に、

「仕方がねえや、一年間だけ食わせてもらうか。髪結いの亭主になるぞ」

と、笑いながら言ったが、私は、妻の申し出と次兄の温情に感謝した。

しかし、一年間の期限がきられても、私には文筆で収入を得るあてはなかった。たまに随筆程度の仕事はあったが、報酬はわずかなもので、そんな中で私は、生れて初めて懸賞小説に原稿を送ったりしていた。それは、綜合雑誌「展望」で応募していた太宰治賞という新人賞で、戦後の日本文学の傑作を数多く紹介した「展望」という雑誌に対する信頼感が、そうした行為を私にとらせたのだが、同時にあてもない日々の中で、一つの僥倖《ぎょうこう》をねがった私の心の焦りでもあった。

私は、実質的にも髪結いの亭主だった。私は、妻の得た収入で食事をし、厚かましくも「武蔵」の取材のために妻の収入から金銭をかすめとっていた。

妻の収入にたよらねばならぬということは、むろん男である私には大きな苦痛だった。

私はよく泉三太郎に、

「おれはヒモだよ」

と、笑いながら言った。

が、かれは、

「ヒモっていうのは大したものだぜ。男というものは信念のために死ぬものだし、女はその男のために死ぬものなのだから、つまり男は、本質的にヒモであっていいんだ。君に価値がある証拠じゃないか」

などと真顔で言う。

私は、毎日薄笑いしながら暮した。

そうした生活の中で、ただ一つ気をまぎらすものといえば、戦艦「武蔵」の調査で歩きまわることであった。しかし、それは相手があるもので、都合によっては会うことができない日も多い。

そんななにもすることのない日は、よくタワシで黒ずみはじめた家の柱を洗ったりした。ペンキで物置や犬小舎も塗った。そんな私を、妻は、困惑したように黙って見つめていた。

翌朝、田辺氏がやってきた。

私は、田辺氏が煙たくてならなかった。過去におそらく十回以上は顔をつき合わせていたが、私は、すすんで話しかけたことは一度もない。むしろ長身のその姿をみると、身を遠ざけるような気持にさえなっていた。冷たい壁のようなもので自分をつつみ、第三者がその中に入りこむことを許さない風がみられる。私よりも一歳年下であることはきいていたが、氏からうけるものは、妙に老成した近づき難い冷やかさだけで、会合などで、中堅作家などと表情をくずして談笑しているのを、私は遠くから不思議なものでもみるようにながめていた。

私と対した氏の印象は、それまで接してきたものと同じであった。しかし、氏の口からもれた言葉は、私にとって思ってもみないことであった。氏の上司が、私の書いた「戦艦武蔵取材日記」を読み、興味をもったらしい。もし戦艦「武蔵」を小説に書く気があるなら書いてみないか、というのだ。

「どうですか、書いてみては……」

氏は、言った。

私は、うなずいたがそれきり言葉に窮した。むろん私の内部には小説として書きたい意欲があって、そのための調査をつづけているのだが、調査が進むにつれて到底自分には書けないという意識と、文学に対する私の考えからも、書くべきではないという気持が強かった。

田辺氏が帰ると、私は、虚脱したように坐っていた。書けという声、書けはしないぞという声、そして書くなという声が交互に私の内部で戦っている。それから数日間、私は、家の中でごろごろと寝ころがっていた。

そのうちに、私は、再び「武蔵」の建艦日誌を眼にした頃の自分に立ちもどっていた。終戦後二十年間、戦争は、民主主義という言葉の中でゆがめられ、戦争の実際の姿から人々は視線をそらせつづけている。それに対するもどかしさが憤りに近いものとなって、私は鬱屈した二十年間をすごしてきた。平和をねがうならば、戦争の悲惨さ、むなしさを直視しなければならないはずなのだ。

二十年間、私は、だれかがそのことに大胆に手をつけてくれることをねがいつづけていた。大胆にと私は書いたが、たしかにそれにはある種の勇気がいる。戦争は、人間の巨大なエネルギーが根源となっている。日本人の大多数は、真剣に生命を捧げてまで戦争を勝利にみちびくために行動した。

日本人だけではない。記録映画をみても、ドイツ人は、ヒトラーの演説に熱狂し、手をあげて広場にひしめいた。戦後の戦争論は、「軍部が悪かった」の一語で簡単にすましている。そして、戦争を持続させる原動力となった一般大衆のエネルギーについては、一切口をとじている。大衆のエネルギーが、どのような形をとったか。一例をあげれば、日本では、特攻隊員の死であり、それをただ「犬死であった」とすましていては、戦争を解く鍵とはなるまい。その鍵とはなにか。それは、戦時中に示した大多数の人々のすさまじいエネルギーであり、死をさえいとわなかったエネルギーではないのか。そのことを大胆に直視しなければ、戦争のはかなさ、悲惨さはその姿を鮮明にはしない。

しかし、その死をさえいとわなかったエネルギーを書き、口にすることは、ただちに戦争賛美者というレッテルをはられる恐れが、この島国では多分にある。「武蔵」という巨艦は、軍部の強い要求と同時に大衆のエネルギーから生れたものであり、また乗組員も、エネルギーのすべてを吐き出した。そのエネルギーによって支えられた「武蔵」が、戦闘らしきものも行わず千名以上の人命とともに沈没してしまったことは、いかにも戦争のむなしさ、人間のむなしさを象徴してはいないだろうか。

小説という枠の中に「武蔵」をはめこむことは、きわめて難事業であるように思えた。しかし、田辺氏の来訪が、私に小説という形で書く勇気を与えた。それは、私のいだきつづけてきた文学に対する考え方を裏切ることにはなるが、私の四十年近い半生で最大の事件であった戦争をこの機会に書き、考えることは、決して無意味なことではないにちがいない。それどころか、今戦争を書かなければ、死を迎えるまで今後鬱屈した気ははれずに終るだろう。

私にとって、文芸誌「新潮」は、願ってもない発表舞台であった。戦艦「武蔵」という素材からうける印象は、多分に流行化している戦記物の範疇《はんちゅう》に入る通俗的な匂いがある。それにもかかわらず「新潮」が私の作品を掲載するということは、「新潮」の編集部が私の意図を文学的な立場で期待している証拠にちがいなかった。そしてそれは、私にとって大きな喜びであった。

戦艦「武蔵」に関する小説を書いてみようと決意した時、私は眼前に、壮大な峰が立ちはだかったような威圧感をおぼえた。就役後の「武蔵」の行動とその沈没は、なんとか書き得る自信はあったが、建造過程については、気持もひるみ勝ちだった。

電灯のヒューズ直しもうまく出来ない私にとって、造艦技術などという高度な知識を咀《そ》嚼《しゃく》することなど到底できそうにもなかった。それでも私は、この小説の大ざっぱな構成をあれこれと考えはじめるようになっていた。枚数は、おそらく私のものとしては最も長い四百枚をこえるものになりそうな予感がした。また小説の重点は、「武蔵」の建造過程におこうと心にきめていた。

私の興味の大半は、「武蔵」の建造にあり、「武蔵」が起工して海軍に引き渡されるところで小説は終ってもよいとさえ思っていた。しかし、海洋を進む「武蔵」の巨大な姿を海獣のような奇怪な生き物として描いてみたかったし、また戦闘らしきものも行わず沈没してゆく情景は、小説の結末としていかにも恰好なものに思えた。

私は、いつの間にか、建艦過程を四分の三、残りの四分の一を「武蔵」の行動と沈没にあてようと思うようになっていた。

五

私は、小説を書くための取材をはじめた。

まず私は、「武蔵」が建造された長崎へ行かねばならない。またその建造に関係した多くの技師その他に会わねばならない。それらをかなえるためには、三菱重工の協力を得ることが必要だった。

森米次郎氏の指示もあって、私は、丸の内にある三菱の広報室を訪れた。そこで室長の黒田真一氏、次長の斎藤太兵衛氏を知り、室員の木原雅彦氏から、好意的な指示を得た。長崎造船所へおもむく折は、長崎へも連絡してくれるという。

その日私は、同社の五階にいる艦艇部調査役の杉野茂氏を再び訪れた。杉野氏は、すでに書き記したように、九州帝国大学卒業後長崎造船所に入り、「大和」「武蔵」の建造、設計に関係している。「武蔵」は「大和」と同型艦で、設計図も主な鋼鉄も、「大和」を建造した呉海軍工廠から長崎へ送られてくる。氏は呉の「大和」設計作業の応援のため、長崎から出張する川良武次氏をキャップとする技師たちにまじって呉へむかっている。それは、長崎造船所の「武蔵」建造に関係のある設計関係技術陣の最初の動きだった。

杉野氏の日記には、昭和十二年七月二十四日午後十一時発終列車にて長崎発。翌二十五日午後二時呉着……となっている。川良グループの技師たちは、数日前に宣誓書に署名し、呉海軍工廠出張を命じられている。むろんかれらは、呉で「大和」の建造準備がすすめられていることなど知るはずもない。長崎造船所の監督官からは、

「呉で特殊工事を行っているが、その協同作業のため出張するように……。出張は、非常に長期にわたると考えられたい」

と言われただけである。そして呉出張後、川良技師たちは、初めて「大和」が第一号艦、「武蔵」が第二号艦として建造準備がはじめられていることを知る。

杉野氏からきいた話を中心に、私がそれまで取材し得たものを簡単に整理してみると、

一、防諜ニツイテ

厳重キワマリノナイモノデアッタ。

(イ) 設計場兼図庫

コノ部屋ニハ第二号艦ニ関スル軍機図書ヲノゾイタ重要設計図ガ集メラレテイタ。

コノ部屋ハ完全ニ隔離サレタコンクリート造リノ密室。一方ガ設計場デ、図庫ハ金網ガハラレ、中ニ監理人ガイル。設計図面出シ入レハ、小サナ窓口ヲ通シテオコナワレル。ソノ折ニハ、監理人ガ、設計図ニ記サレタナンバーヲ確認スル。ソノ結果ハ、毎日監理人カラ図庫責任者ノ喜多保定氏ニ報告サレル。昼食時ニナルト、図面ヲ金網ノ中ニ返シ、全員ガソノ部屋カラ出サレ、午後ノ仕事開始マデ部屋ニハ錠ガカケラレル。部屋ノ外ニハ守衛ガヒカエ、便所ヘ行ク折デモ、一々出入リヲチェックサレル。ソノ密室ハ金網ガアルタメ鳥カゴトモ称サレテイタ。

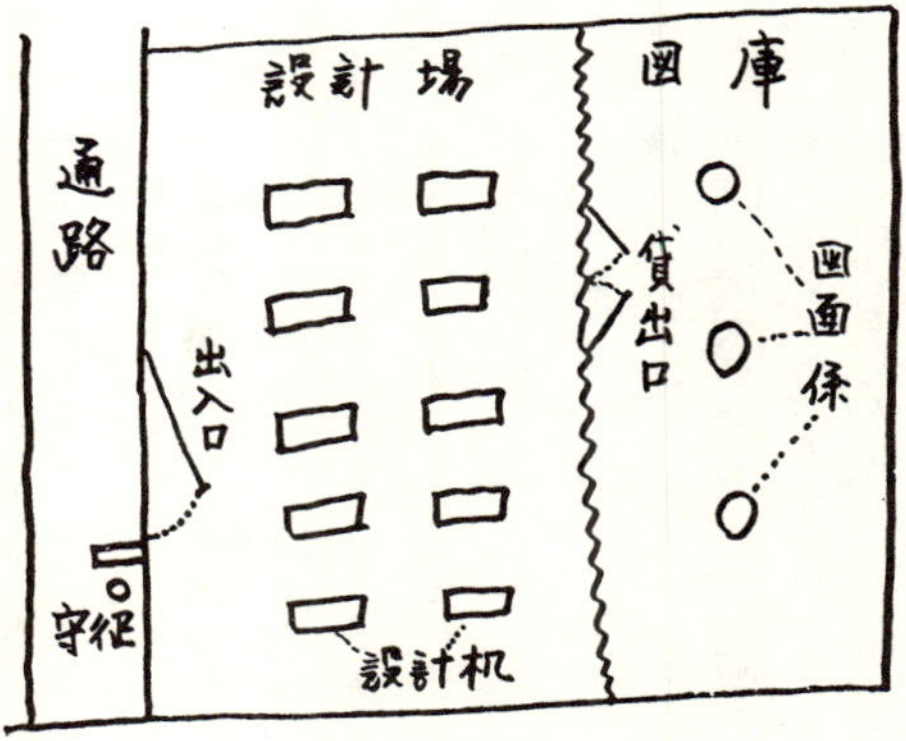

設計場と図庫

(ロ)　計算用紙の取扱イ

計算用紙ハ同一ノモノ、シカモ冊綴リニナッタモノヲ使用。一枚一枚ナンバーモ打タレテイル。持出シ厳禁。計算用紙ニ数字ソノ他ヲ書クト下ノ紙ニウツルオソレガアルタメ、ソレラノ計算用紙ハ一枚下ノモノモ含メテ、不用ニナルトヒトマトメニシテ、発電所ノボイラー室デ焼却。燃エツキルマデ確認スル。

(ハ)　図面紛失事件

コノ件ニツイテハ詳シイコトハ知ラナイ。タダ事件発生後ト思ワレル頃、杉野氏タチノ出張先ノ呉ニ特高ノ刑事ガキテ、長崎造船所カラ出張シテイタ技師ノ素行ヲシラベタラシイ。同僚ノ技師ノ下宿ニハ、留守中ニ刑事ガキテ、タンスノ中ヲ探ッタトイウ。ソレ以外ノコトハ知ラヌ。

二、船台ニツイテ

第二号艦――「武蔵」ハ第二船台デ建造サレタ。周囲ヲ棕櫚スダレデオオッタ。

三、進水式

当日ハ晴天ダッタ。武蔵ガ動キハジメタ時、ゴーットイウ異様ナ音ガシタ。高波ガ起キ、対岸ニ海水ガ押シ寄セ、川ニモヤワレタ牡蠣舟ガユレテ顚覆シタトイウ話モキイタ。進水ノ設計ニツイテハ、三菱本社ノ現海外事業部長浜田鉅氏ガ担当シタノデキクトヨイ。マタソノ指示デ工作ヲ担当シタ大宮丈七氏ガ長崎ニイルカラ会ッテキクトヨイ。

私の関心の一つに、図面紛失事件があった。この件についてはその内容にふれた資料は乏しく、ただわずかに軍事雑誌ともいうべき「丸」に二つほど記事がのっていたが、どちらも曖昧な記事でしかない。

曖昧なのは、この二つの記事だけではない。たしかに図面紛失事件はあったのだが、図面がどのように紛失したのか、だれが盗み出したのか、その図面はいったいどこへ行ったのか、関係者に会ってもほとんどだれも知らない。ただその折、設計場兼図庫にいた技師たちが、憲兵隊か特高かに引っ立てられて暴行をうけたらしいということを漠然ときいているだけである。

「武蔵」建造についての調査をはじめてからわかったことだが、長崎造船所の「武蔵」に関係した人々は、自分が直接担当したごく限られた部門のことしか知っていないことに、私は驚いた。それは、「武蔵」建造についての機密保持が徹底していて、部門ごとの秘密が完全に守られていたことを示している。と同時に、関係者たちが、相互に他の部門のことを知ろうとしない心理がはたらいていたことが、それに一層拍車をかけている。かれらは、宣誓書に署名している身分であり、他の部門のことをきいたりすることによって、あらぬ嫌疑をうけることを恐れたものらしい。そうした関係から、かれらは自分の担当した部門が他の部門にどのようにつながっているのか、ほとんど知識をもっていないのだ。

これは、調査する私にとって大きな労力を強いられることになった。全貌を浮び上らせるためには、個々からきいた話を丹念につなぎ合わせてゆかねばならない。それは、組み合わせ式パズルをとくような根気を要したが、同時に、解いた後の喜びも味わうことができた。

そうした事情を考えると、それら関係者が図面紛失事件の内容を知らないのは、当然といえば当然のことであった。

しかし、私が何十人もの人に会ってゆくうちに、その事件に一人の少年が大きな比重で関係しているらしいことに気づきはじめた。ある人の口からふと(おそらく不注意に)もれた言葉から、その少年が「N」という姓の持主であることもかぎつけた。私は「N」という姓をもつ少年が、図面を紛失、または盗み出したらしいという確信をもつようになっていた。

またある人は言った。図面は外国の諜報機関員の手に渡り、アメリカは「大和」「武蔵」の存在を完全に知った。その証拠には、戦時中にすでにアメリカの雑誌「ライフ」にその設計図が載せられていたという。この話は、どこで生れたのか知らぬが、一部の人の間では定説に近い形となって信じこまれているようだった。

しかし、この話は、後に海軍艦艇の研究家である福井静夫氏の説明で、まったく根拠のない流説であることを知った。

福井氏は、終戦後来日したアメリカ海軍技術調査団のまとめた情報レポートをその証拠としてあげる。そのレポートによると、アメリカ側は、新戦艦が日本で建造されているこ

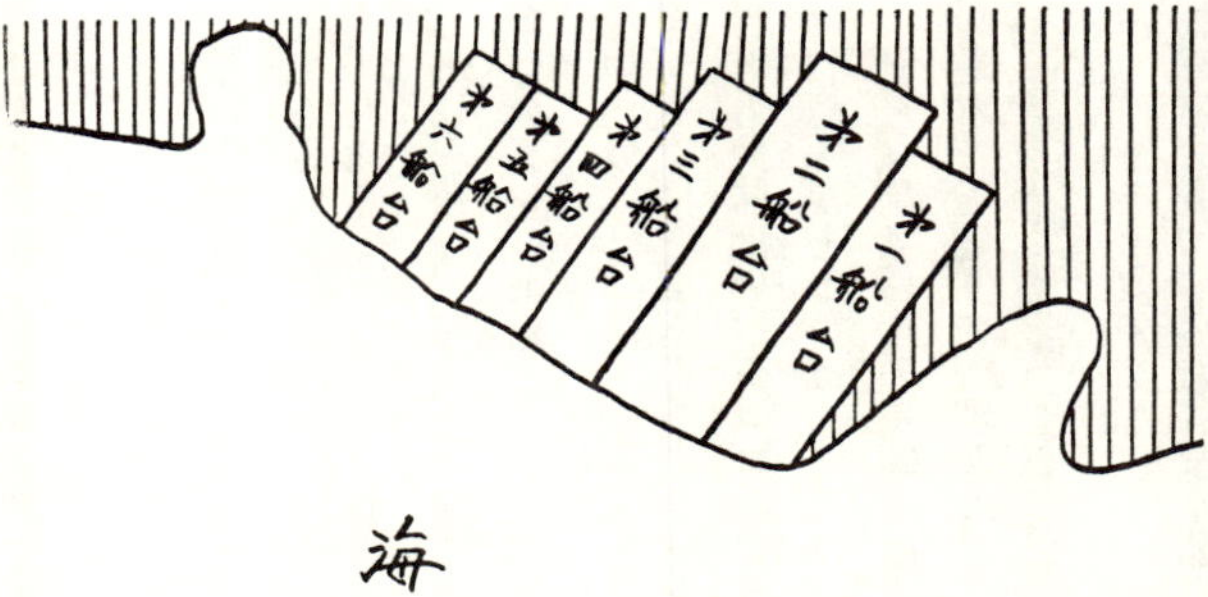

造船所（斜線部）と船台

とは知っていたが、竣工期日、要目についてはまったくわからなかった。戦時中日本の海軍捕虜をきびしく訊問しても要領を得ず、それら俘虜の言葉を総合した結果、新戦艦の排水量は四、五万トン、主砲は四六センチ砲らしいという推測が立てられたにすぎなかった、と記されているという。

そうした伝説的な話までつくり上げられてはいるが、いずれにしても図面紛失事件——少年という組み合わせは、なぞめいた興味を私に与えた。

また私が特に関心をいだいたのは、「武蔵」を建造したガントリー・クレーン（門型起重機）をおおった棕櫚縄のスダレの存在であった。これについては、三菱重工業株式会社でまとめた『創業百年の長崎造船所』というかなり分厚い社史に、こんな記述がみられる。

「昭和十三年三月、第2号艦（武蔵）の建造が開始されると、外部から第一、第二船台を遠望されるのを避けるため、船台の周囲に遮蔽物を設置することになった。……建造中の第二船台ガントリーには、八四五、〇〇〇平方メートルにおよぶシュロ縄網を垂下した。このため漁業用のシュロ縄が乏しくなり、業者から抗議をうけたこともあった」。

その使用したシュロ縄は長さ約二、七一〇キロメートル、同上簾《すだれ》の総重量約四一〇トンとも記されている。

シュロ縄に関する記録はこれしかなく、あってもこの一文を引用しているにすぎない。しかし、私は、棕櫚という植物に大きな刺戟をうけていた。壮大な船台の周囲に垂れるシュロスダレ。戦艦との取り合わせは異様だが、それだけに「武蔵」という巨大な怪物の生誕所としては恰好の遮蔽物に思えた。

シュロは、機密保持上ひそかに集められたものだろうし、その結果業者の抗議をうけたことも興味深い。シュロという植物が、大衆の生活をおびやかすものになったことが、私には意味があるように思えた。

また『創業百年の長崎造船所』には、進水時のエピソードとして「津波をおこした武蔵の進水」と題して、別がこいでこのようなことも記されている。

「超弩級戦艦武蔵が進水のとき、長崎港内の海面水位に大きな変化を与えた。進水直後の立神《たてがみ》船台附近の海面は約三〇センチ上がり、波高最大五八センチに達した。この波は、約三〇分間つづいた。また船台の反対側の浪《なみ》ノ平《ひら》海岸では一時的に発生した高潮のため床上まで海水が侵入した民家もあった」

私のイメージは、確実な形をとってきた。「武蔵」が、巨大な生き物に思えてきた。骨格が出来、内臓もおさめられて船台から滑走して海面におろされる。身をすべりこませた折に、その体があまりにも大きいため、海面に津波が起る。

私の胸の動悸はたかまった。イメージは、急速にふくらんできている。人体にたとえれば、私の「武蔵」に対する創作意図ともいうべき骨格はすでに出来上りかけ、後は、入念に肉づけをすればいいだけなのだ。

戦艦「武蔵」の建造日誌を初めて眼にしてから相当の年月が経過していた。その期間は、長いようにも思えるし短いようにも思える。いずれにしても、私の内部には、書けそうだという自信めいたものがはっきりとした形になって生れてきていた。

長崎へ行こう……。私は、取材からの帰途、電車にゆられながらかたく心にきめていた。

六

昭和四十一年三月二十九日、午後の「ひかり」で東京を出発した私は、新大阪で特急寝台に乗りつぐと、翌朝早く長崎駅のホームに降り立った。

初めて訪れる長崎市のたたずまいを、しばらく駅前に立ってながめていた。私は、この市を舞台に小説を書こうとしている。そう思うと、駅前の変哲もない情景も、ひどく貴重なものに感じられた。

駅の食堂で朝食をとると、タクシーで長崎造船所へ向った。丁度九時の出勤時間で、所員があわただしく事務所に駈けこんでゆく。造船所は、有力な紹介者がないと入所をこばまれると言われているが、東京本社からの連絡があったらしく、守衛の人が二階の古びた総務課に案内してくれ、課長の平井章介氏に会うことができた。

平井氏は、すぐに係長の山口国男氏と林田繁人氏を私に引き合わせ、私の取材に便宜をはかるよう命じた。打合わせの結果、ともかく「武蔵」に関係した人たちを出来るかぎり集めて座談会をしてもらうということになり、電話が諸々方々にかけられた。

二時間後に集合することにきまったが、平井氏は、その間待つ時間が惜しいだろうから、山口、林田両氏の案内で造船所内、特に「武蔵」を起工し進水した第二船台を見学したらどうか、と言ってくれた。私には願ってもないことだった。

所内を見学すると言っても、歩いてはかなりの時間がかかるほど規模が大きい。私は、車にのせられ所内に入った。

巨大なタンカーが岸壁に横づけされている傍を走りぬけ、やがて、第二船台のそびえ立つガントリーが見えてきた。その大きさは、私の胸に描いていたもの以上だった。「こいつはデケエヤ」私は、胸の中でつぶやいた。

私は、保安帽をかぶっていた。保安帽をかぶったのは、数年前、黒部のダムに入った時だけで、これで二度目だったが、私は、保安帽という帽子が感覚的に好きである。それは文字通り事故防止のためのものだろうが、鉄骨でも落ちてくれば、そんなものをかぶっていても何の役にも立つまい。しかし、それをかぶると、ここは特殊な男だけの世界なのだという意識が自然と定着する。

第二船台には、四万トンほどの船が建造中であった。船体に一斉に熔接の火花がひらめき、鉄鋼をたたきつけるような音響があたりに充満している。角材で支えられた船底にもぐってみた。なんという広さだ。私は、薄暗い中で、船底のひろがりを見つめつづけた。

船尾に行くと、対岸がみえた。私の得た資料では、船台の突端から対岸までの距離は六八〇メートル。この数字が、「武蔵」の建造にきわめて重大な意味をもっている。

長崎港は、地図を見ればわかるように深くくびれている。その海面に、「武蔵」は、艦尾を先にして第二船台からすべり下り進水したが、「武蔵」の船体の長さは二六三メートルもあって、平均一五ノット(時速二八キロ弱)の速度で海面を一直線に進むはずだった。そのまま進めば、一分三十秒後には、轟音をあげて対岸に激突し、大きくその巨体を山のようにのし上げてしまう。そうした事故を避けるために、船体の両舷に重い鎖をつけて船体の動きをおさえたのだが、三六、〇〇〇トンの重量をもつ船体だけに、その鎖の重さも、両舷合わせて五七〇〇トンにも達したのである。

この鎖の話をきいた時、私は、思わず笑い出してしまった。すべってゆく船の動きをとめるため、鎖をひきずらせる。船体の重量と速度、その動きをおさえるに必要な鎖の重さ。それらは、緻密な計算のもとにはじき出されたのだろうし、事実「武蔵」の船体は、予定していた海面とわずか一メートルほどしかちがわない位置で停止したという。しかしそれにしても、船体の動きを鎖を引きずらせることでおさえるという発想は、きわめて素朴である。高度な造船技術も、小学生でも考えつきそうな常識がその根底にあるといっていい。

「武蔵」建造の焦点は、進水が果して成功するか否かにかかっていた。それほど重い船体の船台からの進水は、イギリスのクイン・エリザベス号の進水とともに、世界造船史上画期的なもので、その進水重量の記録は、今もって更新されていない。

呉で起工され竣工した同型艦「大和」がドック進水であったのと比べると、「武蔵」の進水が船台から滑走したものだけに、技術的困難は、「武蔵」の方が大きかったといえる。進水がはたしてうまくゆくかどうか、船体をせまい海面上で停止させることができるかどうか、それはスリルに満ちたものであったにちがいない。事実、戦後に長崎造船所で進水した外国からの受註船が、対岸に激突し乗り上げてしまったという新聞記事が掲載されたことがある。そうした事故は、対岸までわずか六八〇メートルの距離しかないせまい海面を思うと、十分起り得ることなのだ。

事務所にもどると、私は、総務課長の平井氏からメモをとった。

平井氏は、「武蔵」建造当時庶務課に所属していて、昭和十五年五月に宣誓書に署名をし、初めてシュロスダレの中に入ったという。進水式の設営もやったが、式台は図のようなもので、冷酒とスルメだけの簡素なものであったらしい。

式後、臨席した天皇の御名代伏見宮軍令部総長は、迎賓館占勝閣《せんしょうかく》にもどったが、もう一度「武蔵」を見たいと言って遮蔽塀に踏み台を置き、そこから湾内に浮ぶ「武蔵」を飽きずにながめていたという。

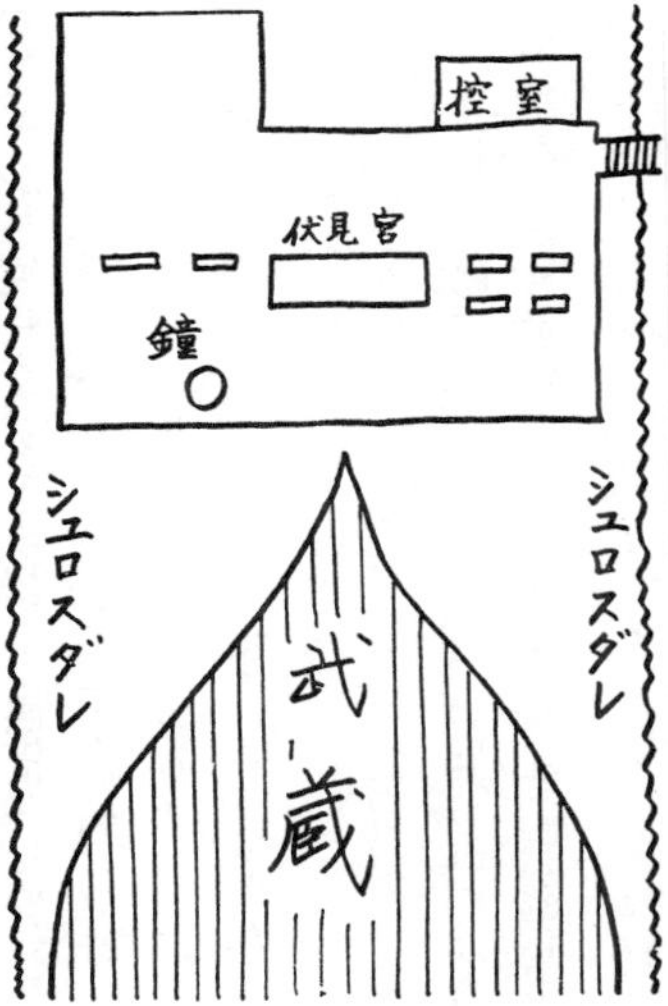

進水式の式台

平井氏は、「武蔵」の艤《ぎ》装《そう》が終り長崎から呉へ回航された時も、艦に乗って呉へついて行っている。早朝出港した「武蔵」は、夜半に鹿児島の大隅半島を迂回し日向灘で朝を迎えたが、その折の記憶について平井氏は、妙なことを口にした。

「その朝でしたよ、空母「赤城」その他が沈没したミッドウエー海戦の悲報をきいたのは……」

私は、メモをとる手をとめた。

「武蔵」が呉に回航するため長崎を出港したのは、昭和十七年五月二十日で日向灘通過は翌早朝である。しかし、ミッドウェー海戦はそれから十六日後の六月五日であって、その敗北のニュースをきくはずはない。それについて説明すると、平井氏は、

「おかしいな。まちがいないはずなんですがね。強い記憶としてこれだけは忘れられないんですがね」

と言って、首をかしげた。

すでに二十数年前のことである。記憶ちがいは当然あるはずだが、私の方としてみれば、調査しながらも絶えず神経をはたらかせて記憶ちがいとたたかわなければならない。平井氏は、それでも釈然としない表情をくずさなかった。

一室に、当時「武蔵」の建造に関係した人々が集っていた。部屋のドアを開けると、四人の方が、テーブルをかこんで坐っているのが眼にとまった。

元長崎造船所技師喜多岡伸雄という郷土史の研究もしている方が司会役のような役目を買ってくれて、座談がはじまった。

初めに紹介されたのは、馬場熊男氏であった。この人が、馬場氏か。私は、頭髪に白髪のまじったその人の顔を見つめた。

戦艦「武蔵」の建造日誌をひらくと、冒頭に近い昭和十二年五月二十九日の欄に、「渡辺、芹川、古賀、馬場、首席監督官室で宣誓」という記録がみえる。渡辺賢介氏は鉄工場

長で、「武蔵」の建造主任として総指揮にあたった人物であり、芹川正直氏は進水主任、古賀繁一氏は副建造主任ともいうべき立場で、それぞれ「武蔵」建造に関係した技術陣の最高幹部であり、それらとともに早々と宣誓した馬場熊男氏は、「武蔵」建造にとって重要な技師の一人であることは疑いない。

さらにそれから一カ月ほど経った六月二十三日の日誌には、「馬場熊男以下十名、呉に出張」という記録もある。「武蔵」の起工は翌十三年三月二十九日であり、それよりも九カ月も前に馬場グループの呉出張にみられるような、長崎造船所の幹部技師たちの間にかなり活発な動きがみられることは興味深く思えた。

次に紹介された人の名は、大宮丈七氏だった。

大宮氏については、これまで何度耳にしたか知れない。「武蔵」の進水設計は、東京帝国大学出身の若い浜田鉦氏があたり、その至難ともいえる工作を三菱工業学校出身の大宮技師が担当した。

大宮氏は、長年にわたる進水工作によって経験も豊富で、まぎれもない進水の名人といわれ、私はそうした氏の経歴から頑固そうな一人の老人を想像していた。が、眼の前に坐っている大宮氏は、絶えず微笑を浮べた童顔の明るい眼をしたおだやかな六十年輩の方であった。

最後に紹介されたのは、平川卯三次という人であった。私は、その人の名を初めて知ったが、イギリス紳士とでも言った日本人ばなれした容姿の方で、話しぶりも筋道が通っていて、話の内容がきわめて興味深かった。

まず初めに馬場氏から口をきってもらった。その折のメモの一部を記すと、

昭和十二年六月頃、「同型ノ船ヲ呉ト長崎デツクルカラ呉ニ行ケ」ト、渡辺鉄工場長カラ言ワレタ。行先ハ誰ニモ言ウナトイワレタノデ、家族ヤ同僚ニハ「一寸旅行シテクル」ト言ッテオイタ。

出発数日前、監督官ノ前デ宣誓。渡辺氏カラハ、二班ニ分レテ出発セヨト言ワレタ。ナニガナンダカワカラナイ。十名ヲ二班ニ分ケ、私ハ五人ヲツレテ昼間ノ汽車、後ノ五人ハ夜行デ出発シタ。

呉デハイツモノ常宿井筒屋ヲ避ケ、古橋トイウ宿ニトマッタ。

――この古橋という旅館名は、後に古林という名であることを知った。古林はフルバヤシと読めるし、古橋(フルハシ)と錯覚したにちがいない。そして、その後馬場氏からの指示で、古林の女主人磯江菊野氏とも会う機会を得た――。

馬場氏の呉での仕事は、線図の写し取りと呉で作っている原図を二隻分作成し、その一隻分を長崎用として確保することにあった。馬場氏たちは呉へ出張した技術陣の第一陣で

あったが、その年の七月二十四日には川良武次技師をキャップに杉野茂、笹原徳治ら六名の技師と五名の製図工が呉へ第二陣としておもむいている。

杉野氏からきいた話と、馬場氏の口からもれた第二陣出迎えの話で、長崎から呉への技術陣の出張は、丁度鍵が鍵穴にぴたりと合ったように内容がはっきりしたものになった。

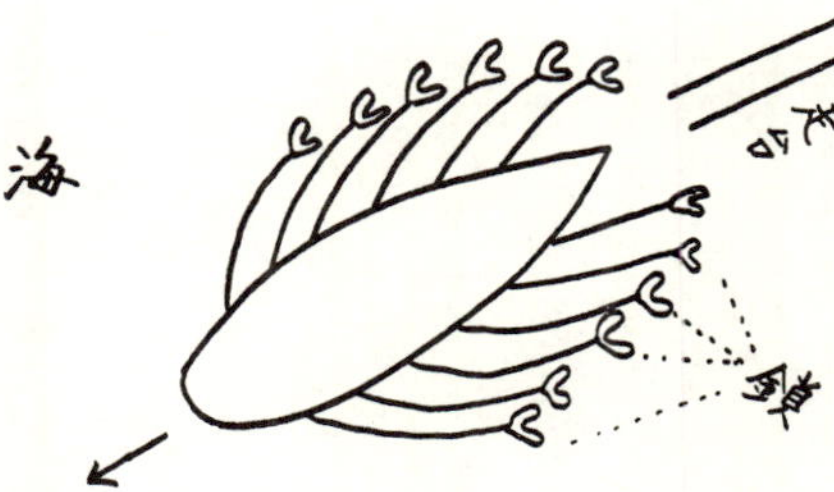

対岸にぶつからぬよう鎖をつけて進水した

さらに平川氏が口をはさんで、川良氏たちのそれ以前の動きがあきらかになった。川良氏一行が呉へ出張した四カ月ほど前、川良氏は平川卯三次、小山永敏、諏訪京作の三名をつれて八〇〇番船（「武蔵」の造船所内の仮称）建造設計の指導を仰ぐこととその研究のために海軍艦政本部へおもむいたが、軍機に属する新戦艦建造設計に民間人を関係させる段階ではないといって追い帰されたという。平川氏は、やむなく三菱重工業本社の艦船計画課で仕事をするため残ったという。

大宮丈七氏からは、重点的に進水の話をきいた。その折のメモには、上のような図が描かれている。船体の滑降速度を減殺するためにとりつけた鎖の説明図である。

進水方法については、素人ながらも一応の知識をもっていたはずではあったが、大宮氏の口からきいたこともない専門用語が相ついで流れ出てくるのには困惑した。そのたびに、私は、大宮氏に質問をしたが、大宮氏をはじめ同席している人々の顔には、一様に呆気にとられたような表情が浮んでいた。

おそらく元技師たちは、「こんな素人に、「武蔵」建造の小説が書けるのか」と心もとなく思ったにちがいない。質問するたびに、人々の間から失笑も起ったが、それでも互いに言葉をそえて、その用語がなんであるかを熱心に教えてくれた。私は、家庭教師に教えをうけている小学生さながらだった。

「「武蔵」の進水が成功する自信はありましたか」

私は、大宮氏にたずねた。

大宮氏は、

「不安でしたね」

と、笑顔で答えた。

「浜田さん(設計担当)は、緻密に計算しておられて自信はあったようですが、私は不安でした」

とも言った。

メモには、こんなことが記されている。

自信モッテイタ者ハイナイ。進水作業中、コンクリートノ船台ニヒビガ入ッタ。初メハ小サイ亀裂ダッタガ、徐々ニヒロガッテイッタ。驚イタ。船台ガ割レルカト思ッタ。進水ノ時ハ、朝モヤガカカッテイタ。進水デ船ガ動キハジメタ時、私ハ、ボーットシテイタ。ダレカ一人ガ、バンザイト叫ンダ。ミンナガ、バンザイト言ッタ。私モ、バンザイト言ッタ。武蔵ガ、計算通リ湾内ニ浮ンダ。ソレマデハ、誰モ部分部分シカミテイナイ。浮ンデイルノヲ見テ、コンナ格好ヲシテイタノカ、コンナ大キイノカト思ッタ。化ケ物ガゴト(のように)思ッタ。

大宮氏は、「武蔵」の進水については、浜田鉅氏がその内容を戦後、学界に提出し工学博士号をとったこと、またその記録を要約して大宮丈七氏と連名で造船協会会誌に発表したことを教えてくれた。私は、その印刷物が現存していることを知って喜んだ。進水についてそうした記録が残されていることは、門外漢である私にとって大きな救いとなるものだった。

図面紛失事件について、なにか知っていることはないかと技師たちにたずねた。……克明に知っていたのは、平川氏であった。

事件発生後、平川氏は、事件に関係はなかったが、図面を探し出すためしばしば警察に

も出頭させられ、それによって自然と事件の内容を知ったらしいが、

「今だからもう言ってもいいでしょうな」

と、平川氏は折り目正しい口調で話しはじめた。

図面紛失事件と少年とのなぞめいた結びつきは、たちまちほぐれていった。図面を持ち出したのは、想像していた通りその少年だった。動機は、あまりにも他愛ない。

少年は、初め図庫のある設計場に製図工として抜擢され、配属されたことに誇りをいだいていた。設計場で仕事をする設計技師たちは造船所内でも優秀な者ばかりで、少年も入所試験の成績がかなり良く、配属されるのに十分な資格をもっていた。

しかし、やがて少年は不満をいだきはじめた。図工とはいっても雑役に近く、鳥カゴと称されるように外部と遮断された部屋の息苦しさにも堪えられなくなった。それに、大学出の技師たちに叱責されることも多い。少年はなにかミスをすれば、重要なこの職場には不適格だとして他の職場に変えさせられるだろう……と単純に考えた。

少年は、一枚の図面をひそかに持ち出そうと考え、それを袋の中にかくすことに成功した。

毎日午後四時に、設計場から出る紙屑は、金網の中の図面係が少年ともう一人の図工に袋に入れさせボイラー室へ焼却に行く。少年の袋にひそませた図面は、計画通り他の紙屑

とともにボイラーの中で灰と化した。

少年にとって、それから造船所内に起った騒ぎは、予想外のことであった。すっかりおびえた彼は、だれにも打ち明けなかったが、一カ月後、すべてが判明した。きびしい追及をうけた少年が、すべてを自白したのである。軍も特高係の刑事も、少年の動機の他愛なさをいぶかしんで疑惑をとかなかったが、それが事実であることを知ると、事件に対する調査を打ちきった。少年は、懲役二年(執行猶予三年)の刑をうけて満洲へ送られたのである。

私は、少年が戦争の被害者であることを知った。無心さがひき起した事件というには、あまりにも少年のうけた傷は深い。

平川氏の話で私を驚かせたものの一つに、図面に描かれた内容があった。平川氏によれば、その図面は四六センチ主砲砲塔の回転する部分のダイアメーターをしるしたものであった。それまで私がきいたかぎりでは、「なあに、大した重要性もないつまらぬ図面だったそうです」という言葉であった。しかし、平川氏の言う通りだとすると、その設計図面は、新戦艦が世界に類のない四六センチ口径の巨砲をもつ巨大な艦であることを明らかにしてしまう、きわめて重要な設計図ということになる。

同席していた人々も初めて耳にする事実に大きな驚きを示していたが、それは前述したように幹部の者たちでさえ自分の部門のことはもらさない、他の部門のことを知ろうとしないという一貫した態度のあらわれでもあった。

その図面紛失事件によって拘引された人々の名を、ここで明かそうとは思わない。断片的にそれまでも、またそれ以後も数名の人の氏名を耳にしたが、拘引され拷問をうけた方々にとっては、思い起したくもないいまわしい事件であるにちがいない。

少年は、たしかにその図面を持ち出した。犯人は、官憲の予想を裏切って少年だったわけだが、その行為もまったく悪意のない少年らしい無邪気さがそうさせたにすぎない。ただ時代が戦時であり、対象が厳重な機密保持のもとに建造されていた「武蔵」の極秘図面であったことが、少年自身にも予想のつかない大きな災厄を与えてしまったのである。

さらに、それに関連して拘引され失神するまで殴打された六名の技師、一名の図工は、気の毒としか言いようがない。私生活を犠牲にしてまで「武蔵」の設計作業に従事していたかれらには、腹立たしさを越えた屈辱であったはずだ。私は、少年をはじめこれらの人々の立場を考え、小説の上でもこの事件に関するかぎりは、技師、図工、少年として実名を伏せることにきめた。

雑談にはいり、自然に話が腕章のことになった。

宣誓をし「武蔵」の建造に関係した者には腕章が渡され、それが船台に入る一つの証明書のような役目を果していたが、その腕章の色を質問すると、馬場氏たちの意見は完全にわかれてしまった。

技師と工員は別の色のものを使っていたらしいが、いずれも色の記憶がすべてちがっている。常識的に考えれば、五年間毎日腕に巻きつけていた腕章の色を忘れてしまったことは不自然でさえある。が、二十数年という時間が経過しているのを考え合わせると、平井総務課長の記憶ちがいと同じように、すでに二昔前のことという実感をあらためて感じた。しかし、わずか二十数年前のあの戦争が、すでに濃い歴史の霧の中に埋没しかけている事実は空恐ろしいことにも思えた。二十数年という歳月は、戦争をふりかえるのに恰好な冷静さを与えてはくれているが、同時に時間の経過は、戦争を遠い過去のものとして追いやってしまっている。

話が終った頃、私の大学ノートの大半は、こまかい文字で埋められていた。再び会うことにして、私は、馬場氏たちと別れた。

「今日の予定は？」

総務課の人にきかれて、私は、「武蔵」の進水時に高波が押しよせた対岸の浪ノ平の住民に会いたいと言った。

早速、車が用意されて、課員の案内で浪ノ平にある山本造船所という小さな工場を訪れた。雨がはげしく降りはじめていて、工場の庇《ひさし》からは雨水が滝のように流れ落ちていた。

来意を告げると、当時も勤めていた橋本進という六十年輩の工場長が現われた。

橋本氏は、小太りの体をゆすりながら、建物の裏の海岸に面した場所に私を案内した。

そこからみた光景は印象的だった。「武蔵」の建造された第二船台は真正面にあり、まさしく山本造船所は、対岸に位置している。

私が進水時のことを質問するのをまっていたように、橋本氏は、熱っぽい口調で話しはじめた。メモによると、

当日ハ、警戒隊員ガ裏山ニモ道路ニモイタ。警戒艇ニモ乗ッテ、海岸線ヲ警戒シテイタ。警戒隊員ガキテ、雨戸、カーテンヲ閉メサセラレタ。外ヘ出ルナ、トキビシク言ワレタ。

突然、波ガキタ。近所ノ家デハ、畳ノ上ニザブザブト海水ガ入ッテキタ。ドコカデ地震ガアッテ、津波ガ起キタカト家カラトビダシタ者モイタ。ガ、警戒隊員ニスグ家ノ中ヘモドサレタ。私ハ、津波ダトハ思ワナカッタ。巨艦デアッタ排水量四万トンノ「土佐」ガ進水シタトキモ、波ガキタ。ソレヨリヒドイノデ、キット大キナ船ガ進水シタト思ッタ。雨戸ノスキ間カラノゾイタ。見タコトモナイ大キナ大キナ船ガ浮ンデイタ。

私は、長崎弁の橋本氏の言葉をききながら、雨にけぶる第二船台を見つめた。そこには、午前中眼にした四万トン級の商船が船尾をこちらに向けている。その大きな船体がいつの間にか「武蔵」の船体のように感じられ、船台を滑走して眼の前にのしかかってくるような幻想にとらえられた。

その日、雨の中を長崎造船所にもどると、昭和三十二年に当時の関係者たちによってもよおされた「武蔵の思い出」という座談会の記事を読んだ。「菱苑」という社内報に掲載されたもので、大きな期待をもって読んだが、期待の割には参考にならなかった。わずかに、シュロスダレにおおわれた第二船台を市内の小学生が図面にえがき、警察に家人とともに引っ立てられたという挿話が少し面白かった程度であった。

すでに夕刻になっていた。宿は、駅に近い「ひさ」という旅館を、森米次郎氏や日本工房の内藤氏などから紹介されていた。

そこへおもむく途中で、喜多岡伸雄氏、造船所総務課員林田氏とともに水産会社の事務室に立ち寄り、鈴木弥太郎という人を紹介された。鈴木氏は、「武蔵」建造当時設計部の中堅技師として働いていた方で、現在は、長崎造船大学の教授の職にあり、その水産会社の顧問もしている。教授らしく口は重いが、話に一定のリズムがあって会話にむだがない。

その話の中で鈴木氏の口から、思いがけず「千里眼」という言葉がもれた。図面紛失事件の折、造船所側の図面捜索責任者は設計部長榊原鉞止氏で、各部屋がくり返しさぐられ、ドブ板や便所の内部までさぐられた。榊原氏の憔悴ははげしく、

「千里眼にでも見てもらおうか」

と口にするようになった。その話をきいた鈴木氏は、佐世保に高名な「千里眼」がいるのを知っていたので、その男のことを榊原氏に告げた。その「千里眼」は、陸軍の機甲兵

団の重要書類が紛失したときにある場所を指摘したところ、そこを探してみると書類が発見されたのだという。

「早速部長の依頼で、私が佐世保に行ってその「千里眼」を連れてきました。しかし、指摘した場所にはありませんでしたよ」

鈴木氏は、にこやかに笑った。

私は、おかしかった。「千里眼」という言葉は、言葉そのものとしては知ってはいたが、今までそれが実際に人の口からもれるのをきいたことがない。その言葉からうける感じは、ひどく古めかしく、「武蔵」という高度な造船技術の中にそんな古めかしいものがまじりこんでいることが、意外だった。もしかすると長崎地方では、「千里眼」という言葉が占い師という職業名と同じように通常につかわれている言葉なのかも知れない、と思った。

私は、自分の手にした万年筆をながめた。考えてみれば、「万年筆」という名称もひどく古めかしい。毛筆やインクをつけて書くペンとはちがって、貯えられたインクの流れ出る fountainpen に対する驚きと、その新考案のペンを巧みに販路に乗せるため万年筆という名称をつけたのだろうが、それはガス灯や鉄道馬車などと同じような文明開化の匂いのする古めかしい響きを秘めている。

鈴木氏は、こんなこともつけ加えた。厳重な機密保持をしたのに、「武蔵」の全貌は、アメリカのスパイ網に探り出され、「ライフ」にその写真が載っていたという。

私はその頃、福井静夫氏から一部に流れているそうした定説がまったく根拠のないことだということを知らされていなかったので、

「それは、事実なのですか?」

と、真剣になってきいた。

鈴木氏は、即座に、

「と、聞いております」

と淀みなく答えた。それはいかにも大学教授らしい平然とした答え方だった。

「ひさ」という旅館は、小さいが落着いた感じのつくりで、女主人をはじめ中年の女中さんたちも親身に接待をしてくれた。

湯に入り食事をとると、私は、傘を借りてタクシーを呼んでもらい、思案橋という町に足をむけた。

私には趣味というものがほとんどなく、ゴルフも碁将棋もなんとなく性格に合わず、やろうとも思わない。数年前には、熱っぽく花札をにぎり、競馬、競輪にも熱中したことがあったが、それも一年ほどでやめてしまい、わずかに残されたのは、ボクシングを観に行くことと旅行の二つしかない。ボクシング観戦には波があって、月に二度ほど行くような時期もあるが、長い間テレビさえ観ないことすらある。つまり私の趣味といえば、旅行だけと言ってもいい。

しかし、旅といっても、風光明媚な土地を訪れることはむしろきらいである。どんな町でもいい、出来れば水の走っているような町を歩くのが好きだ。さらに旅になくてならないものは、魚を食べ地酒を飲むことである。この要素がそなわっていなくては、旅の楽しみはほとんどなくなる。この点で、魚がうまい長崎は、私にとって恰好の旅先であった。

嗅覚などというと口はばったいが、私は、細い道にはいりこむとある小料理屋の格子戸をあけた。予想した通りの店内であり、思った通りの美しくも醜くもない女が三人ほどいた。

魚を註文すると、ブリの刺身が出て、これがひどくうまかった。

私は、あらゆる機会をとらえて、「武蔵」建造中の長崎市民の生活を知ろうとつとめていた。長崎港は、擂鉢《すりばち》の底のように市街の至るところから見下すことができる。「武蔵」の建造された第二船台は、港の海岸沿いにあって、そのため第二船台は、シュロスダレで遮蔽しなければならなかった。機密保持に神経をとがらせていた憲兵隊も特高も、防諜のため眼を光らせ、当然市民生活は強い圧迫をうけたはずだった。

「「武蔵」をつくった頃のことをおぼえているかね」

私は、四十五、六の店の女主人にきいた。

「知ってますよ。つくっていたところに大きなムシロをたらしてね。あの中にはオバケがいるなんて言ってましたよ」

ムシロか……と、私は、苦笑した。シュロスダレは、遠くからみればムシロのようにもみえただろう。

戦艦「武蔵」のある乗組員の手記には、「金網でかこい……」という表現があったが、それにくらべると、ムシロという表現の方が実感がある。

女主人の言葉をきっかけに、隣りで飲んでいた年輩の男が、ムシロの中には、大きな潜水艦がつくられているとか航空母艦がつくられているとかという噂が流れていたということを口にしたりした。

私は、長崎市民にとって、やはり戦艦「武蔵」は、戦時中の忘れがたいものの一つであることを知った。

長崎へ来る前、山口耕司という友人に、私が、

「「武蔵」を書くつもりだ」

と言うと、呆気にとられたような表情をして、

「それはやめろよ。柄に合わないよ。時代小説は君には向かないぜ」

と、忠告した。

私は、笑いをこらえきれなかった。友人の念頭にある武蔵は宮本武蔵であり、戦艦「武蔵」ではない。大げさに言えば、時代が新しいのに戦艦「武蔵」は、はやくも歴史の中に埋没しかけているといえる。しかし、長崎では、武蔵は戦艦「武蔵」のことであり、宮本

武蔵ではない。「武蔵」は、それだけでも今もって長崎市民の中で生きていることを示している。

その店を出ると、バーに入り、宿に帰った。私は、夜おそくまでその日メモしたノートの整理をつづけた。

翌朝九時に造船所へ行った。そこで中瀬大一という人に会い、「武蔵」の主砲をはこんだ砲塔運搬艦「樫野」についてきいた。

しかし、「樫野」については、東京本社副社長松下壱雄氏が、当時の設計責任者であったことを知り、後日松下氏から直接話をきくことになった。

その日も雨で、私は、総務課の林田氏の案内で造船所の対岸にある市の中流程度の海運会社にタクシーを走らせた。そして、その会社の経営者である小野信夫という人に会った。私は、シュロの入手経路を知りたかった。東京で多くの人々に会った時、私は、シュロがどこから集められたのか、その集荷にあたった人物はだれなのかを必ず質問した。しかし、それについて答えを出してくれる人はなく、『創業百年の長崎造船所』の記事の中の「……漁業用のシュロ縄が乏しくなり、業者から抗議をうけたこともあった」から一歩も出ない。

ただ当時営業関係の軍艦係長であった森米次郎氏が、

「会社の組織から考えて、まちがいなく材料課で調達したはずです」

と言い、長崎市内に丸菱商会という会社を経営している小野信夫氏が、当時材料課にいたはずだから手がかりがつかめるかも知れぬ、と言った。

私は、期待をいだいて小野氏の部屋に入った。しかし、残念ながら小野氏は、シュロ縄のことについてはまったく知らなかった。

小野氏は鋼材専門の課員で、シュロ縄は雑品係の扱いであり、同じ課でも他の部門のことは知らず、それにシュロ買付時には八幡製鉄所に出張してしまっていたという。雑品係の主任は、たしか西松という人であったが、長崎に投下された原爆で死亡し、その部下であった林田直行氏も、人伝てに佐世保にいるときいているだけだという。

私は、落胆したが、小野氏の口から鋼材関係の貴重な話をきくことができた。

それは馬場氏グループの呉出発やシュロ買付がまだはじまらない頃で、小野氏は、材料課長石島伝氏から所長命令だといって突然、

「鋼材を二、〇〇〇トン、至急買い入れろ」

と、命令されたという。

アマリノ量ニオドロイタ。何ニ使ウノカトキイタラ、石島課長モ知ラヌトイウ。トモカク大阪ヘトンダ。急ノコトナノデ、鉄鋼ブローカーニ頼ンダ。オートバイノ後ニ乗ッテ大

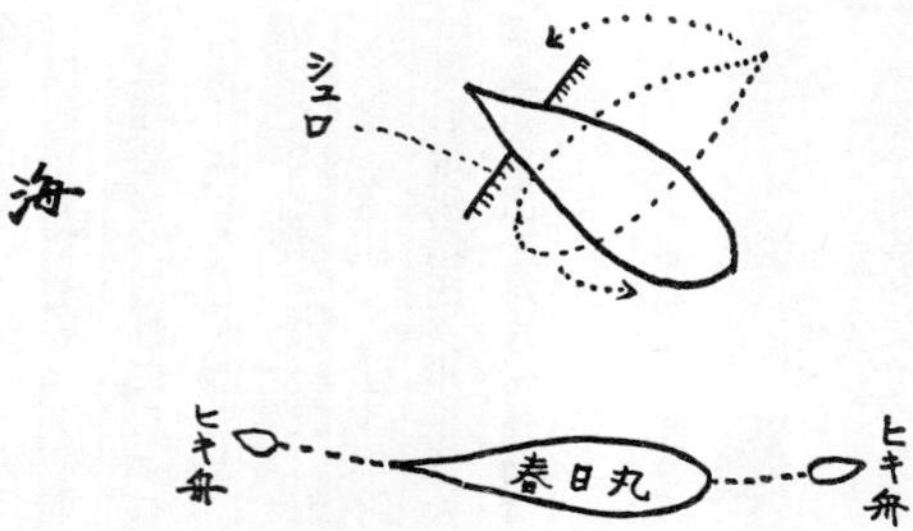

阪中ヲ走リマワッタ。スデニ納入契約ノキマッテイタ地下鉄ノ屋根ニ張ルI型鋼ヲ見ツケタ。ソレヲ強引ニ買イコミ、一週間ニ二千トン長崎へ送ッタ。ソノI型鋼ハ第二船台ニ打チコマレタ。

つまりその鋼材は、「武蔵」建造に関連して第二船台強化のため使用されたのだが、その材料を小野氏は、「武蔵」起工の十カ月も前にひそかに買い集めたことになる。シュロ縄と同じようにその買付は、「武蔵」建造前の重要な準備行動であり、それを小野氏の口からきいたことは思いがけない収穫だった。

その日私は、長崎県立図書館に行ったが、途中、目かくし倉庫の建っていた場所でしばらく時をすごした。

「武蔵」はシュロスダレの中で建造されたが、進水と同時に巨大な船体は湾内にむき出しにされた。それをかくすため、上の図のように、「武蔵」の両舷側からシュロスダレの垂れ下った長い鉄のパイプを翼をひろげるように突き出し、さらに船体を遮蔽するため一カ月ほど前に進水したばかりの日本郵船発註の「春日丸」(一七、一二七トン、後に改装空母

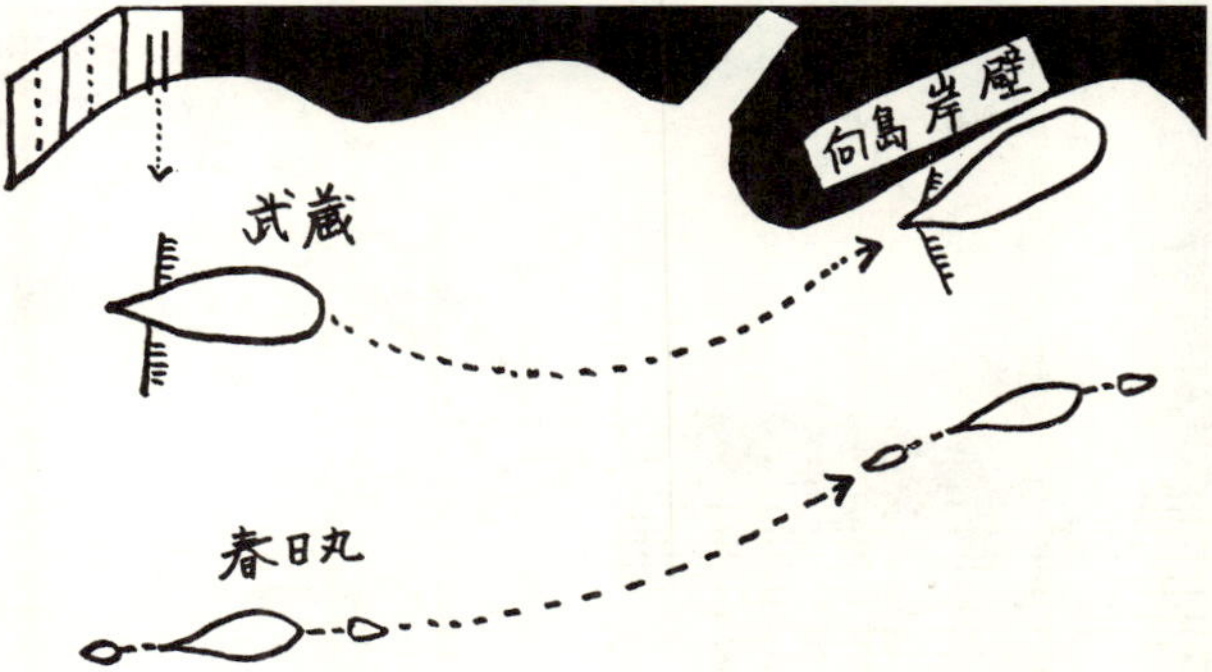

「大鷹」となる)を、「武蔵」に寄り添わせた。そして、「春日丸」は艤装岸壁に移動する「武蔵」とともに動いていったのだ。

進水直後の「武蔵」の姿はなるべく人の眼にさらすことを防がねばならなかったが、一一四ページの図のように米・英領事館が大浦海岸ぎわに前後して立てられている。その両領事館からは、「武蔵」の姿が丸見えなのだ。

そのため、市の倉庫として長さ一〇〇メートル、幅二〇メートルの二階建の建物をつくり、遮蔽に成功したのだが、それがいわゆる隠し倉庫といわれるものであった。

現在長崎市内を走る観光バスは、その地点にくると、「これが隠し倉庫といわれるもので……」などと言っているが、現在の建物は、その頃の倉庫とはちがう。隠し倉庫は数年前にこわされて、まったく別のものが建っている。

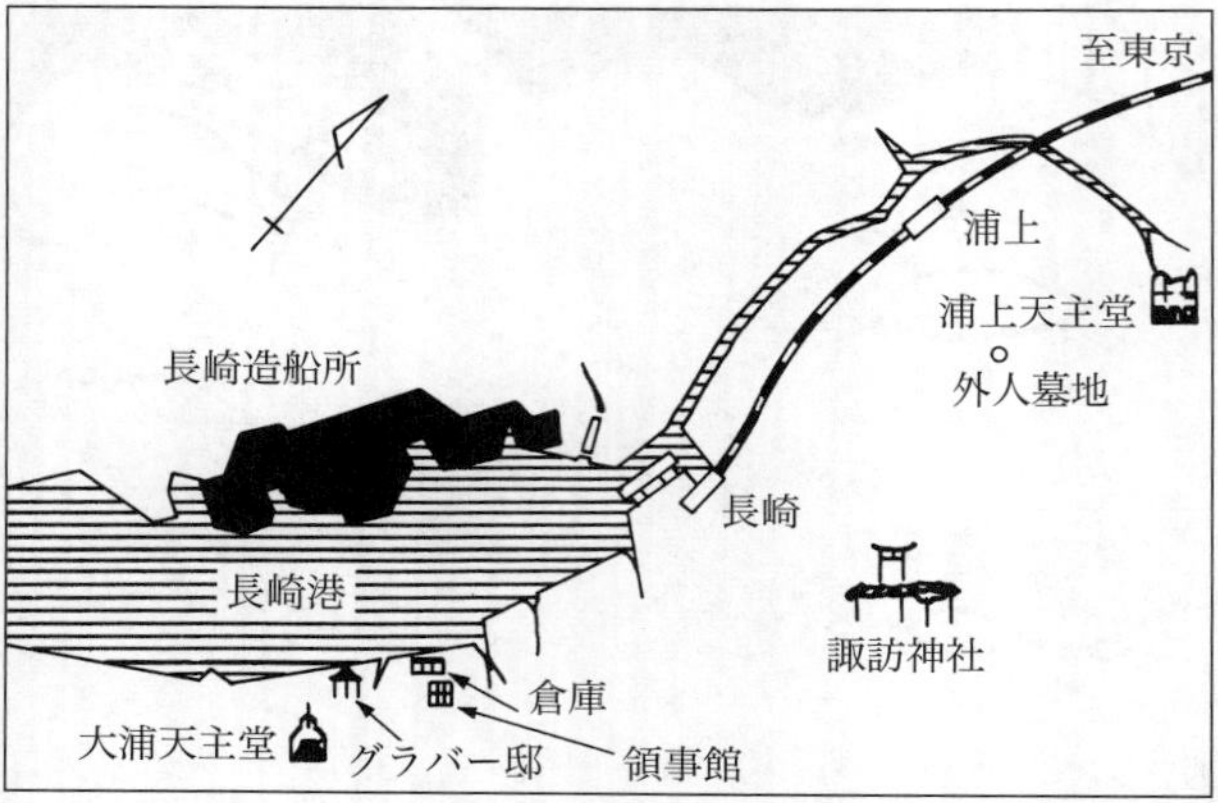

図書館に行くと私は、長崎の郷土史研究家でもある次長の永島正一氏の御好意で長崎造船所に関する記録を徹底的にあさった。その中から、左のような記録を摘出した。

一、戦艦「武蔵」ニツイテ
新聞等ノ記事ニカナリ多クノ関係文書ガミラレタガ、ソレラハ私ニトッテスデニ知ッタモノバカリデ、参考トナルモノハ皆無ダッタ。

二、「まにら丸」ニツイテ
大阪商船発註ノ九、五〇六総トンノ本船ハ、大正四年六月五日ニ進水式ヲ行ッタガ、命名式ガ終リ支綱ガ切断サレテモ進水シナイ。船台上デ動カナカッタキワメテ稀ナ例デ、進水作業ヲ説明スル材料トスル価値ガアルト思ワレタ。

三、戦艦「土佐」ニツイテ

三九、九〇〇排水トンノ「土佐」ハ、当時世界最新鋭ノ巨艦トイワレタガ、軍縮会議ノ結果、廃艦トキマリ、長崎ヲハナレタ後、実験艦トシテ魚雷、砲弾ヲ大量ニ浴ビ、穴ダラケニナリ引キチギラレテ、屑鉄同様ニ四国ノ土佐沖デ打捨テラレタ。「土佐」ノ進水式ハ長崎造船所デ大正十年十二月十八日挙行サレタガ、コレモ「まにら丸」ト同ジヨウニ警備艦「須磨」カラ皇礼砲ガトドロキ支綱ガ切断サレテモ、巨体ハ動カズ、クス玉モ割レナカッタ。進水作業ノ前例ノ一ツトシテ、コノ「土佐」ノ進水当日ノコトヲ一エピソードトシテ挿入スルコト。

四、「鴨緑丸」ニツイテ

コノ七、三六三総トンノ大阪商船貨客船ノ進水ハ、「まにら」「土佐」トハ逆ノ進水失敗例デアル。コノ船ハ、進水式ガハジマル前、作業員ガ最後ノ点検ヲ行ッテイル時、突然スベリ出シ、死傷者数名ヲ出シタ(進水日が昭和十二年四月二十七日であっただけに、事故を目撃した技師もいた。殊に古賀繁一氏、杉野茂氏からはかなり具体的に話をきく機会があり、進水の困難さを裏づける一資料として役立てた)。

五、ビードル号事件ニツイテ

昭和三十年八月七日午前十時、米国タイド・ウォーター・アソシエーテッド・オイル社ノ大型輸送船「ビードル号」ガ、駐日アメリカ大使アリソン夫妻、船主ステイブルズ社長、ソノ他一般観衆二万名ノ眼前デ、無事船台カラ進水シタ。シカシ主制動装置鋼索ガ切レタタメ、船体ハソノママ突キ進ミ、対岸(山本造船所)ニ船尾ヲノシアゲタ。シカシ破壊ハセズ、ソノ椿事ハ世界的ナ話題トナッタ(この事件は、戦後のことで、私の小説に使うことは出来ない。しかし、水面のせまい長崎湾の悪条件を示す事故であり、「武蔵」の進水がいかに至難なものであるかを暗示する事故と思えた。また思いがけず山本造船所という名が出ているのに、私は驚いた。山本造船所は、昨日私が訪れたところであり、ビードル号がのし上げたことから考えると、まさしく造船所の対岸に位置しているのだ)。

いつの間にか図書館の閉館時刻がやってきていた。

図書館では、造船関係の記録以外に長崎市そのものの行事、風俗、食物、気候、そして歴史など小説の背景となるべき書物をあさり、ノートした。

図書館を出た私は、すっかり疲れきっていた。

昨日の朝長崎へやってきたばかりなのに、十日も二十日も滞在しているような気さえする。大学ノートは、すでに二冊使いはたしていた。わずか二日間ではあるが、ひどく長く感じられるのは、それだけ充実した時間をすごしたからなのだろうか。

しかし、私はいら立っていた。たしかに長崎へ来てから図面紛失事件をはじめ、予期以上の収穫はあって、それはそれなりに満足すべきものだったが、私の小説の中で重要な位置を占めるはずのシュロスダレのことがつかめていない。

シュロの入手先はどこなのか、集荷方法はどのようなものだったのか、だれがその集荷にあたったのだろうか。「漁業関係者から抗議をうけた」という記録があるが、その抗議はいったいどこに向けられたものか。

小説は、まずシュロの集荷から書き出そうと心に決めていた。シュロは、おそらくひそかに集められたものにちがいない。

シュロは、漁業関係者にとって、なにかの役に立つ物らしい。シュロが欠乏し、漁業業者は困惑した。そして、その枯渇が造船所の大量買占めの結果だということに気づいて抗議したのにちがいない。

私は、そうした推測をしながらも、まったく手がかりらしいものさえつかめないことにもどかしさをおぼえていた。シュロのことがはっきりとしなければ、小説を書き出すことはできない。そのことをつかむ手がかりは、必ずこの長崎にあるはずであった。

私は、ノートを入れたケースを手に、夕闇の濃くなった道を歩いていった。

宿に帰ると、小野氏の口にした当時の雑品係林田直行氏の所在をさぐるため、佐世保の電話局に電話してみた。元三菱重工の社員であるならば生活も不自由はなく十中八、九、電話は持っているだろうし、その持主の中から林田氏をさぐり出そうと思い、もし林田氏と連絡がとれれば、明日にでも佐世保へ行こうと思った。

しかし、佐世保市の電話の持主の中には、林田直行という人の名はなかった。

小野氏は、佐世保ということを口にしたが、それは人からのきき伝えにすぎないのかも知れない。私は、念のため、佐世保以外に諫早《いさはや》、佐賀、唐津、鳥栖《とす》、福岡などの電話局に手あたり次第に問い合わせてみたが、林田氏の所在はついにわからなかった。

しかし、失望するのは早すぎる、と思った。この長崎には、なにかシュロについての手がかりになるものがあるはずで、まだ私はそれについて動きはじめたばかりなのだ。

その夜も私は、思案橋の小料理屋へ行った。

「お客さんはどこから来たのですか」

細面の女が、言った。

「東京だよ」

「行ってみたいわ。東京タワーって高いんですってね」

女は、眼をかがやかせた。

その日もブリの刺身が出た。私は、酒を飲みながら、明日はシュロのことだけに焦点をしぼって歩きまわろう、と思った。

翌日、造船所に行くと、シュロの入手経路についてたずねた。

総務課では、所内の材料購入担当者を呼び、入手経路についてさまざまな想像を試みてくれた。

担当者の話によると、戦前も戦後も造船所ではロープ用として少量のシュロ縄を購入していたが、それは必ず市内の船具問屋から買い入れていたものだという。あくまでも想像の範囲を出ないが、おそらく「武蔵」建造当時に第二船台をおおったシュロスダレの材料も、長崎市内の船具問屋を総動員して買い入れたものではないかと言う。

私は、早速造船所を出ると、船具問屋のかたまっている一角に行ってみた。

私は、なるべく大きな、しかも古くからの船具商らしい店をえらんでは、足をふみ入れた。

「昭和十三年の秋頃のことですが、長崎造船所から、シュロの大量買付をうけたことはありませんか。シュロが不足して、漁業業者の需要に応じられなかったことはありませんか？」

私は、同じ質問を繰り返して歩きまわった。しかし、どの店の主人も私の突飛な質問に首をかしげ、私の姿をいぶかしそうに見つめるだけであった。

十軒以上も歩いただろうか、ある橋のたもとの大きな漁具店に入った私は、また同じことを口にしかけたが、主人らしい老人は、ただひとこと、

「間に合っています」

と、言った。

私は、物売りと誤解されていることに気づいて、

「戦争中のことをしらべている者ですが……」

と言って同じ質問をしたが、老人は再び、

「間に合っています」

と言った。

私は、自分の姿をあらためて見直すような気持だった。ノートの入ったケースを手にした私は、たしかにセールスマンに見られても不思議はない。私は、忍び笑いをしながら川沿いの道を歩いた。

その店を出た私は、つき物がおちたように、漁具商めぐりをあきらめていた。もしもシュロが長崎市内の漁具問屋から買付けられたのなら、量が途方もなく大きいだけに、その折の記憶は必ず残されているはずであった。その気配がまったくないところをみると、シュロは、市内の漁具問屋を経ずに集荷されたとしか思えなかった。

私は、名刺を使いはたしてしまっているのに気づき、それをとりに宿屋へ帰った。と、池山伊八という人から電話があって、帰ったらすぐ電話をくれという伝言があった。

池山氏の次男伊佐巳は、私の姪と結婚したばかりで、いわば血縁はないが親戚であった。私が紙片にメモされた番号にダイヤルすると、すぐ行くからという返事で、やがて池山氏が長男の運転する車で宿にやってきた。

池山氏は、

「夕食を一緒にいかがか」

と、言う。

その夜は、長崎造船所の総務課の方と会食の約束があったので辞退した。池山氏はしきりに残念がって、それでは調査のお役に立つことならなんでもしましょうと言ってくれた。

私は、ふと池山氏に、「武蔵」建造当時の長崎市民の動きを探る手助けをしてもらおうと思った。そして、そのことについて口にすると、池山氏は心あたりがあるらしく、すぐに承諾してくれた。池山氏は、長崎湾口に近い野母崎《のもざき》でカマボコ業を手広く営み、長崎市内にも店を出していて、知己は多いようだった。

私は、池山氏の車に乗ったが、車中で池山氏の亡父が、警察に引き立てられた折の話をきいた。ある日亡父は、山歩きをしている時に、向島艤装岸壁で艤装中の戦艦「武蔵」を眼にして、

「ふとか(大きい)」

と思わず口にした時、どこにかくれていたのか警察官に捕えられて連行されたという。幸い警察関係者に知人がいて釈放はされたが、かなりきびしい詰問をうけたらしい。

それに類した話は、長崎に来てから数多く耳にしていた。湾を見下す山には、立入禁止

区域があり、憲兵、警戒隊員、警察官がところどころに連絡所を設けて巡回している。また造船所内や水ノ浦の監督官事務所の屋上には直径一二センチという大望遠鏡がすえつけられ、山はむろんのこと海岸線、海上に浮ぶ船舶、山の傾斜にかさなるように軒をつらねた家々に監視の眼が向けられていた。そして、挙動不審の者、造船所の方を見つめている者などを発見すると、すぐに巡回している者に電話連絡をとって容赦なく逮捕する。そのため、海岸に面した道路を歩く者たちは、造船所の方向に眼を向けないようにして歩いたという。

池山氏が案内してくれたのは、海岸にほど近い露地の奥にある家で、暗い居間には老夫婦が坐っていた。

池山氏の説明によると、その老主人は、町内の世話役で、町の中のあらゆることに精通しているという。が、「武蔵」のことに関しては、その老夫婦からの話は、今までに何度もきいたことばかりで、わずかに刑事がたずねてきてカメラを持っているかどうかしらべられたという話をきくにとどまった。

しかし、老夫婦は、思いがけない人物を紹介してくれた。中国人街に中華料理店をひらく一中国人であった。

私たちは、家を辞すと中華料理店のならぶ一角に足をふみ入れた。教えられた通り、街の中央をつらぬく道にかなり大きな萜《さい》春花氏の店があった。

店の奥から出てきた蓒氏は、顔に傷のある精悍な感じのする五十年輩の人であった。

「武蔵」建造当時、機密保持のため圧力をうけたのは、長崎に住む日本人だけではなく外国人もふくまれている。江戸時代以来長崎は、異国にひらかれた重要な門戸であり、そうした歴史的な特殊環境は、必然的に多くの外国人の住みつく町ともなっている。歴史的にというだけではなく、長崎の町そのものが、風光、人情その他にかれらを強く魅了するものがあったにちがいなかった。

戦時中の官憲の監視は、むろん日本人より外国人に一層厳しくそそがれたはずで、そうした私の想像は、蓒氏の口から洩れる言葉でも立証された。

昭和十二年十二月十二日というから、「武蔵」の建造が開始される四カ月前である。その夜午前一時頃、中国人街は、不意に多くの刑事たちに襲われてすべての男子が警察へ引き立てられ、家々は、土足の刑事たちによって徹底的な家探しをうけた。

連行された男子は、それから連日のように特高係の刑事たちによって激しい取調べと拷問をうけた。逮捕の理由はスパイ容疑であったが、おそらく長崎市在住の外国人全体に対する威嚇行為ではなかったかと想像される。

傷だらけのかれらがようやく容疑もはれて釈放されたのは、二カ月も経ってからであった。その不当な暴行によって、老人の一人が釈放された後死亡したという。

蓒氏の言葉の調子は、予想に反して激しいものではなかった。その理由は、蓒氏の口からも洩れたが、私にも朧気《おぼろげ》ながら理解することはできた。

長崎市民は、市の特殊な性格から外国人に接することに慣れ、ことさら排他的な感情ももたないらしい。蒒氏を紹介してくれた老人も、日頃から中国人と親しく交際し、無法に連行された中国人の釈放に駈けずりまわったともいう。蒒氏も長崎市民の中に多くの知己を持ち、かれらが戦時中にも友人としての親愛感を捨てなかったことをしきりに口にした。「ひどい奴がいましたよ」というのは、官憲をはじめ一部の日本人のことをさしている。

それにしてもたとえ一部の日本人たちによるものではあっても、蒒氏たち中国人のうけた迫害を耳にすることは、私にとって堪えきれぬ苦痛だった。中国と日本の間に戦争がはじまってからは、祖父の代、父の代から長崎に住みついていた中国人たちも、敵国人という名を冠せられ、大半は、長崎をはじめ各所から集められて中国へ強制送還されたという。

中国大陸を戦場とした日本軍が、おびただしい中国人の非戦闘員を虐殺し、家・家財を焼き、耕地をふみにじったことはまぎれもない事実である。それは一方的な行為で、戦後二十数年たっても日本の中国に対する罪は消えるはずもない。

私は、蒒氏の言葉をききながら、メモをとるのもためらい勝ちであった。日本人である私にとって、蒒氏の存在は畏怖すべきものであり、たとえ蒒氏が、私を突然殴打しても、私はただ無抵抗にそれをうけなければならない。日本人である私には、それをはねつける正当な理由はない。

最後に、蕭氏は言った。

「日本が負けた時、私は、長崎の中国人たちに言いました。蔣総統の声明した通り、暴には暴を以て報いるな、と。わかるでしょう、暴には暴を以て報いてはいけません。長崎の人はいい人です。日本人にもたくさんいい人がいます」

蕭氏は、おだやかな眼をして私を見つめた。

その夜は、造船所員に案内されて寿司屋へ行った。私は、総務課の方にそれまで調べたことの内容を話した。課員は、初めてきく話ばかりらしく熱心にきいてくれていたが、蕭氏のことについては、私は、多くを語る気にはなれなかった。

「武蔵」という巨大な戦艦。造船所の技師や工員は、全精力をあげてその建造に熱中し、乗組員は、その巨艦に乗組んで祖国愛に燃えて必死に戦った。しかし、「武蔵」は、建造中に長崎市民や中国人をはじめとした外国人の生活の平穏を、その鋼鉄の巨大な口の中であたかも滋養物を摂取するようにのみこみつづけたのだ。

私の「武蔵」に対するイメージは、さらに多岐にわたり、一層「武蔵」の姿は、無気味な形となって浮び上ってくるようだった。

七

翌日は、長崎市役所に足を向けた。シュロの欠乏によって「水産業者が抗議した」というが、抗議先は、その当時の各市役所を通じて中央官庁に向けられたものだろうか。いずれにしても、長崎市役所の漁業関係部門を訪れることが必要に思えた。

私は、瀟洒《しょうしゃ》な市役所の建物の中に入ると、水産農林部の水産課を訪れ、岩崎伊太郎という同課の振興係長に刺を通じた。シュロの話をしてみたが、岩崎氏は、私の話にただ首をかしげるだけであった。

そのうちにふと思いついたように、戦時中に漁業組合の幹部をしていた人が、長崎湾内の神ノ島という村落にいるが、その人に会ってみたらなにかがわかるかも知れぬと言った。私は、早速その人に会わせて欲しいと頼みこんだ。

岩崎氏は、すぐに電話を入れて、その人が在宅していることをたしかめると、神ノ島へ通う船便の時刻をしらべてくれた。

私は、好意を謝して、すぐに大波止という船の発着所に行った。二、三十人は乗れる白ペンキで観光船らしくみせた小さな船が、桟橋に横づけされていた。

私は、たまたまその船に乗ることのできた幸運を感謝した。大波止を起点として港の内外に点在する島々に通う交通船は、戦時中にもあって、船は、「武蔵」を建造していた第二船台や艤装岸壁の前の海面を往来していた。船上からは、近々と「武蔵」の姿を見ることができたため、海軍側は、交通船の往来にひどく神経をいら立たせた。交通船に海軍の警戒隊員を二名ずつ乗込ませて片側の窓を閉めさせ、その上乗客にも常に造船所方面へ背を向けさせるよう厳しく指示していたという。むろん船は、造船所から遠くはなれた海面を航行するようにさせていた。

船が大波止をはなれてから、私は、デッキに立ちつづけた。海軍側が、交通船の存在に神経をいら立たせたことが、実感として感じられた。

船が港内にすべり出ると、「武蔵」を艤装した向島岸壁が、その全貌をむき出しにしてきた。さらに船が第二船台の前面に近づいた時、私は、高々とそびえ立つガントリー・クレーンと、建造中の船体の大きさに圧倒された。それは、造船所見学で感じたものとはあきらかにちがう、海にせり出した豪壮な城廓のようにみえた。

私は息をのんで、第二船台におさまっている船体を見あげていた。それは、陸上の船台で建造されているものではあるが、海の匂いの象徴のようにもみえる。陸上でつくられて海面におろされるというよりは、海から陸地に這い上った生き物のようにさえ思える。それをかこむガントリーは、壮大な幾何学模様をえがいて少しずつ変形してゆく。私は、カメラのシャッターを何度も押した。

第二船台の前を過ぎた頃、船内に視線をうつすと、見おぼえのある女の顔が目にとまった。その横に立って笑っている浅黒い娘の顔を見た時、その女たちが長崎に来てから二度ほど行った小料理屋の女であることに気づいた。

「やっぱりお客さんだったのですね。この娘が、あのお客さんよ、あのお客さんよと言っていたんですけど」

二十七、八ぐらいの女が、浅黒い顔の娘を笑いながらふり返った。

「今頃、なぜこの船に乗っているんだい」

私は、白粉《おしろい》を落した女たちにきいた。

「家へ帰るんです。××に家があるものですから……。夜遅くなるでしょう。それであの店に泊って今の時間に帰って、夕方また船で店へ出るんです。お客さんは？」

「神ノ島まで行くんだよ」

「それじゃ、私の村の隣りです」

色白のその女も浅黒い娘も、水商売の水に汚れていない素朴さが感じられる。

船は、湾内に浮ぶ五、六万トンもあろうかと思われるタンカーのかたわらを進んでゆく。

私は、タンカーの大きな船体を見上げながら、造船技師たちが口ぐせのようにもらしていた言葉を思い起していた。

タンカーはドンガラ、「武蔵」は宮殿。ドンガラという言葉の意味は知らないが、タンカーは、油をはこぶ巨大な容器で、いわば倉庫のようなものにすぎないという意味らしい。ドックの中で、箱型のものを熔接でつないでゆけばすむことで、たとえ二〇万トンもある巨大なタンカーも、内部にぎっしりと臓器をつめこんだ「武蔵」とは本質的に異っていて、設計建造の困難さには大きな差があるという。そうした観点から見上げるせいか、大きなタンカーも、なんとなく安直なものに思えた。

船上から見る長崎の町は美しかった。巨大なガントリーのそびえる造船所も、湾内に浮ぶいくつかの大きな船も、長崎の町の風光にすっかりとけこんでいる。

「お客さん。帰りの船の時間には間隔がありますから、帰りに私の家へ寄って下さいよ。海岸沿いに歩いてくればすぐですから……。父とふたりきりで暮しているので、御遠慮はいりません」

色白の女が、言った。

「いやだよ。父親といったって若い男かなにかでさ、うちの女房をどうするなんて言われて叩き出されたら眼もあてられない」

「本当です。父とふたりきりなんです。父は淋しがっていますから、東京の人だなんて言えばきっと喜びます」

女は、真剣な顔つきで言った。

私は、女の生活をのぞきみたような気がした。小さい村落から船で長崎へ稼ぎに通う女。

村落内で水商売に出ていることは、女にとってもおそらく肩身のせまいことにちがいない。女の言うことが事実としたら、父親とふたりきりの生活は侘《わび》しいものなのだろう。

船が、小さな波止場についてはわずかな人を降し、またわずかな人を乗せて波止場をはなれてゆく。やがて海岸沿いに家のぱらついた波止場で、女たちは降りた。

「待っていますよ」

女が、言った。

船が、船着場をはなれた。女たちは、しきりに手をふり、島かげにその村落がかくれてしまうまでその場を動かず並んで立っていた。

神ノ島の船着場は、女の言う通りその次だった。

私は、船からおりると家の外で網のつくろいをしている老人に、市役所できいてきた人の名を口にした。老人は、近くに遊んでいた子供を手招きすると、私を案内するよう命じた。

細い露地だった。子供は、無言で路を右に曲り左に曲りして歩いてゆく。両側にならぶ家々の板壁はさらされたように白っぽく、路に敷かれた石には、軽石のように小さな穴が無数に散っていた。

子供の指さす家の表札には、私のメモしてきた姓が記されていた。

格子戸をあけると、眼の前にチャンチャンコのようなものを着た老人があぐらをかいて坐っていた。

私が、市役所の岩崎氏の紹介文の書かれた名刺を出すと、すぐに家の中へ通された。二間ほどの小さな家であった。

読者の方々の中にはすでに気づいた方もあるかも知れぬが、私は、この漁師の氏名を明かしてはいない。むろん氏名は知っているが、私があえてその名を書き記さない理由は、これから述べることで読者の方々にも御理解いただけると思う。

私は、ノートをひらくと早速質問をはじめた。シュロが欠乏し、困惑したことはなかったか。漁業組合でも、そのことについて抗議なり陳情したことはなかったか。

「そんなことがあったような記憶がある」

老漁師は、重い口調で言ったが、「なにしろあの頃は、なにもかも不足でね」とつけ加えた。

私は、さらに記憶をよびもどさせようと、執拗にその点についての質問をくり返した。しかし、漁師の答えは、初めの答えの範囲を出なかった。

私は失望した。物資不足という大きな波の中に埋れて、シュロの欠乏は漁師のきわ立った記憶としては残されていないらしい。

私は、シュロについてそれ以上の話は引き出せないことを知り、戦艦「武蔵」そのものについての話題に変えた。長崎市内の住民が機密保持で生活を圧迫されたのと同じように、

高鉾島と「武蔵」

市から離れた港内の村落の住民たちもなにかの形で生活をおびやかされていたにちがいない。そうした私の想像はやはりあたっていた。

その村落は要塞地帯に指定されていて、背後の丘には重砲や高射砲が据えられ、一週間交代で兵がやってきたという。むろんその地域は、立入り禁止になっていて、住民たちは、その丘におびえて近づくこともしなかったらしい。

また村落から長崎造船所に通っていた一人の男が、機密をもらしたという理由で憲兵隊に拘引され、ひどい暴行を受けた。やがて男は釈放されて村落にもどってきたが、一週間もたたぬ間にその暴行が原因で悶死《もんし》したともいう。

ある日、それは「武蔵」の呉への回航日と思えるが、突然憲兵や警戒隊員がやってきて、雨戸を閉ざし、外へ出ることをかたく禁じた。

朝が明けはなたれた頃だったが、老漁師が、雨戸のすき間から海上を見つめていると、途方もなく大きな船が、朝靄《あさもや》の中をゆっくりと湾口にむかって動いてゆくのが見えたという。

「高鉾島《たかぼこじま》の両方に突き出ていてな」

漁師の話をききながら、私はノートに前頁の図のような絵をえがいて漁師にみせた。その通りだ、と漁師は言った。

「見たんですね」

「見た」

漁師は答えたが、その時不意に漁師の顔色が変わるのに気づいた。

「あなたは、どちらの方ですね」

漁師は、急にあらたまった口調で言うと、岩崎係長の名刺と、私の名刺をおびえたように見つめた。

私は、質問の意味がわからなかったが、小説を書くために東京から「武蔵」のことをしらべにきているのだ、と再び言った。

「警察の人じゃないだろうね」

漁師の口からもれた言葉に、私は愕然《がくぜん》とした。漁師の顔には、恐怖の色が浮んでいる。

「今のことは、だれにも言わないでくれ。わしはなにも知らない。なにも見たことがない」

私は、唖然とし、思わず苦笑をもらした。あまりにも漁師の言葉は、芝居じみている。が、頭をさげ、青ざめた顔をしている漁師の姿を眼前にすると、私の顔もこわばった。

「知られるとまずいと言いますが、だれに知られるとまずいのですか」

私は、きいてみた。

漁師は、首をふり、

「まずいよ、まずいよ」

と、顔を伏せて言う。

「そんなことはありません。戦争が終ってから二十年も経っているんですよ」

漁師は、うなずいたが、決して納得しているのではない。

「私は、小心者でね。だれにもおれの言ったことは言わないでくれ」

漁師は、頭をさげた。

「そんなことを心配することはありません。この通り、私は、何十人もの人に会って「武蔵」のことをきいてまわっているのですから……」

私は、ノートをひるがえしてみせた。

「いやまずい、まずいよ。わしは小心者だ。小心者なのだ」

漁師は、くり返し言う。

私は、これ以上この老人の口からなにも引き出せないことを知り、ノートをしまうと、その家を辞した。

細い露地をたどりながら、私は、なにか悪夢でもみているような気分になっていた。笑いが浮ぶかと思うと、すぐに消えてしまう。そうした複雑な整理しきれない感情は、交通船に乗ってからもそのまま持続された。

老漁師の住みついている村落は、長崎市とは地つづきだが、市との交通は船にたよる以外にない。いわばその村落は、湾内に浮ぶ島にひとしい性格を持ち、それだけに時代の流れから取り残されてしまっているのだろうか。しかし基本的には、戦争のいまわしい恐怖感が、二十年という歳月が経過しても、依然として残されていると言っていい。

その想像もつかないようなことにふれた私の驚きは、大きかった。あの老人にとって、「戦後は終らない」どころか、まだ戦時も終ってはいないらしい。

「小心者でございまして……」と、くり返し頭をさげながら言っていた老人の言葉が、耳に強く残されていた。

船が、小料理屋の女のいる村落の船着き場につき、そしてはなれた。私には、むろん初めから女の家を訪れる気などなかった。私は、人影もない村落が遠ざかるのをながめながら、老漁師の言葉を恐ろしいもののように反芻していた。

その日の午後、単身で長崎市内を歩きまわった。

長崎へ来てから、私は、いつの間にかこの町の魅力にとりつかれはじめていた。戦後原爆症で死亡し『長崎の鐘』という著書をのこした永井隆博士の寓居を眼にした時、長崎に投下された原子爆弾の非人間的な戦争の実態に戦慄を感じると同時に、私の内部に思いがけない衝動が、たしかな形になって湧いているのに気づいた。

その記念物的存在として残されている住居は、小舎に近い粗末なものではあったが、私は、その小舎に住みついた自分を連想した。雨の音、冬の寒気、夏の熱い日射し、それらが私には実感として感じられ、そうした四畳半ほどの小舎に住んでみたいはげしい願いに駆られていた。

二十歳の頃、手術後の体をいやすため奥那須の侘しい温泉宿の別館に、六カ月間ほど枯木を焚き、自炊し、行灯《あんどん》をともしてひとりで暮したことがある。本館は、二キロ近くもへだたっていて、一日中、人の姿を見ないことも稀ではなかった。それから結婚するまで、私は、ひとりで暮した日の方が多い。

それにくらべて、今の私の東京での生活には、妻と二人の子供のいる平和な家庭がある。両親にも比較的早く死なれた私にとって、自分が一員として参加している家庭というものの温い息づかいを、ありがたいものだと思っている。

しかし、永井隆氏の部屋を眼にした時、氏の悲惨な死に胸をしめつけられながらも、妻と子とはなれ、この町のこんな部屋にひとり住みたいという思いがけない強い願いにとらえられた。

ひとりぐらしの気安さを、私は知っている。ひとりで暮すことの方が、私の本来の姿ではないのだろうか。

この長崎にも、小さな業界紙ぐらいはあるにちがいない。そんな新聞社にでも雇ってもらって広告取りをしたり取材記事をとったりすれば、ひとりぐらしの資ぐらいは得られるかも知れない。この町には私をひきつけるなにかがある。人情だろうか、風光だろうか、路上を濡らす雨だろうか。おそらくそれらのものが綜合して、私を強く魅了するらしい。そうした生活の中でひとりぐらしをしながら小説を書く。この土地で一生を終っても悔いはないような気持がしきりにしていた。

翌日、長崎を発つ予定であった。その夜、私は名残りを惜しむように町に出て夜半まで飲みつづけ、第二船台の丁度対岸にある海岸ぷちで腰を下した。

コートを頭からかぶり、造船所の方を見つめた。星あかりにガントリー・クレーンが、前世紀の怪獣の骨格のようにそびえ立ってみえる。眼前に黒々とつらなる造船所。背後に点々とつらなる人家の灯。

私は、自分の体の奥からふつふつと湧いてくるものを抑えかねていた。それは、数年間に一度ぐらいしか味わうことのできない、一刻も早く原稿用紙に向いたいという衝動だった。

夜が、白々とあけてきた。私は、海面をへだてた巨大なガントリーの中に、はっきりと「武蔵」の姿を見いだしたように思った。

明るみはじめた路上を、宿の方へ歩いた。夜露に濡れた町々。その中に典雅な教会の鐘の音が、さわやかに湧き上った。

寝足りないような男の子が、走ってゆく。私はその後について、教会の門をくぐった。重い大きな扉であった。細目に引きあけると中をのぞきこんだ。そこには、十数名の人のひざまずく姿と、鮮やかなステンドグラスの壁面が眼に映った。

その日私は、造船所に行くと、お世話になった礼を述べ、午後おそい急行で長崎をはなれた。

多くのものが私の内部につめこまれ、それがすべて長崎の町のおかげだと思うと、はなれがたい気持は、列車の動きにつれて強まった。が、諫早を過ぎた頃から、私は、これから会わねばならぬ人のことを考えはじめていた。

その貞方《さだかた》静夫という元海軍大佐は、「武蔵」が進水を終え艤装中に、長崎へ赴任してきている。艤装員長は初代艦長となった有馬馨大佐であり、副長格として貞方氏が着任したのである。有馬氏はすでに亡く、艤装中の海軍側の動きについて、私は、貞方氏と会わねばならぬ必要を感じていた。

博多駅についたのは、夜もおそくなってからであった。駅の案内所で宿を頼んでみたが、なにかの学会があるらしくホテルも旅館も満員とのことで、やむなく駅前にたむろするタクシーの運転手に宿を紹介してくれと頼みこんだ。

タクシーが走り出した。

線路を越え、埋立地らしい人家もない野原のような場所を走ってゆく。やがて前方に灯が見えてきて、車はその前でとまった。二階建の家であった。

運転手がガラス戸をあけて中に入ってゆくと、出てきた運転手が、部屋があると言って私を玄関の中へ案内してくれた。あきらかに商人宿で、小さな部屋に入ると、その部屋にはすでにふとんから頭だけ出した男が寝ていた。

若い女が二人部屋に入ってくると、

「××さん、お客さんだから動かすわよ」

と言って、男のふとんを壁ぎわに引きずった。そして、その空間に薄いふとんを並べて敷くと、

「お休みなさい」

と言って、部屋を出ていった。

男が、寝返りをうって顔をつき出した。交通事故にでも遭ったのだろうか、男の眼から頬にかけて青黒い痣《あざ》がひろがっている。私は、ふとんに身を横たえて男の横顔をひそかにうかがっていたが、いつの間にか眠ってしまっていた。

翌朝、私は、その宿から貞方氏の家に電話をかけ、タクシーを呼んでもらった。

タクシーは、家の密集した地域をぬけると郊外にむかった。

氏の家の敷地はかなり広く、庭には青い夏蜜柑のびっしりついた樹が幾本もあり、それらは雨に濡れていた。通された部屋には、痩身の人が端然と坐って私を待っていた。貞方静夫氏であった。

貞方氏の長崎行きは、昭和十六年十月で、有馬大佐と同行した海軍の艤装関係者第一陣が着艦してから一カ月後である。貞方氏は、戦艦「陸奥」の砲術長をしたこともある砲術畑出身の人で、「武蔵」の艤装を監督すると同時に、乗組員を艦になじませる訓練指導の任務も課せられていた。

初めて長崎へ赴任した折の第一印象について、氏は、

「機密保持のため警戒が厳重で、町がシーンと静まりかえっていましたな」

と、言った。

やがて二カ月後に、米・英・蘭三国との戦争が開始され、乗組員たちも集ってきた。機密保持のため、中枢部の建物には、有馬事務所という看板がかかげられているだけであった。

貞方氏をはじめ各科長は、呉の「大和」を何度も見学に行き、「大和」の艤装員から、「ここが悪いぞ」などと欠陥を指摘されると、すぐに長崎にもどって、造船所に「武蔵」

の改修を要求する。これらは細部のものだったが何千件にも達し、そのため造船所側の技師たちと議論をたたかわせたことも数多かったという。

「造船所の人たちはまったくよくやってくれましたよ。工廠の人々より熱心で、よく働くという評判でした」

氏は、なつかしそうな眼をしてつぶやいた。

いよいよ艤装も終って昭和十七年五月二十日早朝、「武蔵」は長崎をはなれ、自力で呉へ向っている。関門海峡はせまく水深も浅いので、鹿児島の最南端を迂回して呉へと向ったのである。

その当時は、まだ艦名はつけられず、呉についてから二カ月後に、貞方氏は、有馬大佐から艦の名が「武蔵」であることを知らされたという。

「武蔵」は、公試運転をつづけた後に、海軍側へ領収されることになった。

私の手もとにある建造日誌によると、長崎造船所駐在監督長島本万太郎少将は、左のような、第二号艦(武蔵)臨検調査書を海軍艦政本部へ送っている。

臨　検　調　書

昭和拾参年弐月拾日海軍省契約(十二新艦第二九号)

第二号艦　　　　　壱隻

契約竣工引渡期日　昭和拾七年参月参拾壱日
（納期工事概括表ニ依リ延期承認済）
引渡　昭和拾七年　月　日
　右臨検ス
昭和拾七年　月　日
検査官　海軍艦船本部造船造兵監督長　島本万太郎

これについて折返し、暗号電報が艦政本部から島本宛にとどき、島本は、この内容を「軍極秘」扱書面として小川嘉樹長崎造船所長に手渡している。

崎監機密第二号・三〇〇
昭和拾七年八月弐日
在長崎海軍監督長　島本万太郎 ㊞
三菱長崎造船所長殿
海軍艦政本部総務部長ヨリ左電伝達ス
　記
第二号艦ノ主要性能ハ良好、一般兵装ハ適良ニシテ就役ニ適スルモノト認ム八月五日午前九時、第二号艦の艦首に近い前甲板で挙行された竣工式は、次のような順序で行われている。

第二号艦竣工式実施要領

一、式場　第二号艦

二、開始日時　八月五日〇九〇〇

三、式次第

㈠ 祭事（別図第一（次頁））

(イ) 祓詞

(ロ) 大麻行事　塩水行事

(ハ) 降神行事　（警蹕《けいひつ》）　一同起立

(ニ) 献饌

(ホ) 斎主祝詞奏上　一同起立

(ヘ) 斎主玉串奉奠《ほうてん》

(ト) 監督長玉串奉奠

(チ) 艤装員長玉串奉奠

別図第一

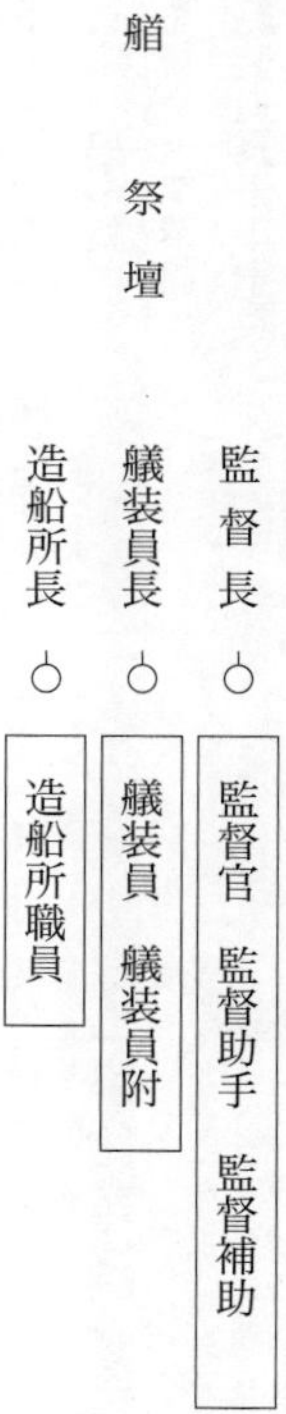
艏
祭壇
監督長
艤装員長
造船所長
監督官
監督助手
監督補助
艤装員
艤装員附
造船所職員

別図第二

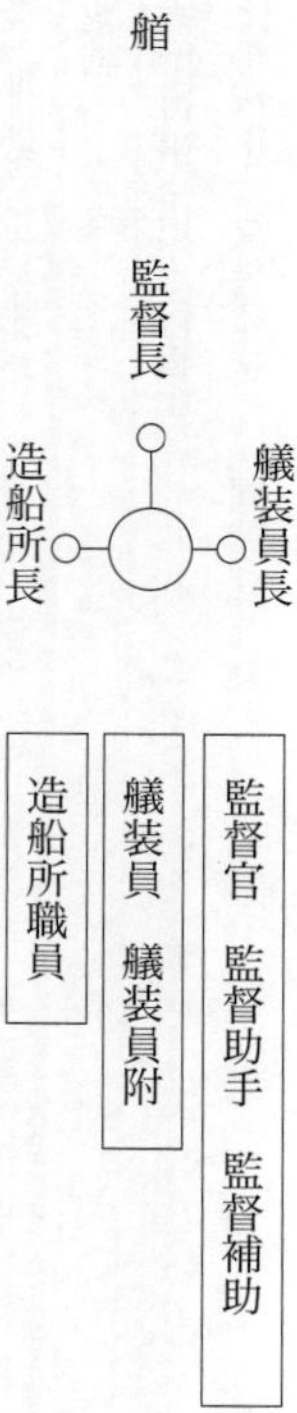
艏
監督長
艤装員長
造船所長
監督官
監督助手
監督補助
艤装員
艤装員附
造船所職員

別図第三

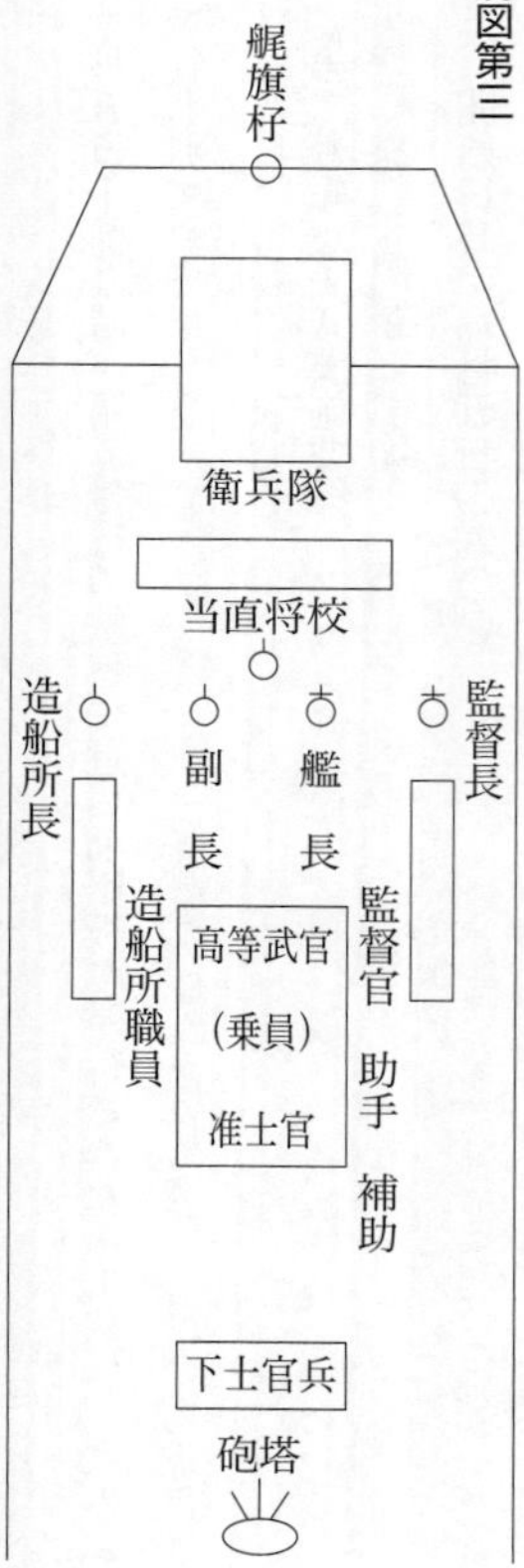
艉旗杆
衛兵隊
当直将校
監督長
艦長
副長
造船所長
監督官
助手
補助
高等武官
(乗員)
准士官
造船所職員
下士官兵
砲塔

(リ) 造船所長玉串奉奠
(ヌ) 撤饌
(ル) 昇神行事(警蹕)　一同起立
(二) 授受式(別図第二(前頁))
(イ) 造船所長ハ監督長立会ノ上艤装員長ニ引渡書ヲ渡ス
(ロ) 艤装員長ハ造船所長ニ受領書ヲ渡ス
(三) 軍艦旗掲揚式
海軍礼式第五十七条ニ依ルノ外別図第三(前頁)ニ拠ル
四、雑件
(一) 服装
(イ) 第二号艦乗員第二種軍装帯勲全部
(ロ) 右以外
武官第二種軍装帯勲一個
文官平常服
其ノ他適宜
(二) 式終了後准士官(判任文官)以上及造船所職員ハ別ニ定ムル場所ニ於テ祝盃ヲ挙グ

受　領　書

一、第二号艦（海軍省契約十二新艦第二九号）

右艦竣工シ検査結了ニ付受領ス

昭和拾七年八月五日

海軍大佐　有　馬　　馨

三菱重工業株式会社長崎造船所長　小川嘉樹殿

この引渡式には、有馬大佐の発案で、武蔵国の一の宮である埼玉県大宮市の氷川神社から神主が特に招かれ、祭事がすすめられた。むろん神主には、「武蔵」のことについて絶対に他言せぬよう注意した。艦内神社におさめられた御神体は、この氷川神社以外に伊勢神宮、長崎諏訪神社のものがおさめられた。

艦内には、横山大観、中村研一氏ら著名な画家の絵約十点もかかげられていたが、「武蔵」がトラック島へ出港前におろされ、呉市の水交社にあずけられた。また、司令長官室には、特製ジュータンがしきつめられるなど、連合艦隊旗艦としての豪華な設備がほどこされていた。旗艦に第一号艦の「大和」でなく「武蔵」がえらばれることは、すでに建造途中から定められていたことで、多くの商船を手がけてきた長崎造船所の技術が、それにふさわしい居室その他の設備をこしらえ上げたのである。

……その日、貞方氏から「武蔵」艤装中の興味深い話をきくことができたが、にこやかに微笑をたたえて同席していた貞方夫人が、私たちの話に耳を傾けていた。

「面白うございました。今日はじめてきく話ばかりです」

夫人は、言った。

「今までこんな話をきかれたことはなかったのですか」

私は、たずねた。

「ええ、ええ。現役時代から今まで、海軍に関することは一度もきかせてくれたことはありません」

夫人の言葉に、貞方氏は笑っていた。海軍軍人の妻として、夫がどのような任務についていたのかまったく知らなかったのである。

が、ただ一度、夫人は貞方氏から長崎に招かれた時、長崎市の丘陵にあるグラバー邸のかげから、艤装中の「武蔵」の姿を瞬間的にながめたことがあったという。

「ようございますか、あのときのことをお話しても」

夫人は、貞方氏の顔をうかがった。

「戦後大分たっているのだから、もうしゃべってもよろしいだろう」

貞方氏は、答えた。

「それではお話いたしますが、その時一寸ながめてみましたら、なんですかムシロのよ

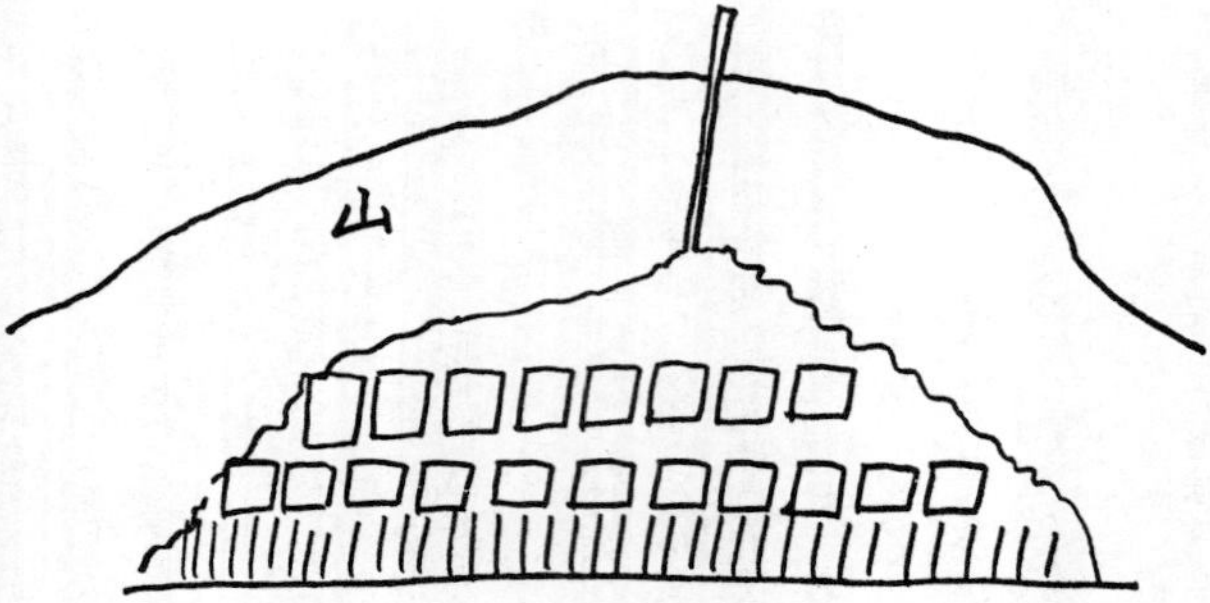

艤装中の武蔵

うなものがいっぱい垂れていましてね。艦橋というのでしょうか、その先端が、裏山の頂上より上に突き出ていたのを今でも記憶しています。驚くような大きな軍艦でございましたよ」

夫人は、眼を大きくみはって言った。

ムシロというのは、むろんシュロスダレのことである。私は、艦のことについて知識もないこの夫人の「武蔵」に対する印象は貴重なものだと思い、用紙にその記憶にある「武蔵」の姿をえがいてもらった。

「私は絵が下手でございますから恥しくて……」

と、言いながらも、夫人は上のような図をえがいてくれた。それから察すると、シュロスダレは、丁度貼絵の色紙のように、分離して垂れていたものらしい。

私の乞いをいれて、貞方氏が補足するように艤装中の「武蔵」とその周囲の海面、岸壁の情景をえがいてくれた。その絵から考えると、遮蔽物が随所に設けられ、やはり「武蔵」の姿をかくそうとした方法がかなり徹底したものであったようだった。

話が終って、雑談になった。貞方氏は、戦後長崎造船所に勤務し、現在は某高校の事務局に通っている。「武蔵」のことが忘れがたく、家族の片手間仕事として文房具兼プラモデル店をひらいているが、その店名も「武蔵」と名づけてあるという。

長居をしてしまい、私は、雨の中をタクシーで駅へ向った。

午後の急行列車に乗り、東京へ着いたのは翌日の朝であった。

八

東京でのあわただしい調査がはじまった。

私は、長崎で調べあげた材料を整理するため、営業担当だった森米次郎氏や技師であった杉野茂氏に会いながらも、最大の関心事であるシュロについての調査をすすめていた。

私は、東京にある全国漁業組合連合会の事務局を訪れ、多くの人にシュロのことを質問した。しかし、その筋からはなにもつかめず、ただ理事の一人から、漁村文化協会という団体に宮城勇太郎という漁業史研究家がいるという話をききこんだ。

翌日私は、新橋駅近くの漁村文化協会を探し当て、その古びた建物の一室で宮城氏と会った。氏からシュロと漁業の関係、シュロの生育分布、植物としてのシュロの性格等かなり貴重な話をきくことができた。

その折私は、シュロという植物がどのような恰好をしているのかを宮城氏にたずねた。

「よくあるやつですよ、こういう形をして……」

宮城氏は、メモ用紙に鉛筆を走らせたが、それを見ているうちに、私は思わず笑い出してしまった。それは見おぼえがあるどころか、私の小さな家の玄関先に三本ほど寄り添うように立っている。シュロ、シュロと思いつめながら家を出てくるが、毎日出掛け、そして帰る家の出入口にそれがあったのだ。

その夜、帰宅すると私は、その樹皮にふれた。

「こいつがシュロか」

私は、自分の迂闊《うかつ》さに呆れていた。

その後私は、水産資源保護協会、水産資料館へも足を向け、国会図書館では、シュロについての文献を数多くあさった。

宮城氏の話では、東京に二つの大きな船具会社があるということだった。その二社のうち特に日本魚網船具K・Kという会社は、主として西日本に販路を持ち、私の探っている九州地方のシュロ異変のことについて何かの手がかりがつかめるかも知れぬ、と教えられていた。

私は、ある夕方期待をいだいて丸の内に足を向けた。

丸ビルの何階かにあがった私は、その会社名の記された事務室のドアをあけた。しかし、ドアの内部には、意外とも思えるような熱気があふれ、人々は忙しく動きまわり、私がドアを開けたことさえ気づかないでいる。

私は、ドアのかたわらで立ちすくんだ。事務室のあわただしい空気は、戦時中の思い出話をしてくれそうな余裕などありそうには思えない。そこには、ただ社務のみに専念している人々の顔がひしめいているだけだった。

私は、中へふみこむ気にもなれず、はじき返されたようにドアを閉めると廊下に出た。

私の気分は、すっかり萎縮していた。なぜこんなことまでして調べねばならないのだろうか、と、歩きながら思った。今までも小説のための調査ということはやるにはやってきたが、それはあくまで作品の奥行を深めるための作業でしかなかった。その調査は図書館通いをしたり旅をしたりする程度のことで、私はただ書斎の机の前で、虚構の世界にひたり、その内部で悪戦苦闘すればよかったのだ。それに比べて、ただ一戦艦のことだけでなぜこれほど歩きまわり、調べまわらなければならないのか。

それに対して私の内部には、「戦争は、実在した。たしかに実在した。もしもお前が戦争をとらえようとするなら、まずその実態を知らねばならぬのだ」という声がしきりにする。戦争を書く、その象徴ともいうべき「武蔵」を書こうとすることは、戦場経験もなく、造船のイロハも知らぬ私にとって大それたことらしい。くず折れかかる気持と、ひるむなという意識とがはげしくからみ合う。

それにしても、私を萎縮させたのは、ドアの内部にみなぎっていた船具会社の人々からうけた為体《えたい》の知れぬ圧迫感だった。

ホワイトカラー族からうける威圧感はそれほどではないが、肉体を駆使してはたらく人の前では、強い無力感におそわれるのが常だ。

私が、小説を書く、それが、果して人々の実生活の上でどのような貢献をしているのだろう。小説を書くということは虚業だといわれているが、たしかに実利的なものとは無縁の作業なのである。

終戦直後、人々が飢えきっていた時、共産党の最高幹部は、日本の重要美術品を外国に売り払ってその代価として食料を輸入しろ、と強硬に主張した。それは、一部の人々の反論によって実現はしなかったが、その例をみてもあきらかなように、重要美術品も実利的な何物ももたらすものではなく、飢えの前には食物ととり代えられてしまう運命にある。それら美術品の流出が、一部の人々の反対によって阻止されたように、小説もそれを理解する一部の人々の庇護のもとに書かれ、活字となり、そして小説家という職業も存在するといっていいのだろう。

……私が、船具会社の内部へ踏みこむことができなかったのは、実務に従事する人々のかも出す熱気にたえきれなかったからであった。

その夜帰ると、長崎造船所で会った馬場熊男氏から葉書が来ていた。私が礼状を出した返事であったが、そのこまかい文字で埋められた葉書には、馬場氏たちが呉出張の際泊った古林の女主人磯江菊野氏の住所が書き記されていた。

「磯江さんは、呉の旅館の女主人で、後に紅葉旅館も経営、三菱の人はもとより海軍軍人もよく利用し繁昌しておりました。呉空襲の第一発の焼夷弾を喰って灰燼《かいじん》となったそうです。

戦後天理教等の信者にもなり、数奇な運命をたどっております。たまに音信致しておりますが、本年も年始状が来ましたので、未だ勤務中だと思います。七十歳近くで女子寮の寮母をやっているとのことです」

とあって、住所と鳥取県学生寮という勤務先が記されていた。

数日後その学生寮に電話をすると、電話口に女の人が出て、私の突飛な申し出に戸惑っているらしかったが、

「お待ちしております」

とのことで、三菱重工本社に行った帰途、タクシーを走らせた。

目的の場所は、目白の住宅街であった。道は入り組みあちこちと探しているうちに予定

時刻より二十分もおくれてしまっていたが、見当をつけたあたりの路上に、和服を着た痩せた老婦人が消え入るように立っているのを眼にした。

車からおりた私が、

「磯江さんですね」

と言うと、老婦人はひどく丁重な挨拶をし、

「はい」

と、言った。

私は、約束の時間におくれた詫びを言いながらも、この老婦人が、二十分間もこの路上で私のくるのを待っていたにちがいないと思うと、磯江さんの淋しい生活が胸にせまった。

磯江さんの居室は小さかったが、すべてがきちんと片づけられ、清潔だった。

磯江さんは、森米次郎氏その他からきくところによると、呉でも評判の女傑で、気性の強い性格であると同時に気持の温い人でもあって、多くの若い宿泊客から、

「おばさん、おばさん」

と慕われていたという。そうした旅館の女主人が、戦災をはじめとした不幸つづきで、学生寮の寮母としてただ一人ひっそり暮すような境遇になってしまっていることを思うと、老婦人を直視するに忍びなかった。

磯江さんは、「武蔵」のことについてはなにも知らなかった。話といえば、建造主任渡

辺賢介氏、主任付古賀繁一氏、そして営業担当だった森米次郎氏や技師の馬場熊男氏、杉野茂氏等の思い出話ばかりだった。真珠湾を攻撃した特殊潜航艇員の一人岩佐直治大尉も、出航直前まで泊っていて、出撃の朝、

「おばさん、行ってくるよ」

と、笑って出ていったことなどの話にかぎられていた。

しかし、私は、それで充分だった。一人の不幸な老婦人の話相手になれただけでもよいと思った。

磯江さんは、何度もにじみ出る涙をぬぐっていた。昔の思い出話をすることが、彼女にひとときの楽しみを与えているようにみえた。

「またお眼にかかりましょう。いつまでもお元気で……」

私は、挨拶をすると部屋を出た。

歩き出した私を、彼女は、私を待っていた時と同じように門の外まで出て見送っている。私は、何度もふり返り頭をさげた。磯江さんは、私が道角をまがるまで頭をさげながら同じところに立っていた。

私の調査も、最後の段階に入っていた。

長崎造船所の「武蔵」建造日誌は、国内外の情勢の経過と対比して入念に整理してある。

長崎から帰京後、小説の舞台ともなる長崎とその周辺の地理、風俗等を十分頭に入れるため、神田の書店歩きもして多くの書物も集めた。「武蔵」進水の工作担当者である大宮丈七氏からきいた進水時の記録の掲載されている昭和二十三年十二月号(第七九号)造船協会会報も、協会をおとずれて半日がかりで引き写した。

これまでに会って話をきいた人からいただいた名刺の数は、すでに七十枚を越えていた。

九

私の調査は、山岳にたとえてみれば、広大な裾野の方から探るという方法を自然にとっていた。そこには、些細なことではあったがさまざまなものが散在し、直接関係した人しか知らない貴重な資料がふくまれていた。が同時に、シュロの話をはじめ多くの疑問点も残されていた。

網は投げられ、水面に大きくひろがっている。それを一点に引きしぼりまとめるためには、「武蔵」建造を指揮した中枢部の技師の話にたよる以外になかった。

「武蔵」の建造主任渡辺賢介氏はすでに死亡していたが、副主任格であった古賀繁一氏は、三菱重工業本社の専務として健在であり、古賀氏のもとで建造に従事した竹沢五十衛氏も、船舶業務部長として活躍している。

竹沢氏は、前に一度短時間お眼にかかっていたが、四月初旬、本格的な話をきくため氏に電話をかけた。多忙な氏は、出張その他で時間的調整がうまくとれず、今日をのがすと一カ月後の五月初旬になってしまう。

私は、むろん今日お眼にかかりたいと申し込み、時間は、会社が終った後の午後六時三十分ということになった。

「夕食でもとりながらお話しましょう。私の行きつけの店がありますから、会社までおいで下さい」

と、竹沢氏は言った。

私は承諾したが、困惑もした。「行きつけの店」ということになると、話をきかせてもらうのにかえって竹沢氏に散財をかけてしまうおそれもある。それでは筋道が逆で、なんとか自分の方で金を払うように仕組まなければならなかった。

新宿にでも行けば知っている店がいくつかあるが、それでは遠くて失礼であるし、丸ノ内に近い適当な場所を探し出さねばならない。行きあたりばったりに料理屋かレストランへでも入ればよいのだが、竹沢氏を安手な店へ案内するわけにもいかない。

あいにくその日私の懐中は心もとなく、それを補うため家へとって返そうかとも思ったが、郊外の私の家へもどるのには一時間以上もかかるし、すでに日は傾いていて約束の時刻に駈けつけられる時間的余裕はなかった。

私は、途方にくれた。ふと私の胸に江間日出雄という友人の顔が浮んだ。

そうだ、かれのところへ行こう……私は、救われたような気持で歩き出した。江間日出雄は、私の弟と中学時代の親しい友人であり、東京駅前八重洲通りにオーダー専門のテーラー・エマという紳士服店を実兄の宏氏と協同で経営している。私もかれと同じ中学校出身者であり、その頃から親しく交際していて、かれの結婚の仲人までした間柄であった。

私は、店に行くと、事情を話し、つけのきく静かな店を紹介してくれと頼んだ。かれはすぐに承諾すると、近くの「花長」というお座敷天ぷら屋を紹介してくれた。

午後六時三十分、会社に行くと竹沢氏に、

「場所を用意してありますから」

と言って、その天ぷら屋に案内した。

「武蔵」の起工は、昭和十三年三月末だが、その前年の九月九日の建造日誌には、「鋲係竹沢技師宣誓」という記事が載っている。氏は、栃木中学、浦和高校をへて東大船舶工学科を卒業、前年の四月に長崎造船所に入所している。

竹沢氏は、昭和十二年の八月二十二日に召集令状をうけて、宇都宮第五十九連隊に入隊した。それから、半月後造船所内で宣誓した九月九日までの経過を、竹沢氏から聞き書きしたノートから拾うと、入隊シタガ、軍医カラオ前ハ痔ガ悪イカラ帰レト云ワレタ。私ハ、幾分ソノ気ハアッタガ、帰サレルホド悪クハナイ。シカシ、ダメダ、即日帰郷ダトイワレ、家ニ帰ッタ。体ニ故障ガアッテ帰サレタコトガ恥カシクテ家ニイタタマレズ、スグニ長崎ヘ行ッタ。スルト、鉄工場長渡辺賢介サンガ笑イナガラ、

「帰ッテクルト思ッテイタヨ」

ト、妙ナコトヲ言ッタ。

ソレカラ渡辺サンニ、一人別室ニツレテユカレタ。

「大事ナ仕事ヲシテモラウコトニナッタ。海軍ノ大キナ船ヲ作ルコトニナッタノダ。重大機密ニ属スルコトデ、親兄弟ニモ決シテ言ッテハナラヌ。スグ監督官室デ宣誓シテコイ」

ト言ワレタ。渡辺サンハ、キビシイ顔ヲシテイタ。

つまり、竹沢氏の即日帰郷は、氏が「武蔵」の建造に必要な技師と目され、海軍側が造船所に帰すよう要求したのであろう。同じ技師の一人である川北維一氏も、出征してから三カ月後に帰ってきているし、その後も多くの技師たちが兵役から除外されたらしい。

竹沢氏は、シュロの入手方法については詳しくは知らなかったが、シュロスダレを使って船台を遮蔽する方法を研究した当事者であったことは、私を大いに喜ばせた。

竹沢技師は、渡辺賢介氏から、

「古賀繁一技師が相談にのってくれるから、第二船台の遮蔽方法を研究しろ」

と、言われたという。

まず竹沢氏と古賀氏が第一に考えたのは、トタン板による船台遮蔽方法だった。が、その方法を採用すると当然三六メートルの高さまで張らねばならず、それでは強風特に台風にでもあえば風圧で吹きとばされてしまう。つまり遮蔽物は、風圧の通りぬけるスダレに近いものでなければならぬ、という結論に達した。

その後、竹沢氏は、短冊状にきった防水布、竹製のスダレ、藁縄《わら》スダレとさまざまなものをテストし、シュロスダレを採用することが最適の遮蔽方法だということを知った。シュロスダレは、クレーンで第二船台のガントリーに吊り上げられていった。

建造日誌の昭和十三年三月二十日(日)の項には、

「先日来ヨリ棕櫚縄製ノ防遮スダレヲ展張始メ居リシ処、本日ヨリ本式ニ展張開始ス」

という記録が書き残されている。

また竹沢氏が研究を命じられたものの一つに、「武蔵」に使用された大型鋲《びょう》がある。それまでの艦船で使われていた鋲は、直径一・五センチのものが最も大きく、稀には二・八センチのものもあったが、「武蔵」につかわれた鋲は実に直径四センチもある大型鋲だった。しかも、特殊な方法でつくられた甲鉄は呆れるほど硬く、鋲打ちも従来の方法では到底不可能であった。

竹沢氏は、呉工廠の指示を参考に一六、〇〇〇本の鋲を費して試作に試作をかさね、ようやく理想的な大型鋲の完成に成功した。

「大きなフネだと思いましたね。夜、船底の下に入って歩くと実に幅が広いんです。いい加減歩いたからもう半分ぐらい来たかなと思うのですが、まだ四分の一ぐらいまでしか歩いていないのです。それから艤装岸壁で主砲を上げ下げする試験を深夜に行ったんですが、グーッとあがってゆく主砲の姿が実に大きい。その時の記憶は、今でも眼に焼きついています」

進水の折の光景も忘れがたいものであるらしい。イギリスの豪華客船クイン・エリザベス号は四本の滑走台をつかって進水したが、「武蔵」は二本で、それだけ集中荷重が大きく世界造船史上画期的な成功例だったという。

「武蔵」建造の中枢部にいた竹沢氏だけに、それまで私がいだいていたさまざまな疑問点も相ついで氷解し、さらに多くの興味深い話をきくこともできて、私の「武蔵」にいだくイメージは、一層大きくひろがっていった。

話が一段落ついた頃、

「フネというものは、単なる機械じゃない、生き物なんですよ。「武蔵」は兵器でしたから沈没してその姿を見ることもなくなったのですが、フネとしての愛着は深いですね。いいフネでした」

竹沢氏は、しんみりした口調で言った。

私は、今まで会った多くの造船技師たちから何度「フネ」という言葉を耳にしたか知れない。それらの技師たちは、「武蔵」のことを決して「戦艦」とも「軍艦」とも言わない。戦争を勝利に結びつけるため、技師たちは、当時の日本人の大部分がそうであったように身を挺して「武蔵」の建造にとりくんだが、その根底には、やはり「フネをつくる」という民間会社の造船技師らしい観念が強く流れていたことは疑いない。

竹沢氏は、またこんなことも口にした。

「フネというものは、多くの人が寄ってたかって作るものです。私もただその中の一人にすぎなかっただけですよ」と――。

かなりの時間が経っていた。

「それではまた」

店を出た竹沢氏は、黒いカバンを手に大通りの方へ歩いていった。

翌日は、「武蔵」建造の中心人物である古賀繁一氏の話をきくことになった。古賀氏には前にも一度会って資料をお借りしていたが、本格的な話をきくのは初めてであった。広い専務室で、私は古賀氏と対した。

氏は、東大船舶工学科を卒業後長崎造船所に入ったが、気性はかなり強かったらしく、海軍側からの制約のある軍艦建造をきらい、もっぱら商船関係の仕事に従事していたという。

その後、所長から海軍艦艇の建造に関係するよう命令されてそれに従事したが、古賀氏は、よく海軍監督官につっかかっては衝突したらしい。

「今まで何人かの人にききましたが、大分海軍の人と喧嘩をなさったそうですね」

冒頭に私が言うと、古賀氏は、童顔をほころばせて、

「そんなことまで知っているのですか。やりましたな。意地の悪い監督官助手がいましてね。私も若かったものですから……ついカッとなってしまって」

と、おかしそうに笑った。渡辺賢介さんから「喧嘩だけはいかん」と厳しく注意されたともつけ加えた。

しかし、そうした話が信じられぬほど、古賀氏の印象はおだやかで、荒い言葉など口にしそうにもみえない。

「『武蔵』をつくる頃から監督官も立派で、喧嘩もせずにすみました。下っぱの連中には、よく軍人風を吹かすのがいましてね。なにもわからぬくせに威張りたがるのですから腹も立ちますよ」

古賀氏の笑みは、さらに深まる。

話は「武蔵」のことに自然に移っていった。まず初めに質問したことは、シュロ縄の入手方法だった。私はそれまでおぼつかない方法ではあったが、シュロについての資料をかなりつかんでいたが、入手方法と加工方法については、依然として皆目見当もつかないでいた。

しかし古賀氏の口からは、淀みなくそれらの疑問点をとく話が流れ出た。私は、それまでの苦労が大きかっただけに、一語もききもらすまいとノートをとりつづけた。

シュロの繊維は、材料課員数名が現金を手にまず九州各地にとんだ。実際に動いたのは各地の集荷商人で、九州のシュロはすべて買い占められた。それでも船台を遮蔽するのには足りず、四国にも手をのばし、さらに紀伊半島の和歌山県までシュロを買いあさった。シュロを縄にあんだのは造船所内の船具工場で、大阪のメーカーから製縄機を買って工場内でシュロ縄をつくったという。

「買付に歩いた材料課員は、船台をおおうものだと知っていたのでしょうか」

と、私はたずねた。

「むろん知りませんよ。それまでは、シュロ縄など少しぐらいしか買っていなかったのですから、なぜこんなに買いこむんだと不思議がっていました」

古賀氏は答えた。

シュロの欠乏によって、それを海苔《のり》養殖につかう有明海沿岸の業者たちをはじめ九州一円の漁業業者が、組合を通じて抗議してきたというし、それらの話を綜合すれば、私にとって最も困難をきわめたシュロの調査はそれでほぼ十分な内容をそなえたといってよかった。

竹沢氏についで古賀氏から得た話は、建造主任付という立場から当然とはいえ、視野はきわめて広く、「武蔵」建造の全貌に係り合っている。建艦技術上のことについてだけではなく、海軍との接触も多かっただけに海軍側の動きにもふれてゆく。

ある日古賀氏が呉工廠に出張した時、「山本五十六大将が、日本は貧乏なくせに大金をかけて大きな戦艦などをつくっている。時代おくれの戦艦などつくっても無駄だ」と言ったということを、士官の一人からきいたともいう。

「「武蔵」の沈没は、昭和十九年十月二十四日でしたが、沈没したのは知っていましたか」

私は、たずねてみた。

「知っていました。十一月に入ってからですがね。「大和」「武蔵」の設計主任だった牧野茂さんと長崎市内の富貴楼で会いました時、「あれ、沈んだよ」と、ぽつりと言われました。「あれ」といえば、私にとって「武蔵」以外には考えられませんからね。不沈艦といわれた「武蔵」も、やはりフネだったのだと思いましたよ」

「だれかにそのことを話しましたか」

「いえ、建造主任の渡辺さんにも話しませんでした。話さないということが習性になっていましたから……」

古賀氏は、淡々とした表情で言った。

私がそれまできいた範囲では、長崎造船所の技師たちも「武蔵」が沈没したことを知ったのは戦後しばらく経ってからである。おそらくそれを知っていたのは、二、三の人だけに過ぎなかったのだろう。

この古賀氏の話は、印象的だった。長崎造船所の技師、工員たちは、機密保持というきびしい枠の中で「武蔵」建造に身を挺して働きつづけた。が、呉で引渡式が行われた日、タラップを降りた瞬間から、「武蔵」にふれることはむろんのこと、その姿を眼にすることもなくなった。しかも、技術的頭脳と多くの労力をそそぎつくしたその「武蔵」も、爆弾と魚雷をおびただしく叩きこまれて破壊しつくされ、しかもその沈没もかれらには知らされなかったのだ。

つまりかれらの長い歳月にわたる努力はまったく無に帰してしまい、それは、兵器である「武蔵」の建造に従事した民間会社の技師、工員たちの当然うけねばならなかった宿命でもあったのだろう。私は、こうした民間会社の社員たちのむなしさを強く作品の中に生かしてみたいと思った。

私は、それまでも何人かの人から、古賀氏の家族が一人残らず長崎に投下された原子爆弾で死亡したことをきいていた。しかし私には、古賀氏にそれについてきく勇気はなく、また古賀氏もそうした悲惨な過去を感じさせぬようなにこやかな表情をつづけていた。

十

私の取材は、快調だった。

古賀氏に会った翌日、「あれ、沈んだよ」と言ったという牧野茂氏に三菱重工本社内で会うことができた。

「大和」の起工は昭和十二年十一月、「武蔵」の起工は昭和十三年三月だが、その戦艦建造計画は昭和九年十月軍令部から海軍省に要求されたことにはじまり、艦政本部がその研究を担当した。平賀譲造船中将の指揮のもとに福田啓二造船大佐が設計基本計画主任となり、二十三種類の異った設計をへて、昭和十二年三月末に二年半がかりで最終決定をみた。その基本計画図を具体化するため呉海軍工廠に派遣されたのが、まだ三十五歳だった牧野茂造船少佐であった。

牧野氏は、そのまま呉工廠造船部設計主任として「大和」建造の設計責任者となったが、それは長崎の「武蔵」建造の設計指導をも当然兼ねる結果となっている。

牧野氏は、海軍造船技術陣の中で天才的頭脳の持主であると評され、事実「大和」型戦艦設計後口径二〇インチ主砲搭載という途方もない強力な戦艦の設計を手がけたことさえある。東大の教壇にも立ち、現在は、三菱重工の造船部顧問の地位にある。

そうした私の知識にある牧野氏と、実際に眼の前にあらわれた氏の印象とは、かなりのへだたりがあった。天才という言葉のもつ鋭利な刃物のような冷徹さはなく、むしろ茫洋とした地味な感じの人で、体も小柄で、言葉遣いもひかえ目であった。私は、牧野氏から、呉工廠の組織、「大和」の設計・建造、そして「武蔵」の建造を請負った長崎造船所との関係をきいた。「大和」の設計は牧野氏、その建造は船殻主任西島亮二造船中佐、作業主任は芳井一夫氏で、牧野氏は「武蔵」の設計指導のために絶えず長崎造船所と緊密な連絡をとっていたという。

呉工廠の組織を私もつかむことができ、長崎造船所の置かれた立場も理解することができた。

牧野氏には、旧軍人らしい印象はまったくなかった。そして、話をしている間に私は、牧野氏の頭脳構造がやはり常人のそれとは異ることに気づきはじめていた。

牧野氏の顔には、時折かすかな笑みが浮ぶ。それは、私の話す言葉の裏側に氏の思考が広く自在にはたらいている証拠であり、私は氏の笑みに気づくたびに私自身の顔にも微笑が浮ぶのを意識した。

氏は、私に四人の方に会うようにすすめてくれた。

一、福井静夫氏

福井氏は、元造船少佐で、戦後、海軍艦艇の歴史的研究にすべてを傾注している。むろん「大和」「武蔵」の海軍に占める位置にも精通していて、その背景を正確にとらえるためには是非会うべき人物であるという。

二、西島亮二氏

「大和」建造の指揮者であり、「武蔵」を書くためには「大和」のことを知る必要があり、そのためには西島氏から「大和」建造についての具体的な話をきく必要がある。

三、高野庄平氏

厚生省援護局事務官であり、艦政本部長、呉工廠長、工廠造船部長その他必要な海軍軍人の氏名、その当時の官位を正確にとらえる便宜を与えてくれるはずである。

第四の人物として梶原正夫氏の名が牧野氏の口からもれた時、私の胸ははずんだ。梶原氏は、「大和」の船殻主任を経て、「武蔵」起工直前の昭和十三年二月に長崎へ造船監督官として赴任してきている。「武蔵」の進水後昭和十六年三月に長崎を去るまで、長崎造船所の渡辺氏、古賀民らと協力して「武蔵」建造に従事した造船中佐であった。私の作品にとって梶原氏は、古賀建造主任付にまさるとも劣らぬ重要な比重をもつ人であり、私の絶対に会わねばならぬ人物であった。

私は、古賀氏をはじめ多くの人に梶原氏の所在をたずねたが、横須賀方面におられるらしいという話を一度きいただけで、住所はまったくわからない。

私は、

「どこに住んでおられるかお分りですか」

とたずねると、牧野氏は、メモをひらいて住所、電話と現在は日本大学理工学部で教鞭をとっていることを教えてくれた。

私は、牧野氏に厚く礼をのべた。

その日、三菱重工の広報室に立ち寄った私は、「武蔵」建造主任の渡辺賢介氏の遺影を初めて眼にすることができた。

私は、それまで広報室へ二、三十回は顔を出していたが、そのたびに気軽に応じてくれる女子室員が渡辺氏の令嬢であるとは知らなかった。令嬢は結婚して助川姓を名乗っていたが、私の依頼でアルバムを持ってきてくれたのだ。

アルバムには、カンカン帽をかぶった姿と白髪頭の大きな体をした渡辺氏の顔が写っていた。私は、小説の主要人物ともなるべきその人の遺影を長い間見つめていた。

次の日からの数日間は、私にとって充実した日々であった。

私は、西武池袋線沿線に住む西島亮二氏を訪れて「大和」建造の話をきき、翌日には、東武線沿線住宅街に住む梶原正夫氏の家を訪れた。

梶原氏の話は、監督官として、機密保持方法に苦心されたので、「武蔵」建造のいきさつを角度を変えた立場からみているだけにさらに密度の濃いものであった。

図面紛失事件も、監督官側から細部まで克明に知っていた。その折ノートした一文をかかげると、こんなことが記されている。

（少年が自供した後）警察ノ特高係ノ刑事カラ、私ニ電話ガカカッテキタ。コレカラ少年ヲ本格的ニシラベルガ、少年ノシャベルコトガ機密ニフレルモノカドウカコチラデハ判断モツカナイ。供述書ハ書類ニサレテ廻サレルガ、ソノ中ニ機密ニフレルモノガフクマレテイルト困ル。ツマリ警察側ハ後難ヲオソレテイルノダ。ソレニ、少年自身モ機密ローエイ罪ニ問ワレルコトトナリ、ソレハ可哀想ダト思ウトイウ。

私ハ早速出掛ケタガ、ソレハ機密事項ダ、ソウデハナイ、ナドト刑事ニモ言ウコトハデキズ、大イニ困ッタ。

ヤムナク首席監督官平田周二大佐ニ電話デ指示ヲ仰ギ、ソノ結果取調ベニアタル特高係ノ刑事タチニ宣誓書ヲ書カセ、絶対ニ口外シナイコトヲ誓ワセタ。ソシテ、取調べ中機密ニフレルカドウカニツイテハ、タダウナズクカ頭ヲフルカシテ、言葉ヲ発シナイヨウニ努メタ。

「すると、刑事にも宣誓させたのですね」

「それ以外、方法はなかったのですよ」

私は、梶原氏と声を合わせて笑った。

また「武蔵」進水後のシュロスダレの火事の話も面白かった。建造日誌昭和十五年十一月十七日の欄には、

「第二、三船台間遮蔽ノ棕櫚縄簾、午後九時半頃発火。第二、三、四、五、六、column間焼失、第三船台ノ第九〇〇番船舷側足場焼失及ビ舷側盤木支柱一部焼ケタリ。第四column 外側ノ Section 二本歪曲ス。第五 column 一部歪曲ス。午後十一時鎮火、負傷者ナシ。本船進水後ナリシハ全ク天佑ト云フベシ」

という記事がある。

私は、かなり前からその火災事故の発生に注目していた。建造日誌の記録者は古賀繁一氏だが、「……進水後ナリシハ全ク天佑ト云フベシ」と記されているように、火災事故は海軍から派遣されている梶原氏たち監督官や造船所自身にとっても大問題であったのだ。

記録にある通り、シュロスダレはかなり焼失した。もし「武蔵」が建造中であったなら、その焼失によって「武蔵」の姿はむき出しにされたにちがいない。奇蹟的にも建造途中ではそうした事故は発生せず、火事があったのは進水後半月ほどたった夜であったことが、「全ク天佑ト云フベシ」という表現となったのである。

この夜の驚きについては、古賀氏、竹沢氏などからも話はきいていたが、梶原氏は、市

民から耳にした話をきかせてくれた。

第二船台は、「武蔵」が進水した後も、巨大な進水台その他を望見されることをおそれて、そのままシュロスダレにおおわれていたが、市民たちの中には、シュロスダレの中はすでに空になっているという者もいれば、いやそうではないという者もいたらしい。

そうした中で火災が発生したのだが、炎の逆巻く中に黒々とした大きな船体の影が突然浮び上った。それは、日誌の記録にもあるように第九〇〇番船、つまり第二船台の隣の第三船台で建造中の日本郵船発註の「橿原丸」(二七、七〇〇総トン、後に空母「隼鷹」に改装)の船体の影であったのだが、それを眼にした市民たちは、「オバケ(武蔵)はまだ進水していない」とか「オバケがもう一つスダレの中にいる」とか噂し合っていたという。

梶原氏からきいたこの話は、長崎市民の「武蔵」にいだく奇怪な怖れを端的にあらわしたものとして、恰好のエピソードに思えた。

「「武蔵」建造中の火災だったら、切腹ものでしたよ」

梶原氏は、苦笑した。

平田大佐が長崎を去ると、代りに島本万太郎大佐が首席監督官として赴任してきた。両大佐ともすでに死亡しているが、梶原氏は、その両首席監督官のもとで造船所側の古賀氏らとともに建造と機密保持のために駈けまわっている。

長崎の特殊な地形は、「武蔵」を望見するのを容易とさせ、それに対するさまざまな監督官としての配慮があった。進水時の厳戒態勢と、進水時の技術的苦心、さらに艤装中の「武蔵」の姿をぼかすために、その岸壁の背後の崖に「武蔵」の船体と同じ灰色の塗料をぬらせたのも梶原氏であった。

「ここにこんなものがありますが、おぼえていらっしゃいますか」

私は、コピーした便箋に書き記されたものを、梶原氏にさし出した。

梶原氏の驚きは、大きかった。お茶を入れ替えに二階へあがってきた夫人も、なつかしそうにその文章をのぞきこんでいる。

「いや、驚きましたな。なつかしいですね。よくこんなものが残っていましたね」

梶原氏は、何度もその文章を読み直していた。

それは、「武蔵」の船体工事を監督していた梶原氏が、進水によって職務も終り長崎をはなれる時に渡辺建造主任へ送った別れの挨拶文である。簡潔でありながら惜別の情もよく出ている名文である。

此度呉海軍工廠ニ転任ヲ命ゼラレ御別レ致スコトニナリマシタ。在任中ニ第二号艦(武蔵・著者註)ノ建造ニ従事致シマシタコトハ、誠ニ幸運デアリ光栄デアリマシタ。シカシソノ責任ノ重大サヲ考ヘル余リ、アレコレトウルサク申シタ次第デアリマスガ、皆様ニ於テハ多年ノ経験ト秀レタ技術ヲ余ス所ナク傾注シ、周到ナ準備ト研究・実験ノモトニ遂ニコノ世紀ノ大事業ヲ完成シ得タルコトニ対シ、深甚ノ敬意ト感謝ヲ禁ジ得ナイノデアリマス。力強ク第二号艦ノスベッテ行クノヲ見タ時ノ感激ハ終生忘レ得マセン。知ラズ知ラズ涙ノ頬ヲ伝ハルノヲ禁ジ得ナカッタノデアリマスガ、アノ時、渡辺建造主任モ古賀技師モ作業員モ私モ、感激ノ渦ノ中ニマキコマレ、一ツニナッタノデアリマシタ。「無事ニ行ッテ、アアヨカッタ」トイフ唯一ツノ心ニ結バレテシマッタノデアリマス。

進水台モ予想以上ニ立派ニデキマシタ。ムヅカシイト思ハレタ中甲板、甲鉄モ順調ニヲサマリマシタ。生育シテユク愛児ノ姿ヲ見ルノハ限リナク愛着ヲ感ジルノデアリマスガ、今コノ偉大ナル愛児ノ完成ヲ見ズシテ、ココヲ去ルコトハ限リナキ心残リヲ感ズルノデアリマス。コレカラハ、艤装の時代デアリ、仕上ゲノ時代デアリマス。ドウカ立派ナ若者ニ仕上ゲテヤッテ下サイ。

コノ三年ヲ通ジテ、皆様ガ終始変ラヌ心デ共ニ歩イテ下サッタ事ニ、深イ感謝ヲ抱イテヲリマス。工科出ノ私ニハコノ気持ヲドノヤウニ言ヒ表ハシタラヨイカワカリマセン。

第二号艦ノ前途ヲ祝シ、担当ノ皆様ノ御健康ヲ祈リ、御健闘ヲ御願ヒシテ御挨拶トイタシマス。

梶原氏が長崎をはなれた翌二十日には、艤装監督にあたる塩山策一造船中佐が赴任し、機関部門に鹿島竹千代機関中佐、電気部門に竹内梯三機関中佐、吉田忠一技師、航海関係に高多久三郎造兵中佐、会計部門に竜宝英夫主計中佐がそれぞれ配置され、艤装工事が進められたのである。

梶原氏に会ったことによって、私の意図した「武蔵」に関する調査は、その大半を終了したと言ってよかった。

しかし、筆を執《と》る前に、まだ会わねばならぬ人物が何人かいた。牧野茂氏から指示された厚生省援護局の高野庄平氏もその一人だった。

私は、厚生省援護局に電話をして、当時の艦政本部、呉工廠の各長の氏名官位を知りたい旨を高野氏に伝えると、それなら厚生省援護局事業第二課の福田呉子さんに協力してもらったらどうかという。

早速私は、福田さんを訪れたが、福田さんは、私の質問におどろくような素早さで氏名、官位を示してくれる。援護局などという役所はまったく無縁のところだったが、こうした生き字引きのような女性がいることに驚いた。その後も私は、行きづまると電話をかけたり訪れたりして福田さんの助力を乞うことになった。

福井静夫氏という人も、私にとっては今まで会った人とは異る要素をもった人であった。電話をかけると、

「四月二十日十三時に拙宅へおいでいただきたい」

と言う。

海軍では午後一時のことを十三時ということは知っていたが、現在でも日常会話にそうした表現を使うことが私には珍しかった。私は、この人は几帳面な人にちがいないから、十三時十分前に福井氏の家のベルを押そうと思った。そして私は、その時刻きっかりに、横浜市の福井氏の玄関のベルを押した。

福井氏は、海軍に籍を置いていたという印象とはまったく反した、大学の語学の教授かなにかのような感じのする人であった。

「私は、海軍の自由な空気を吸っていたので、会社につとめたくないのですよ」

と言った。

牧野茂氏の言われた通り、福井氏の海軍艦艇に対する知識は、おどろくほど正確で、しかも博かった。牧野氏が、一八インチ(四六センチ)主砲を装備した「大和」「武蔵」の設計後二〇インチ(五一センチ)主砲六門を装備した戦艦を福田啓二氏の補佐役として設計に着手したということも、むろん福井氏は知っていた。

氏からきいたノートの中から主だったものを簡単にひろうと、

▽「大和」「武蔵」ノ主砲ハ、最大射程四〇、〇〇〇メートル以上デ、四〇秒ニ一発ズツ発射デキル世界最高ノ性能ヲモッテイタ。

▽ドイツ海軍ハ、戦争ニ勝ッタ場合、「大和」「武蔵」ヲシノグ八万トン、一〇万トン、一

二万トンノソレゾレ排水量ヲモツ戦艦ヲ計画、主砲モ二〇インチ砲八門装備ヲ考エテイタ。世界ノ趨勢ハ、戦艦重視デアリ、アメリカ海軍ノ艦艇ニ対スル重要性モ第一ニ戦艦、第二ニ航空母艦ト考エテイタ。ソレニ比シテ日本ハ、第一ニ航空母艦、第二ニ戦艦ヲ考エ、太平洋戦争開始時ニハ、世界最強ノ航空母艦群ヲ保有シテイタ。ツマリ日本海軍ハ、アメリカヲハジメ世界列強ノ海軍ノ中デ、最モ航空戦力ヲ重視シタ新シイ用兵思想ヲモッテイタ。

▽日本ノ砲撃術ハ、全世界ノ海軍ノ中デ一段ト群ヲ抜イタモノデアッタ。

明治時代ノ日本海海戦デハ、六、〇〇〇メートルノ距離デ、ロシヤ艦隊ガ二パーセントノ命中率ニ対シテ、日本艦隊ハ三パーセントで、ロシヤ艦隊ノ命中率ヲ上廻ッタ。

ソノ後、砲モ攻撃方法モ進歩シテ大正時代ニ入リ、第一次世界大戦中ニ行ワレタジュットランド海戦デハ、八、〇〇〇〜一〇、〇〇〇メートルノ距離デ独英両国艦隊ノ間デ砲戦ガ行ワレタガ、ソノ折ハ、ドイツ艦隊五パーセント、イギリス艦隊三パーセントデ、ソノ命中率ハドイツ海軍ガ格段ノ優秀サヲ発揮シタ。

ソウシタ中デ日本海軍ハ、砲撃ニ対スル研究ト訓練ヲカサネテイタガ、太平洋戦争開始前、福井氏モ立チ合ッタ砲撃訓練デハ、三万メートルノ大距離デ、戦艦「金剛」ガ実ニ二十六パーセント、「霧島」ガ一二〜三パーセントノ命中率ヲ示スノヲ確認シタトイウ。

サラニソノ後、戦艦「比叡」ノ命中率ハ「金剛」ヲ上廻リ、戦艦「長門」「陸奥」ハサラニソレ以上ノ命中率ヲ誇ッテイタ。ソレダケニ、日本海軍ハ、砲撃ニ大キナ自信ヲイダキ艦隊同士ノ海戦トモナレバ、アメリカ海軍ノ戦艦ノ砲ガ火ヲ吐カヌ前ニソノ長大ナ射程距離ヲモツ「大和」「武蔵」ノ四六センチ主砲デ、アメリカ艦隊ヲ全滅サセ得ルトイウ確信ヲイダクニ至ッタ。アメリカノ戦艦ノ主砲ノ射程距離ハ三万メートルデアリ、「大和」「武蔵」ノ主砲ハ四万メートルヲハルカニ越ス威力ヲ持ッテイタ。

▽軍機、軍極秘、極秘、秘ノ区別ニツイテ

重要ナ設計図ソノ他書キ記サレタモノハ、左ノヨウナ四段階ニ分ケラレ慎重ニソレニ応ジテ取リアツカワレテイタ。ソレヲ簡単ニ述ベルト、

軍機……コレニ属シタモノガ洩レルト、国家ノ興廃ニ関係スル

軍極秘、極秘……コレニ属シタモノガ洩レルト、国防上ニ重大ナ関係ガアル

秘……機密ニ属スルガ、ソノ軽度ナモノ

（福井氏は、戦時中むろんそうしたものを取りあつかったが、たとえば計算用紙もその数字が下の紙にうつることをおそれて下の紙を一枚必ず破りすてていたが、その習慣が今でも身について自然と下の紙を破りすててしまうという。それは、長崎造船所の鳥カゴと称されていた図庫兼設計場の設計技師、図工たちの習慣と一致する。）

▽呉海軍工廠ハ世界最大ノ造船所デ、砲、甲板ヲ作ッテイル工場ヲソナエテイタノハ、コノ工廠ダケデアッタ。

長崎造船所ニ「武蔵」建造ヲアタラセタノハ、設備、技術ガ優秀デアッタカラデアッタガ、殊ニ木工場ノ良サハ定評ガアリ、ソノタメ居住区ノ建造技術ハ素晴シカッタ。

▽「大和」「武蔵」ノ造船技術上ノ優秀ナ特徴ハ、大砲、甲板、光学兵器、精密工学兵器デ、ソレラハ日本技術陣ノ世界水準ヲハルカニ抜ク最高ノモノデアッタ。マタ、「大和」「武蔵」ハ、戦艦ノ強力ナ性能カラミルトムシロ小型ニデキタト言ッテヨク、モシアメリカデ作ラレタラ、オソラク排水量ハ一万トングライ増加シタニチガイナイ。コレモ、「大和」「武蔵」ノ設計・建造ガ世界水準ヲ一段トリードシテイタ証拠デアル。

「私は、軍艦技術の墓守りだと思っています」

福井氏は、話が一段落つくと笑い、紅茶をいれてすすめてくれた。

氏は、私が地道に「武蔵」のことを調査していることに好意をもってくれているようだった。

「正確に書いて下さい。私は、いつでも御協力しますよ」

別れぎわに、氏は言った。すでに夜になっていた。

私は、バスの停留所の方へ坂を下りて行った。振返ると、坂の中途に、一軒ポツンと建った氏の家の灯が私の眼にしみ入ってきた。

十一

その日家に帰ると、文芸誌「新潮」の田辺氏から電話があった。

「まだ調べているのですか」

氏は、言った。

「そうです」

私は、答えた。

「別に急がせるわけでは決してありませんが、いつ頃から書き出せそうですか」

私の口からは自然と、

「もうそろそろ書き出そうと思っているんです」

という言葉が流れ出た。

「そうですか。ではお願いします。書き出したら何枚でも結構ですから拝見させて下さい」

氏は、慇懃《いんぎん》な口調で言って電話をきった。

私は、受話器を置いてからも気持を整理するのにかなりの時間を費した。

「書き出そうと思っています」と言ってはみたが、私にとってこうした類いの小説は書いたことがない。私は、すっかりおびえていた。

しかし、今まで調査したノートの冊数を考えると、一刻も早く書き出したい気持も熱っぽくつき上げてきていた。私は、うなりながら部屋の中を歩きまわった。

原稿用紙に初めての文字をきざみつけたのは、三日後の四月二十三日だった。

私は、いつ頃からの習慣か、細字用の万年筆で下書きをかく。字はきわめて小さく、一枚の四百字詰原稿用紙に書いた文章をさらに推敲し清書すると、確実に十枚は越える。それをさらに推敲して初稿とするわけだが、細い字できざみつけるように下書きを書かないと、神経が拡散してしまうように感じられるのである。

その日、半枚分ほどの下書きが完成した。書き出しは、「九州の漁業界に異変が起ったのは、昭和十二年の秋であった」という文章で、シュロ繊維が市場から姿を消した時点から書き起した。次の日も次の日も、私は、原稿用紙に細い字をきざみつづけていった。十日ほどが過ぎた。比較的順調に筆は進んで、清書し推敲してみると、三十二枚に達していた。

翌日、私は原稿を新潮社に持っていった。

真剣に書きはするのだが、私は、自分の原稿を手渡す時必ず異様なほどの萎縮感におそわれる。「思ったようには書けなかったのですが」とか、「文章が軽くなっていましたら、遠慮なくお返し下さい」とか不要とも思えるようなことを言ってしまったりする。

その日も、私は、田辺氏に手渡し、意味もないつぶやきを二言、三言いうと匆々《そうそう》に家に帰った。

苦痛にみちた時間が、私を重苦しく包みこんだ。

私は、あれはダメな小説だと溜息をついたり、田辺氏はきっとおれの書いたものを蔑《さげす》んでいるにちがいないと思ったりして、家の中を落着きなく歩きまわった。

その日の夜、氏から電話がかかってきた。私は、体から血のひくのを感じながらおそるおそる受話器をとった。

「早速編集部内で読ませていただきましたが、あれで結構だという意見です。あの調子で書きつづけて下さい。ただ一つ、大したことではないのですが、書き出しにその時代の匂いを少しでも出していただけたらと思いますが、一応お考え下さい」

田辺氏は言った。私は、すぐに返事をくれたことに礼を言って受話器を置いた。

「新潮」の編集部では一応満足したらしいことに、深い安堵を感じた。が、果してあれでよかったのかどうか、為体の知れぬ不安が残っている。

私は、書き出し部分の下書きをとり出して「時代的匂い」について考えてみた。たしかに言われてみれば、その時代がどんな情勢下にあったかを明記すべきであるし、それに長い作品の書き出しとしては軽すぎるとも思われた。

私は、何度も書き直しをして、結局「九州の漁業界に異変が起ったのは、昭和十二年の

秋であった」という書き出しからはじまる文章を、

「昭和十二年七月七日、盧溝橋に端を発した中国大陸の戦火は、一カ月後には北平を包みこみ、次第に果しないひろがりをみせはじめていた。

その頃、九州の漁業界に異変が起っていた。

初め、人々は、その異変に気づかなかった。が、それは、すでに半年近くも前からはじまっていたことで、ひそかに、しかしかなりの速さで九州一円の漁業界にひろがっていたのだ」

という文章に書きあらためた。

その日から一週間、私は、「武蔵」の原稿をそのままにしておいた。「風景」という雑誌から二十五枚の短篇の依頼があり、締切り日は五月十五日でまだ余裕があったが、とりあえずこの短篇の方を先に書き上げておこうと思ったのだ。

書きたいものはすでにあって、私は、「キトク」と題するその短篇を五月十日に書き上げると、ポストに投函した。肩から荷が下りたような思いで、その夜から再び「武蔵」にとり組んだ。

作品を書くという長い旅がはじまった。机の上には、今までメモしてきた大学ノートや手帳が散乱し、資料は机のまわりを埋めている。

私は、時間を惜しんで書きつづけたが、その間にも、多くの人たちに会うことをやめなかった。

「武蔵」進水の設計を担当した三菱重工海外事業部長浜田鉅氏、「武蔵」の主砲を呉から長崎まで運ぶために特に建造された砲塔運搬艦「樫野」の設計責任者であった三菱重工副社長松下壱雄氏、馬場グループについで呉へ第二陣設計グループとして出張した折のキャップ川良武次氏、岩崎弥太郎・岩崎弥之助伝記編纂会常任委員太田主馬氏、その他、電話をかけて話をきいた人は数知れない。

また松本喜太郎氏の著書である『戦艦大和・武蔵の設計とその建造』中に「大和(武蔵)においては副砲や高角砲、機銃の旋回、俯仰、給弾等すべて電力が動力とされたし、舵取機械、排水唧筒《そくとう》、空気圧搾唧筒、冷却機械等すべて電力が動力とされたため、本艦に搭載した発電機の力量はすこぶる大となった。本艦の合計発電機力量の四、八〇〇ｋｗがあると、昭和二十七年ごろ八王子市の全体の工場の動力や電熱、電灯すべてに給電することができるほど膨大なものである」という記述をたしかめるため、八王子に行ってみたりした。市役所を訪れ、東京電力にも行ってみたが、給電量は四季、昼夜の別などによって変動が大きくその量を推定することはきわめて困難なもので、結局私には、八王子市と「武蔵」の給電量とを比較する手がかりは得られなかった。

またある夜、埼玉県大宮市にある氷川神社の宮司東角井光臣氏をその自宅に訪れた。はげしい雨が降っていた。むろん「武蔵」引渡式の折に祭事をつかさどった神主に会いたかったのだが、残念ながら呉工廠に行ったという神主はいなかった。東角井氏は、おそらく呉に行ったのはその頃の老宮司であったのだろう、と、その住所を教えてくれた。

私はその夜、早速石川県にいるという宮司に手紙を書いたが、やがてもどってきた返事は、「知らぬ」ということであった。この件について正確に調べようと思えば調べられぬこともなかったが、それほど重要なことでもないと判断し、私は、その神主を探し出すことをあきらめた。つまり、私は手を抜いたのである。

五月末には、いつの間にか原稿も清書分で百十二枚に達していた。平均一日に四枚の進度で、私としては今までにない順調な進み方であった。

六月七日、百三十一枚までを田辺氏に渡したが、私は、疲れきっていた。

造船の専門用語をそのまま使うのは最も容易だが、それではイメージが固定してしまって、表現上の興味は感じられない。

私は、それらの用語にぶつかるたびに、時計を分解でもするように完全に解体して歯車や鋲をとり出す作業をはじめる。そこには、一プラス一は二というようなきわめて素朴な(とは言えないかも知れぬが)ものが露出する。知的パズルをとくような慎重さを要し、私はそれらの要素を自分流に組み立てる。そうした解体とそれにつづく作業は、専門用語に対するある程度の知識を必要とし、必然的に煩《わずら》わしい労力と時間を私に強いた。

私は書きながらも、加藤憲吉氏の口にした艦底一面にぎっしりはりついた牡蠣を思い起していた。貝類と海草に下部をおおわれた「武蔵」は、前世紀の海獣のように感じられる。鋼鉄で形づくられた「武蔵」が、人間のひき起す愚かしい戦争という背景のもとに、人間の手でつくり上げられた生き物であるように描き出されなければ、私が「武蔵」を書く意味はないと思いつづけた。

記録というものは、一言にしていえば素気ないものである。雑然としていて、砂礫《されき》のように死物化している。しかし、それらにある角度から光を当てれば、俄かに輝き出すものもある。その光とは、戦争というものに対する私の考え方であり、人間そのものに対する考え方であるにちがいなかった。

私の資料にむかう態度は、小説の意図に反する記録を排除し、容赦なく捨てることにあった。私の「武蔵」に託した意図に沿うもののみを選択してゆく。つまり極端に言えば都合の良いものだけを採用していると言ってもよかった。

私は、初めの頃小説の題を決めかねていた。「武蔵」を擬人化した物としてとらえるという意図から、「巨人」などというプロ野球のチームを連想させる題まで考えたことすらある。次には「巨艦」という題にしようかと思ったが、いずれも好ましくない。結局私は、そのものに即した「戦艦武蔵」という題をつけることに決めた。つまりそうした題名をつける経過には、私なりの迷いがあったのである。

その頃、泉三太郎が、「武蔵」のことのみに没頭している私に、たまには息抜きをしたらどうかと言って民芸の「セールスマンの死」の公演に誘ってくれたりした。滝沢修は熱演していたが、私はどうしても芝居の世界に入りこむことができず、三十分ほどして家に帰ると、机にかじりついた。

またある夜、夢をみた。私は列車に乗って旅をしていたが、それが顛覆して線路の外に放り出された。持っていた書類鞄の中には、軍極秘図面が入っているが、その鞄が見当らない。私は必死にあたりを探すが、そのうちに気づいた憲兵がやってきて私を引き立て、図面の行方を追及し激しい拷問がはじまる。眼球に針を突き立てられるところで私の夢は破れたのだが、そうした現実感の乏しい夢を、その後もくり返し見るようになった。

六月十三日、私は、福岡への旅に出た。

夜六時の「みずほ」に乗った私は、翌朝、福岡につくと東健吾という人に会い、その夜「あかつき」に乗って帰京した。私にとっては、一刻も惜しい気分であった。

東氏は、長崎造船所の技師で、「武蔵」の艤装工事の責任者でもあった。日本刀を背に負うて工事を促進したという一風変った人であったらしいが、それも戦時中の軍需産業にたずさわった人によく見られるタイプと言えるのかも知れない。

私はむろん東氏から艤装工事についての話をきいたのだが、東氏は艤装工事を終えてから、呉へ回航後の公試運転にも立ち合っている。

その主砲発射試験の時の話をメモしたノートによると、

徳山沖デオコナッタガ、三万メートル遠方ヲ軍艦ガ標的ヲ曳航シテユク。ソレヲネラウコトニナッタ。

発射開始ノラッパガ鳴ッタ。耳ニ栓ヲツメロトイワレタガ、ワタシハ兵役ニアッタ時野砲ノ砲手ダッタノデ、ソンナ必要ハナイトコトワッタ。

九門ガ、一斉ニ火ヲフイタ。オドロイタ。顎《あご》ガハズレソウニナッタ。倒レソウニナッタ。砲煙ガオサマッタ。標的ノ方ヲミタガ何事モナイ。ソノウチ水柱ガ標的ノトコロデモリ上ガッタ。ユックリ、ユックリ上ガッテユキ、ソレハ背後ノ山陰ノ山ナミノ半分グライノ高サマデ上ガッタ。

東氏にとって「武蔵」の艤装工事は印象の深いものであるらしかったが、長崎造船所が爆撃された折の悲惨な光景も忘れがたいものであるようだった。

「女子学徒が、バラバラになって死んでおってね。呻《うめ》いている者もいるし……」

東氏の眼には、盛り上がるように光るものが湧いた。

家を辞すると、東氏は、私を電車道まで送ってきてくれた。急に雨が降り出したので私は、

「もう結構です」

と、東氏に言った。

東氏は、

「気にせんでええ」

と言って、雨に濡れながら停留所の方へ先に立って歩いて行く。

「本当に結構です。私にも敬老精神がありますから……」

と、冗談半分に言うと、

「わしは、老人ではない。七十四歳ではあるが、敬老などという言葉は不愉快だ」

と、大きな声で言った。

市内電車がやってきて、私は乗りこんだ。東氏は、雨の降る中で、しきりに手をふっていた。

東京へ帰った翌日の夜、私は、友人の芳賀義影と画家の久間木勝義を誘って飲みに出かけた。夜半に家にもどると、ドアを開けた妻が、

「あなた、太宰賞を受賞したわよ」

と、うるんだ声で言った。

「なに？」

私は、ドアのところに立ったまま問い返した。

「八時頃電話があって、あなたにきまったたって。明日、筑摩書房へ来て下さいと言っていたわ」

私は、その場に立ちすくんでいた。

実のところ私は、太宰治賞に応募原稿を出していたことを半ば忘れかけていた。応募原稿を郵送したのは、一月末で、発表は、ただ八月号の「展望」誌上となっていただけで、その当否が決定するのはいつなのか皆目わからなかった。

私はドアの外に出ると、夜道を足早やに歩いてゆく芳賀に、

「オーイ、おれ、太宰賞をもらったらしいよ」

と、声をかけた。

かれは、すぐに駈けもどってきた。

「前に応募したって言っていたあれですか？　よかったな、よかったな」

かれは、私の掌を強くにぎった。

その夜、私は、珍しく家で飲み直した。

「お前、電話のききちがいじゃないのか」とか、「おれ、本当に太宰賞をもらったのかな」とかさまざまなことを口にしたが、妻は、

「よかった、よかった」

とくり返し言いながら、眼をぬぐっていた。

翌朝、私は、丹羽文雄氏の家へ行った。

私は、丹羽氏がその費用の全額を出している「文学者」という雑誌に、十篇ほどの作品を発表させてもらっていた。ある号などは、二百七十枚の私の作品で小説欄が埋められてしまったことさえある。その間私は、一銭の金も払うわけではなく、そうした丹羽氏に対する恩義に報いる唯一の道は、私がいい作品を書く以外にないと思っていた。

丹羽氏は食事中であったらしく、それに早朝の訪問で、少し不機嫌な表情をして応接間に出てこられた。が、私が、失礼を詫びてから太宰賞をうけたことを口にすると、丹羽氏は、

「応募していたのか、そうか、それはよかった、おめでとう」

と言った。そして、

「そんなええ話なら、いくら朝早くてもええ。それはよかった」

と、くり返し言った。

その日私は、筑摩書房に行き、「展望」編集長の岡山猛氏と会った。妻の言った通り、私の応募した「星への旅」という小説が受賞していて、私はその原稿を持ち帰って手直ししたいとお願いした。

翌々日、ホテルニュージャパンで賞の発表会がひらかれた。その席上で、私は、次席のK氏と初めて引き合わされたが、氏の応募作が私の作品と最後まで争ったことを選考委員

の一人臼井吉見氏の記者の方たちへの話で知った。

また臼井氏は、私とK氏のことを、

「来年の今頃までには、一人立ちできるような作品を生むにちがいない」

と、言われた。

その言葉は、私にとって重い荷を背負わされたような気分だった。臼井氏は、私とK氏のことをはげます意味で言われたのだろうが、一年といえばわずか三百六十五日であり、その間に自信のあるものを書けそうにはなかった。

私は、その席で記者たちの質問に、「戦艦武蔵」を書いていることを口にしてしまった。依頼はされているが、実際に文芸誌「新潮」に載せられるかどうかはわからぬことだし、そのことだけは口にしなかったが、それを傍できいていた「展望」の編集者の方が、

「それならそれを一度見せて下さい」

と言われたのには、困惑した。やむなくその編集者の方には、「新潮」の編集部で見てもらうことになっていることを話して諒解を得た。

沈黙を守るといえば、私は太宰賞に作品を応募していたことは文学に直接関係のない芳賀に話した程度で、親しい文学上の友人たちにもかたく口をつぐんでいた。それは、太宰賞にもれた折のことが恥しかったからで、今考えれば卑劣でもあったと思う。応募した折には受賞する自信はもっていたのだが、月日が経つにつれて、何度も賞を逸してきた私に

は、反面にそうした臆した気持もあった。

それにしても、私には受賞の喜びは発表会がはじまっても不思議と湧いてはこなかった。喜んでいいはずなのだが、私は、なぜかひどく羞恥の感情が先に立って、むしろ気持は滅入りがちだった。それを分析すると、応募以来沈黙を守りつづけてきた自分に対するうしろめたさもあったが、それよりも賞を応募という形で自分の方から強引に得たことが、気分を萎えさせていたからであったように思う。

他の賞のほとんどがそうであるように、作品が第三者の手で候補作品にえらばれ選考される。つまり受賞という現象は受動的なもので、決して能動的なものではない。私にしてもそうした形で賞を得たかったのだが、それならば応募しなければよかったはずで、受賞後にそんなことを考える根底には私の愚劣な見栄がはたらいていることはあきらかだった。

「奥さんも、ホッとしたでしょう」

ある記者は、言った。

妻は前年芥川賞を受けていたし、記者の質問はそれにふれているのだが、私も、

「本当にそうだと思います」

と心から言った。そう答えた時から、私は、賞を受賞した喜びを実感として感じとるようになった。

一年前の妻の芥川賞受賞は、私にも思いもかけない精神的な負担となってあらわれた。

妻の受賞後、私は、ジャーナリストから同じ質問を浴びせかけられつづけた。それは、長い間夫婦で同人雑誌に作品を書き、私は芥川賞の候補に四回なりながら賞を逸したのに、妻の方が先に賞を得て、「複雑な気持でしょう、嫉妬を感じませんか、口惜しくありませんか」と言ったことにかぎられ、ある若い婦人記者は、無遠慮にも「結婚生活にヒビが入ることはありませんか」とさえ言った。

私は、初めの頃生真面目にそれらの記者の質問に答えていた。作品の質は書く者一人一人が異っていて、妻は妻の道、私は私の道を歩いている。妻の受賞は、妻の道をたどった妻の作品が認められたのであり、本質的に私の道とは関係がない。また作品を書くという作業は、意識の中の世界に属し、夫婦としての生活は、現実のものである。私にとって家庭は文学とはまったく縁のないもので、妻の受賞に私が影響を受けるとすれば、私が日常身を置く家庭の一事件であるにすぎず、私の作品を書く世界に係り合いをもつはずがないと……。

しかし、私の答えは、かれらを満足させなかった。私の言葉を飾り立てた弁解と解するらしく、薄ら笑いをしながら同じ質問を飽きずにくり返す。

やがて、私の沈黙する時がやってきた。私はそうした質問に生真面目に答えることが煩わしく、それらの人々と会話が通じないことに気づいて会うことを避けるようになった。

妻は、そうした私をただ黙ってながめていた。おそらく最も困惑していたのは妻で、しかし彼女とすればどのような身の処し方をすればよいのかわからず、ただ沈黙の中に身をひそめるだけしか方法はなかったのだろう。

そうした妻の困惑が、私が太宰賞を受けたことによって解消されただけでもよいことだったし、それ以上に、小説を書きはじめてから十数年、私にとって初めての受賞はなににも増して私自身の喜びであった。

「新潮」編集部の田辺氏は、私の受賞を喜んではいたが、私の作品を書く時間が、その受賞で幾分でも乱れることはないかと気遣っているようだった。

しかし、太宰賞は、妻の得た芥川賞などと比べれば地味な賞で、テレビに出たり新聞記者の来訪を受けたりはしたが、それも数日たつと絶えて、私は再び「武蔵」に専念するようになった。

「武蔵」の進水場面も書き終り、すでに作品は艤装工事の段階にはいりこんでいた。

正直に告白すると、私はその進水場面を推敲している間に、何度胸にこみ上げてくるものを感じたか知れない。進水時刻が接近した時、私は、工員たちをはげます芹川進水主任に「お誕生が近いぞ」という言葉を自然に与えていた。

その言葉は私の創作であったのだが、進水は船にとっての出産であるという観念は、造船関係者の間で根強いものとして存在しているし、それにもとづいて「お誕生が近いぞ」という科白《せりふ》を創り上げたのだ。

推敲しながらこの科白の個所にくると、胸にせまるものがあり、さらに船体が徐々に動きはじめるとそれは最高潮に達する。おそらく私も技師や工員たちと同じ心境にあったのだろう。

艤装工事について、私は、さらに念を押すため有馬艤装員長とともに長崎へ第一陣の艤装関係者として赴任した当時海軍少佐であった千早正隆氏を訪れたりした。千早氏は、「ジャパン・シッピング・アンド・シップビルディング」という英文の月刊誌を発行している東京ニュース通信社の取締役兼編集長で、この人も軍人の体臭のまったく感じられない人であった。

作品中での「武蔵」の就役も近くなって、私は、もっぱら「武蔵」の乗組員に話をきくようになっていた。

慶応大学医学部の助教授である細野清士氏を訪れたのもその頃であった。細野氏は昭和十八年九月に慶応大学医学部を卒業すると、海軍見習士官となり、築地軍医学校をへて「武蔵」に分隊士として乗艦している。

軍医長は村上三郎大佐、分隊長は宮沢寅雄大尉で、軍医長は艦底に近い戦時治療室で総指揮をとり、分隊長は前部治療室で、そして細野氏(当時中尉)は、中央部治療室で兵数名とともに負傷者の治療にあたった。

細野氏は、慶応大学医学部研究室で忙しそうに動きまわっていたが、私の訪問に好意的に時間をさいてくれた。いかにも物柔らかな助教授らしい感じの方で、沈没した「武蔵」に乗り組み、辛うじて死線を越えた人のようには到底みえない。

しかし、その口から淡々ともれる言葉からは、やはりすさまじい情景がくりひろげられていった。

朝、敵ノ制空権下ニハイッタカラ早ク朝食ヲ食エ、トイウ指示ガ、艦内スピーカーカラ流レタ。

第一波ノ敵機来襲後、負傷者ガ治療室ニハコバレ、第二波ノ来襲デ負傷者ガドットフエ、ソレカラハ激増スル一方デ治療室ニモ入リキレズ、負傷者ニ対シテ適当ナ処置モトレナイ状態トナッタ。治療室ニモ仮ニ収容シタ士官室ニモ血ガ多量ニタマリ、歩クト血ノリデスベッテシマウ。フダンハ冷暖房ガキイテイテ快適ダッタガ、戦闘下デ通風筒ガシメラレテイルタメ、ヒドイ熱サデ、全身汗ニ漬ッタヨウニナッタ。

スサマジイ轟音ガ絶エズ響キ、ソノ中ヲ後カラ後カラ負傷者ガ運バレテクル。爆弾デ飛散シタ鉄片ヲ体ニメリコマセタ負傷者ガ多カッタ。

ソノ間ニモ、スピーカーガ被雷ヲツゲルト、ソノ都度艦ガ傾キハジメル。シカシ、スグ防水区画ニ注水ガハジマッテ、傾斜モ旧ニ復スル。

波状攻撃ガクリ返サレ、ソノウチニスピーカーガヤラレタラシク、指令ガコナクナッタ。艦橋ノ両側ニモツヅケテ爆弾ガ落下、生キテイルノガ不思議ニ思エタ。時間ガドノクライ経過シタノカマッタクワカラナイ。飲マズ食ワズデ、負傷者ノ処置ニ駈ケマワッタ。

何時頃ダッタカ、伝令ガキテ、艦ガ危険ダカラ動ケルモノハ後部ノ露天甲板へ出ロト言ッテキタ。私ハ、兵四名トトモニ軽傷者ヲ甲板へ誘導シタ。

甲板へ出テミルト、艦ノ前部ガ沈ミ、艦ハ左へ傾イテイル。加藤副長ガ総員集合サセルト、砲塔ノ上ニノボッテ訓示ヲシタ。

「本艦ハ、長イ歳月ト多額ノ資材ヲカケテ建造サレタ不沈艦デアル。注排水ヲ行ウカラ決シテ艦ヲ見捨テテハイカン。マタ、艦ノ傾斜ヲモドスカラ重イモノヲ右舷へ運べ」……ト。

重量物ヤ負傷者ヲ、右舷へ懸命ニハコンダ。シカシ、艦ノ傾斜ハ徐々ニ増ス。ソレハ目立タヌヨウナワズカナモノデアッタガ、時間ガタツトカナリ傾イテイルコトガワカッタ。暗クナッテキタ。煙草ノ火ガトコロドコロニ光ッテイタ。傾斜ガアル程度マデ達シタ時、突然重量物ヤ重傷者ガコロガリ出シ、海へ落チハジメタ。

「高イ方ニ行ケ」

ト言ワレタノデ、右舷ノ後部ニ行ッタ。横倒シニナルマデ待ッタ。

海ノ中へ、トビコンダ。二度ハゲシイ渦ノ中ニ巻キコマレタ。爆発ガ起コリ、海底ガ赤ク染ッタ。角材ニツカマッタ。ゲートルデツナギ合ワセテ、筏《いかだ》ヲ作ッタ。星ガ出テイタガ、ヤガテ月モ出タ。波ハ非常ニ穏カデ、海水ハ生ヌルカッタ。周囲デ、多クノ人ガ沈ンデイッタ。

海上ニ、軍歌ガ湧イタ。助カルトハ思ワナカッタ。水兵タチハ、自分ノ家ノコトヤ子供ノ自慢話ヲシタリ、勝ッタ戦闘ノコトヲ誇ラシゲニ話シタリシテイタ。

話が終ると、細野氏は、「それではこれで」と言って、再びあわただしげに研究室へ入っていった。細野氏にとっては現在の仕事のみがすべてで、「武蔵」について話をしている間も、淡々としたさりげなさがあった。

細野氏の話しぶりには、「武蔵」の沈没時の経験を誇らしげに口にする気配はみられなかった。たしかにその死からの脱出は異常な経験であり、さらに歴史のヒトコマに際会した昂《たか》ぶりがあって不思議はない。それを過去の幕の中に押しこめ、現在そのものを生きているらしい細野氏の態度は、私にとって快かった。それを私は、細野氏の知性の故だと解釈した。

翌々日、「武蔵」の元航海長池田貞枝氏に会った。

「武蔵」の初代の航海長は宮雄次郎中佐、第二代目が池田氏、第三代目が「武蔵」沈没時にその任にあって戦死した仮屋実大佐で、奇しくも仮屋大佐は池田氏の義兄にあたる。

私が池田氏から直接ききたいと思っていたのは、「武蔵」がパラオ環礁出港時の巧妙きわまりない操舵と、その出港直後、初めて「武蔵」がアメリカ潜水艦の雷撃をうけた折の航海長としての処置であった。

池田氏の自宅に電話をかけて面会を申しこむと、上野の事務所に午後一時に待っているからとのことで、私は、上野駅で降りるとガード下を御徒町《おかちまち》の方へ歩いて行った。指定された場所は小さな医院のような家で、ドアをあけると意外にも線香の匂いが鼻につき、別室に大きな祭壇がしつらえてあるのが目にとまった。

温厚な感じの人が机の前から立ってきて、私を事務室の中へ招じいれてくれた。それが池田氏だった。名刺には、戦没遺体浮揚会創立委員長という肩書きがついていた。

「私には、あの戦争が忘れられませんでね。今でも海底にねむる同僚や水兵たちのことで頭が一杯なのですよ」

池田氏は、祭壇の方をふり返った。その祭壇の最上段には、海洋沈没戦士の霊という文字の記された大きな位牌が置かれていた。

池田氏の仕事は、太平洋戦争下に沈没したおびただしい艦船の中にとじこめられた遺体の収容という、耳にするだけでも気の遠くなるようなものであった。太平洋諸島嶼《とうしょ》の地上に散乱した遺骨収集団と同じように、池田氏は、海底からそれらの遺骨を引き揚げようというのだ。

第二次大戦中のアジア沿海および南太平洋における日本籍沈船

区域番号	海域名	推定遺体数	総数量		引揚可能の数量	
			隻数	全屯数	隻数	全屯数
1	朝鮮沿海	7,750	176	394,032	100	136,725
2	北支沿海	2,855	85	277,695	30	98,616
3	沖縄至九州西岸	4,285	148	476,396	22	44,422
4	小笠原近海	1,810	38	35,523	10	13,827
5	台湾及南支沿海	6,040	265	948,844	54	222,330
6	比島近海	8,570	389	1,419,365		
	マニラ湾以外				28	141,704
	マニラ湾				* 61	* 281,206
7	仏印沿海	6,160	148	538,167	50	169,440
8	ボルネオ北西海	2,080	66	283,435	28	137,489
9	マレイ半島沿海	2,040	71	218,748	40	99,053
10	インドネシア海域	8,445	224	497,804	62	155,639
11	パラオ近海	2,040	68	232,210	* 37	* 135,337
12	トラック近海	2,080	69	366,158	* 33	* 165,304
13	サイパン近海	900	42	169,257	3	645
14	ニューギニア近海	6,160	226	386,561	25	65,689
15	ソロモン群島近海	8,245	116	417,283	28	122,600
	計	69,460	2,131	6,661,478	611	1,990,026
					* 131	* 581,847
					残 480	残 1,408,179

注）＊印は大部分引揚済のものを示す

第二次大戦中のアジア沿海，南太平洋の日本籍沈船図表

一、喪失艦船一覧表

	軍艦艇隻数	商船隻数			
		総隻数	陸軍徴用船(A)	海軍徴用船(B)	自営船(C)
総隻数	735	2,898	655	932	1,311
内5千屯以上の船	120	788	259	198	331
内5千屯以下の船	615	2,110	396	734	980

全海域のもの，昭和26年海上保安庁の資料および「商船隊戦時遭難誌」より

二、状況不明のもの

	軍艦	商船
行方不明船	133	10
場所不詳船	160	145

三、喪失員数

イ．海軍　409,000名
ロ．商船　30,900名

池田氏は、大きな太平洋の海図をひろげた。そこには、沈没した艦船の沈没海面と海底に沈んでいるはずの遺体の数が克明にしるされている。その概要は、前頁表のようなもので、私はあらためて太平洋があの戦争でいかに多くの艦船と人命を呑みこんだかを知った。

池田氏は、終戦後から海底に沈む遺体の収容を念願とし、各方面に陳情したり生活を賭してそれに専念してきたという。それは一般人からみれば常軌を逸した行為とうつるかも知れないが、意義あるものだと思った。

池田氏の事業は、政治的なものとのつながりはまったくないらしい。とかくこのような類いの仕事は、政治的な力に頼るあまり、いつの間にかその渦の中に巻

きこまれてゆくのが常だ。

日本には、殊に年輩者には、過去の戦争をただ一連の日本の行った戦争の一つとして考えているような節がある。かれらにとって最大の痛恨事は、太平洋戦争が敗け戦さに終ったことであり、その敗戦によって日本は堕落した、日本人は精神的にダメになったという根強い考え方がある。かれらは、それが腹立たしくてならない。そして、日本を日本人を、終戦前の日本に日本人にひきもどしたいと考え、それが各種の運動となっている。

私は、それらの人々の行為が素朴で純粋な考え方から発していることを知っている。しかし、それらの人々の意志とは逆に、それが一部の政治家たちに利用される危険が多分にあることを知らねばなるまい。それら純粋で素朴な人々も、むろん戦争の悲惨さを知っているし嫌悪も感じているだろう。そして、「戦争はみじめだ、再び味わいたくない」と口にしながら「しかし、それとこの運動とは別だ」とかれらはいう。しかし、政治というものには、本質的に多くの狡猾な裏面があり、「それとこれとは別だ」などという言葉の介入する余地はない。政治家が、それらの人々の純粋な力を利用してある方向へとみちびく、そうした例は、歴史の上で数限りなく見られるのである。

大阪城の落城ではないが、外濠《そとぼり》を埋められ内濠を埋められ、やがては落城の憂き目をみる。それを避けるためには、戦争の惨めさを単なる過去のものとして忘れ去ってはならないし、必要以上に神経質にそれを反芻するのが、正しい態度といえるのだ。

私にとってあの戦争は、「敗戦」ということに最大の意義があったと思う。あの敗戦の日まで日本には、「戦争は罪悪である」という思想はまったくと言っていいほどなかった。戦争は悲壮でそして美的なものであり、それは必ず勝利によって終るはずのものであった。日本人には、軍人・庶民を通じて、敗戦ということは観念的にも存在しなかったと言っていい。そうした宗教的信仰にも近い確信が、あの太平洋戦争があきらかに敗北に終ることが予想された時期に立ち至っても強引に戦争を継続させ、その結果必要以上に多くの人々を死に至らしめたのだ。

太平洋戦争の史的記録を一瞥《いちべつ》すればわかることだが、日本とアメリカとの戦争は、日本の敗北に終ることが開戦前からすでに判然としていたことをあきらかにしている。

開戦前、日本側が蒐集したアメリカの軍備能力についての予想によると、

一、開戦時ニ於ケル日米海軍艦艇ノ比率ハ七・五対一〇

二、シカシ、艦艇建造能力ニツイテ考エルト、開戦時ノアメリカ海軍造艦能力ハ、日本ノソレノ三倍以上。サラニアメリカ海軍ガ、多数ノアメリカ優秀商船ヲ艦艇ニ改装スルナラバ、日本の五倍カラ六倍ノ艦艇ヲ保有デキル。

三、以上ノ建艦能力ノ下ニ戦争ガ始ッタ場合、日米艦艇ノ勢力比ハ、日本海軍ガ順当ニ戦ッテモ、昭和十八年ニアメリカ海軍ハ日本海軍ノ二倍、昭和十九年ニハ三倍以上ノ絶対

的優勢ナ艦艇群ヲ保有スルコトニナル。

さらにこの日米両国の軍備力は、航空兵力の比率に一層大きな差となってあらわれている。日米両国間の航空兵力を、海軍機のみに限定してみても、その生産能力は次のような予想数字となってあらわれていた。

	日本	米国
昭和十七年度	四、〇〇〇機	四七、九〇〇機
昭和十八年度	八、〇〇〇機	八五、〇〇〇機
昭和十九年度	一二、〇〇〇機	一〇〇、〇〇〇機

常識的に考えてみても航空兵力のこのような大きな差は、戦闘がくり返され被害が続出されるたびに、劣勢な側の保有率は大きな影響を受ける。仮に日本側が一〇〇機失う航空戦に巻きこまれた場合、日米の比率を一対一〇にとどめるためには、日本側はアメリカ機一、〇〇〇機を撃墜しなければならない。それはあきらかに至難なことで、日本とアメリカの航空兵力の差は限りなくひらいてゆく。

そうした予想をいだきながらも、なぜ日本はアメリカとの開戦にふみきったのだろうか。

それは、ハル・ノートに盛られた「中国大陸からの日本兵力、警察力の無条件撤兵」という最後通告にひとしい一項がきっかけとなったことは疑う余地がない。それはアメリカ側の日本に対する一種の戦争挑発行為で、アメリカは、ハル・ノートの日本側への手交と同時に、全軍に日米交渉の終結を告げ、戦争態勢に入らせている。

日本軍首脳者は、アメリカの思惑通りハル・ノートに憤激して戦争を決意した。しかし、軍首脳者がその決意をするに至ったのは、明治以後というよりはそれ以前からこの島国に芽生えそして根強く根をはった庶民感情がその基盤になっていたと言っていい。日露戦争の終った後、平和条約を締結して帰国した小村寿太郎全権大使は、多くの庶民の非難と投石に遭った。勝利の結果取得すべきロシアからの賠償の内容が、あまりにも少なすぎるという理由からであった。

こうした日本の庶民にとって、当時の軍首脳者、為政者たちが開戦直前に、もしもアメリカの強要に屈して中国大陸からの全面撤兵に同意したならどうなったであろうか。盧溝橋で戦端がきられてからすでに四カ年、その間に多くの日本人が戦死し病死している。その当時の日本人にとって中国との戦いは勝ち戦さであり、第三者であるアメリカの横車的要求にしたがって日本が中国大陸から全面撤兵する必要は少しもないはずであると考えられた。つまり、日本の庶民の大多数は、それを受けいれる精神的環境にはなかったのである。

日本人をそうしたものにしたのは、軍部の軍国主義的教育の結果だときめつけることは簡単だが、その根はさらに深いと思う。軍人も庶民の中から生れ出たものであり、ハル・ノートの拒否と太平洋戦争にふみきった軍部の行為は、武士道以来敗北より死をえらぶという日本人の風土的精神環境にこそ、その責任が存在すると言うべきであろう。

開戦前からあきらかだったアメリカとの物質的差をかえりみず開戦にふみきった日本人は、それを補うものとして精神力を要求した。それはたしかにある程度の効果を示しはしたが、そうした精神偏重主義は、所詮前時代的戦略観念の域を出るものではなかった。当然のようにアメリカのそそぎこんだ豊富な物質が人間を支配し、それは人間を押しつぶした。そして、開戦後半年経ったガダルカナル島をめぐる飢餓戦闘によって早くもはっきりとした形となって露呈し、その時点で日本はすでに敗北を決定づけられていた。

それから三年間、日本人は、敗勢が充分確定していたのに銃を捨てることを考えず、惨めな敗戦の日まで多くの人命を提供しつづけていったのだ。

そうした多くの犠牲に裏づけられた敗戦。それはそのまま被占領国民としての屈辱にみちた時間につながるが、日本人に戦争が罪悪であるということを確実に教えた意味から、敗戦という事実は大きな歴史的な意義をもつものと思う。平和という言葉が、単なる外来語から日本語として咀嚼《そしやく》され大きな比重をもつものとして考えられるきっかけとなったのも、敗戦という事実があったからである。そうした意味からも、日本人は、敗戦というものの持つ重みを絶えず反芻してゆかなければなるまい。思い出はとかく美化されがちだが、戦争の記憶を単なる郷愁の域にとどめてはいけないのだ。

そうした中で、池田氏の地味な仕事は、ある意味で戦争のもつ奥底深い恐ろしさと向い合っていることはまちがいない。暗黒の海底に魚の餌食とされ白骨化した無数の人々の遺体を引き上げようとする氏の行為は、もしかするとまったく実現性のないものであるだけに、無気味でさえある。氏は、黙々とその仕事に二十年間を費してきたが、それは、戦争を身をもって体験した氏だけが正しく理解できるものなのだろう。

「さて、「武蔵」のことですが……」

私は、池田氏とむかい合った。

私が質問したパラオ環礁出港時の一挿話は、「武蔵」の船体があまりにも大きかったことに原因のすべてがある。その出港日は、昭和十九年三月二十七日で、突然アメリカの大機動部隊接近の報によって、「武蔵」は急いで環礁外に退避することになった。

しかし、環礁外に出るには、最小幅一一〇メートル、八・五キロにおよぶ西水道という狭い水路を通り抜けなければならない。しかも、その狭水路は、出口近くで直角に折れ、その上、川や潮の流れを横から受ける難所であり、その個所の通過は、満潮時以外には絶対に不可能であった。

池田氏は、私の乞いをいれて狭水路の図を描いてくれ、その操艦について詳細に説明してくれた。

「なんと言っても「武蔵」の船体があまりにも大きすぎますからね。舵を曲げても、一分四十秒もたってからようやく舵がききはじめる始末なんです。もし全速航行をしている場合ですと、舵がきくまで一・四キロも走ってしまうのです」

池田氏の最も憂慮したのは、むろん狭水路の出口に近い直角に曲る個所の操艦であった。

「まったくうまくいったんですよ、ほとんど岸すれすれに、その個所を通りぬけて、外洋に出たのですから……。しかし、それも、朝倉艦長の指示の賜物で、私は単なる補佐役にすぎません。落着いた立派な艦長でした」

池田氏は、つつましく言った。

しかし、その直後に被雷した折の話になると、氏の顔にも血の色がのぼった。「武蔵」はパラオ出港後、駆逐艦四隻の護衛のもとに「之」字運動をつづけて二一ノットの速力で航行を開始したが、突然、

「魚雷音、左後方」

の警報が、伝声管から流れ出た。

「左百三十五度雷跡。サイレン、ブザー鳴らせ。左後方魚雷を知らせ、対空、対潜見張りを厳にせよ」

という指令が、艦内に流れた。

艦は、右へわずかにカーブをきった。みると、三本の白い雷跡が左舷後方から進んできていて、それは正しく艦に向ってくる。

「もどーせ。取りー舵一ぱい。急げ」

艦は、約七度右に曲ったところで抵《あ》て舵をとって定針した。それによって、右端の魚雷は、かなりはなれたところを通り、中央の魚雷も右舷すれすれに通過していった。

「残されたのは、右端の一本だけですからね。その魚雷は、艦尾に向って右へ十五度、距離にして四〇〇メートルぐらいの海面を追ってくるんですよ。私は右へ向きを変えようと思いましたが、万が一避けそこなったら舵をやられてしまうし、そうしたら航行不能になってしまうので、あらためて魚雷の針路を見つめたのです。このまま艦を進めれば、艦首の左側をすりぬけてゆくにちがいないという確信をもち、艦をそのまま進めていったのですが、ところがです」

池田氏は、顔をほころばせた。

「おそいんですよ、敵の魚雷の速度が……。日本の魚雷なら四五ノット以上出るのに、その魚雷はせいぜい三〇ノットぐらいしか出ていないんです。それで私の計算がすっかり狂ってしまいましてね、あれよあれよと思ううちに、ノロノロと進んできた魚雷が艦首とならんでしまって、左舷の錨鎖孔の下に接触すると爆発したのです」

「相当のショックでしたか」

「いいえ。艦内にいたものは鉄板を軽く叩くような音ぐらいにしか感じなかったらしく、被雷したと思った者もほとんどいなかったほどです」

被雷個所は防禦《ぼうぎょ》の最も薄い部分で、穴があいて浸水した。しかし、すぐに反対舷に注水されて艦の安定は回復した。

「安定度変らず、二六ノット可能。艦首水線下の破口以外には損傷なし」

という朝倉艦長からの報告をうけた司令部は、

「ただちに呉へ回航、修復せよ」

と、指令した。

「武蔵」は、駆逐艦「浦風」、「磯風」の二隻を護衛にしたがえて呉海軍工廠へ向った。その折も、二三ノットの速力で一、八〇〇浬《かいり》を突破し、工廠ドックに入渠《にゅうきょ》した。

「なにしろ大きな艦でしたね。砲術長の永橋為茂中佐も言っていましたが、公試運転で主砲を発射した折、帽子の顎ヒモが切れてしまったそうです。大戦艦でしたよ。でも、私は間もなく艦を下りて、沈没時にはいなかったのですが、今でも沈没時に乗組んでいた人たちとは親しくお付合いさせていただいています。ありがたいと思っています」

池田氏は、また祭壇の方に眼を向けた。

遺族の方なのか、老婦人の来訪があって、私は池田氏に礼を言うと外へ出た。

翌日、私は二人の人に会った。

一人は、麹町《こうじまち》でそば屋を営んでいる島崎隆徳氏であった。島崎氏は主計科に属し、「武蔵」が長崎で艤装中に乗艦、「武蔵」がパラオ環礁外で被雷し呉へ帰投した折に艦を下りている。

島崎氏からは、艤装、呉回航、就役、トラック島泊地での山本五十六長官の乗艦、艦内生活、長官の死、天皇陛下行幸《ぎようこう》、パラオ環礁時の被雷等、詳細にきくことができた。殊に主計科にいただけに、山本長官の死とその艦内での秘匿について氏は冷静に観察していて、私には多くの参考となった。氏は、江戸ッ子らしい気さくな性格で、「武蔵」遺族会の靖国神社での例祭の世話役を引き受け、「神主」と愛称されているということだった。

島崎氏の店を出た私は、そのまま横須賀線に乗って大船へ向った。

数日前、「新潮」の田辺氏から、新潮社で出している週刊誌に「武蔵」の乗組員でその手記を寄せた人がいるが会ってみないかという話があった。私は、手記を寄せたほどの人であるから話も豊富だろうと、東洋高圧大船工業所に勤務している瀬野尾光治という人に会うことになったのだ。

午後六時の約束時間に、瀬野尾氏は大船駅前に姿をあらわした。

私は、氏と近くの小料理屋で夕食をとりながら向い合ったが、期待通り氏からは多くの話をきくことができた。氏は、砲手であり、しかも艤装時から沈没時まで一貫して「武蔵」に乗っていたため、話は尽きるところがなかった。

山本五十六長官のこともよく記憶していて、水兵の挙手に一々きちんと答礼してくれたこと、いつも第二種軍装に身をかためていたこと、そしてよく甲板で司令部参謀たちと輪投げに興じていたが長官が一番上手であったということなど、山本の日常生活も知ることができた。

山本長官が戦死し遺骨が「武蔵」にひそかにのせられた時、むろん瀬野尾氏も長官の死を知るはずはなかった。しかし、艦内神社などへの通行が禁止されたり、また長官室のあたりから線香の匂いが流れているという者もいて、かすかな疑惑をいだいていたらしい。

前記の島崎氏の話によると、「武蔵」が山本長官の遺骨を内地に送るためトラック島を出発した折も、乗組員には北方作戦に参加するとしか告げられなかったという。そして「武蔵」が、木更津へ到着する二日ほど前になって、ようやく加藤副長から、

「本艦には山本長官の御遺骨がのっている」

と、はじめて発表されたという。

「武蔵」の沈没した日の瀬野尾氏からきいた情景については、私のノートにこんな文字が書き散らされている。

敵機ノ波状攻撃ハジマル。首ヤ胴ガ散ラバリ、四散シタ肉塊。負傷者ハ、居住区ニモ風

呂場ニモアフレテイル。負傷者タチハ呻カナイ。戦況ハ勝ッテイルノカト聞クダケ。浸水。上ノモンキーラッタルカラ下ヲ懐中電灯デ見下シタラ、海水ガ、ターット走ッテイタ。沈没シタ重巡「摩耶」カラ救助シタ乗員ハ、ヨクヤッタ。戦死シタ「武蔵」ノ乗員ニ代ッテ、最後マデ機銃ヲ打チツヅケテイタ。

艦ガ傾クト、右舷ニ集メタ防舷物、角材、消火器、移動ポンプガ滑リ出シ、人間モソノ下ニナッテツブサレタ。後甲板ニハ、士官用カバン、軍刀ガ散乱シテイタ。呉デ補充シタ兵タチニハ泳ゲヌ者モイテ、手スリニツカマッテイルダケ。

今考エルトナゼカ分ラヌガ、

「敵機動部隊ゼンメツ」

ト、艦橋ノ近クカラメガホンデ叫ブ声ガキコエタ。ソレヲ聞イテ、皆バンザイバンザイト叫ンダ。

後部デ飛ビコンダ者ハ、スクリューニブツカリ、中央部デ飛ビコンダ者ハ艦底ノ貝デ傷ダラケニナッタ。私モ飛ビコンダ。大キナ渦ノ中ニ二回巻キコマレタ。

「フィリピンノ方へ泳ゲ」

トイウ声ガキコエタ。海上ニハ、角材、柔道部屋ノ畳、鞄、ドラムカン等ガ浮ンデイタ。

突然、沈ンデユク「武蔵」ノ右舷後部ニ爆発ガ起ッタ。ソレハ何ガ爆発シタノカ、生残ッタ者タチノ間デモ今モッテ意見ガマトマッテイナイガ、私ハボイラー室ニ海水ガ流レコンデ爆発ヲ起シタノダト思ッテイル。ソノ証拠ニハ、ソノ直後シャーットイウ音ガキコエ、蒸気ノヨウナモノガ海上ヲ走ッタ。

重油ガ流レテキタ。ソレヲ飲ンデ、ゲーゲー苦シンデ吐イテイル者モイル。口モキケヌホド疲レテキタ。人ガツカマッテクル。ツカマエラレルト、自分モ沈ム。ソノタメ、服ヤ下着ヲ脱グ者ガフエタ。私モ、ソレニナラッタ。裸体ダト重油ガツイテ、ヌルヌルスベリ、人ガツカマッテキテモスリ抜ケラレル。

生キルノガ精一杯。泳イデイルノガ苦シクナッテ、イッソ死ンダ方ガ楽ダト思イ、ワザト身ヲ沈メタリシタ。

「駆逐艦ガイルゾ」

トイウ声ガシタ。

「元気ナモノハ声ヲ出セ」

トイワレ、

「一、二、三、クチクカーン」

ト何度モ叫ンダ。

瀬野尾氏たちは、ほとんどが裸で駆逐艦に救い上げられ、いったんマニラへ向うが、かれらが上陸すれば「武蔵」の沈没があきらかになるおそれもあるので、駆逐艦はコレヒドール島へ回航した。

その時から、「武蔵」の乗組員たちの悲劇がはじまる。かれらにはどこにも所属すべきところもなく、副長加藤大佐の姓をとって「加藤部隊」と呼称し、その名の下にかれらは四散させられた。

瀬野尾氏は、改装空母「隼鷹」に乗せられ内地へ送還される。私の持つ資料によると、「隼鷹」は、昭和十九年十二月六日、長崎県野母崎南西五〇浬の海面で、アメリカ潜水艦の魚雷を浴び、呉入港予定を変更して艦体傾斜のまま同月十日に佐世保へ入港している。

「隼鷹には下士官と兵が乗っていましてね、日本へ近くなったところまで来て潜水艦の魚雷二本をくらって、同時に艦内の電灯がすべて消えました。午前零時頃だったと記憶しています」

と、瀬野尾氏は、その折のことを補足してくれた。

その後、瀬野尾氏たちの屈辱にみちた旅がはじまる。氏たちは、佐世保から呉へと行く。そこにも所属すべき部隊はなく、名古屋から中央線をへて横須賀へ移動させられ、久里浜の落下傘部隊の仮兵舎に隔離される。むろん「武蔵」沈没の事実をもらさぬための処置で、番兵の監視つきであったという。

話が一段落した頃、

「コレヒドールに残った戦友も多いのですが、それを調べて書いて下さい。ほとんどが戦死していますが、それらの戦友のためにも書いてやって下さい。このことは、斎藤静八郎さんがよく知っています。是非お会いすることをおすすめします」

瀬野尾氏は、真剣な眼つきで言った。

斎藤氏に会えということは、細谷四郎氏からもきいていたので会う予定であることを口にすると、瀬野尾氏も安心したようであった。

十二

私の小説は、すでに七月五日に三百二十五枚に達していたが、田辺氏は、もし可能ならば七月二十日までに完結するようにと言っていた。

あと何枚書けば終りになるかわからぬし、〆切り日までに間に合うかどうか自信は持てなかった。それまで私の会った人の数と手にした資料を駆使すれば、執筆にのみ没頭してもよいはずだったが、私は、だれかに会っていなければ依然として不安であった。

しかし、その頃になると、私は人に会っても、新しい話をききだすことは少なくなっていた。大半が私のすでに知っていることだし、むしろ私の方が知っていて、その説明に時間の大半を費してしまうことも多くなっていた。それでも私は、執筆しながら旧乗組員と会うことをやめなかった。それは、戦闘というものを経験したことのない私自身の負い目からくるもので、徒労に終ろうと、出来るだけ多くの人に会わなければ戦闘場面を描くことは出来そうにもないと思いこんでいたからであった。

翌日、午前中の執筆を終えると、古村啓蔵氏の家を訪れた。

応接室に姿をあらわした古村氏は、七十代の人とは思えぬ髪も黒々とした、顔の色艶もよい堂々とした体格の持主だった。

古村氏は、海軍大学校を卒業後、イギリス大使館武官附補佐官、海軍大学校教官、第二水雷戦隊参謀、第二駆逐隊司令、海軍省教育局第二課長を歴任、重巡「筑摩」艦長として真珠湾攻撃等に参加、その後戦艦「扶桑」艦長を経て昭和十八年六月九日艦長として戦艦「武蔵」に着艦している。いわば古村氏は、海軍軍人のエリートコースをたどった人なのだ。そして、有馬馨、朝倉豊次、猪口敏平と三人の元艦長が戦死または死亡している現在、「武蔵」艦長としてただ一人の生存者なのである。

古村氏はいかにも大戦艦の艦長らしい風格をそなえていて、礼儀正しい口調で、私の示す「武蔵」行動表にしたがって整然と話を進めてくれた。

古村氏が着艦したのは山本五十六長官の遺骨を下した直後で、それからの天皇行幸、そしてトラック島での待機までの五カ月間に限られる。

しかし、古村氏との一問一答の間に、私を危うく錯覚させるような話が氏の口からもれた。

私の手にしている「武蔵」の行動表には、

昭和十八年六月二十四日　天皇行幸

六月二十七日　呉着、入渠八日間

（この間に「武蔵」は、艦底一面に附着していた牡蠣や海草類のかき落しを行い、また弾丸、魚雷、重油、ガソリン、食糧等を積みこんでいる。）

次の項に、

七月三十日　呉発・長浜沖着

七月三十一日　トラック島に向け長浜沖発

となっている。

私は、

「「武蔵」の行動表によりますと、七月三十一日に長浜沖で一日過したことになっておりますが、なぜ碇泊などしたのでしょうか」

と、質問した。

「それは、回天魚雷の訓練を見学したからですよ」

古村氏は、さりげなく言った。

氏の話によると、長浜沖は回天魚雷の訓練地になっていて、山本長官についで連合艦隊司令長官に就任した古賀峯一大将がぜひその訓練を見たいというので長浜沖で艦を停めた。訓練をしていた大尉以下の若い士官が回天魚雷を舷側につけ、艦上にあがってくると古賀長官に挨拶し、再び艇にのると潜航して遠ざかっていったという。

私は、その長浜沖碇泊の疑問が解けたことと、思いがけなく特攻兵器である回天魚雷と接触したことに興味をおぼえ、その折の情景も小説の中で生かしたいと思った。

私は、古村氏の話をそのまま疑念もなく受けとった。古村氏は、戦後回天魚雷で戦死した人々の遺族とともに、その供養に力をそそいでいる。つまり、回天魚雷については特別の関係をもち、十分な知識をもっているはずであった。

私は、帰宅すると習慣的に回天魚雷の記録を一応あさってみた。すると意外な事実が発見された。「武蔵」が長浜沖に碇泊した昭和十八年七月三十日には回天魚雷はまだ建造されていず、むろん訓練など行われていない。

私は、早速古村氏に電話をかけ、事情を話した。

「おかしいですね。それはおかしいな。たしかに私ははっきり記憶しているのですがね」

「しかし……」

と、私は、回天魚雷についての記録を読み上げた。

「そうですか、そうですかねえ。それじゃ私の記憶ちがいだな。私の見たのは「武蔵」からじゃなくて「比叡」からだったのかな」

古村氏は、納得できかねるような声で「おかしいですな」という言葉をくり返していた。

私の小説は、いよいよ最後のレイテ沖海戦に近づいていた。

私は、総仕上げをするような気持で、池袋の堀ノ内で呉服商を営む細谷四郎氏をたずねた。以前に録音をとらしていただいてから、細谷氏とは何回電話で長話をしただろう。おそらく四、五十回には達したにちがいない。

私は復習でもするつもりで、細谷氏から再び最後の戦闘場面について話をきいた。私の身勝手な乞いを快く入れてくれた氏は、

「それでは、初めからまたお話しましょう」

と言って話し出したが、記憶が新たに引き出されてくるのか、前回にはきくことのできなかった話が数多くその口から洩れた。それに信号兵であっただけに信号内容にも精通していて、私には大きな力になった。

私は、一心にノートをとった。

沈没シタ日ハ雲量四割、タダシ雲高タカイノデ見通シハキイタ。波状攻撃ガハジマッタ

ガ、武蔵ハ絶対ニ不沈ダ、沈ンダ時ハ日本ノ終リダ、国ノ終リナラ死ンデモイイ、ト皆言イ合ッテイタ。

砲弾ハ、出撃ノ目的デアルタクロバン攻撃用ニトッテオクタメ、射ツナトイウ命令ガアッタ。敵機ニモ、対空三式弾ハ射ツナト言ウ。主砲員ハ、主砲ヲ打チタイ、打タセテクレト泣キ、砲術長モ嘆願シテイタ。

陸上基地ノ友軍機ガ敵機ヲタタク予定ナノニ、天候不良トカイウ理由デ出撃シテコナイ。猪口艦長ハ、ソレヲ嘆イテイタ。砲塔ノ天蓋ニ爆弾ガ落チタガ、ピューントハネカエル。ソノ個所ヲミルト、塗料ガ一メートル四方ホド剝ゲテイルダケダッタ。厚イ強靭ナ甲鉄ダッタ。

第三波カラ敵機ハ、二〇〇メートルグライノ高サデ魚雷ヲ投下シハジメタ。爆弾カト思ッタ。

魚雷ハ、ソノ頃カラ左舷ノ中部カラ前部ニカケテ集中的ニネラッテキタ。スゴイ数ノ敵機、スゴイ数ノ雷跡。左舷ノ同ジ個所ニ、三発アタルノガ見エタ。被雷ノスサマジイ炸裂音、シカシ艦内ノ機関部員ハ、主砲ヲ打ッテイルト錯覚シテイタト言ッテイタ。

私ハ、無我夢中ダッタ。コンナコトデ沈ムヨウナ艦デハナイ。シカシ浸水ガ至ルトコロデハジマルト、次第ニ不安ニナッテキタ。

艦橋ニモ爆弾ガ命中、多クノ人ガ即死シタ。武蔵ハ、無抵抗状態ニナッタ。友軍機ハ、依然トシテ一機モコナイ。艦ノ機銃モ射チツヅケタノデスッカリ焼ケテシマイ、飴《あめ》ノヨウニ曲ッテシマッタ。

旗艦ニ、

「ワレ舵故障、前後進不能、指示ヲ乞ウ」

ト、信号ヲ送ッタ。ソレニ対シテ、二キロ信号灯デ応答ガアッタ。

「武蔵ハ警戒艦浜風、清霜ヲシテ急遽サンホセニ回航セヨ」

シカシ、武蔵ハ動ケナクナッテイタ。

最後ノ信号ガアッタ。ソレハ、

「全力ヲアゲテ附近ノ島嶼ニ坐礁シ、陸上砲台タラシメヨ」トイウ命令ダッタ。

薄暗クナッテ、攻撃モヤンダ。艦首ノ方カラ沈ミ、左舷ニ傾イタ。

「総員上甲板」

「各分隊毎ニ人員点呼」

軍艦旗降下シ、御真影退艦。

近クニ駆逐艦ガイタガ、副長ハ駆逐艦ガ横ヅケシテクレレバ全員助カルト判断シ、「横ヅケセヨ」ト私ニ信号ヲ送レト命ジタ。シカシ信号ヲ五、六回送ッタノニ、「諒解シタ」ト返信スルダケデ近ヅイテ来ナイ。副長ハ、イラ立ッテ私ニ「ドウシタ、ドウシタ」ト言ッタガ、駆逐艦カラノ返信ハ同ジデ困ッタ。後デキイタガ、武蔵ガアマリ大キイノデ、沈没

シタラ巻キコマレルコトヲ恐レテ近ヅカナカッタトイウ。最後ノ時ガヤッテキタ。自由行動ヲトレトイウ命令ガ出タ。私ハ部下ニ、

「泳ゲナイ者ハ手ヲ拳ゲロ」

ト言ッタラ、三十歳以上ノ第二国民兵出身ノ相当数ノ兵ガ手ヲアゲタ。私ハ、

「泳ゲナイ者ヲカカエテ泳グワケニハイカナイ。自由行動ヲトレ、自分ノコトハ自分デセヨ」ト言ッタ。

私ハ、「来イ」ト叫ンデ走ッタ。被雷シタ個所ノ近クデ飛ビコンダ者ハ、魚雷ノ穴ノ中ニ吸イコマレタ。

私ハ、艦首ノ近クマデ行ッテ飛ビコンダ。必死ニ泳イダ。振リ向クト、夕焼ケヲ背景ニ大キナスクリューガ突キ立チ、人ガ高イ方ヘ高イ方ヘトノボッテユクノガハッキリ見エタ。艦ガ沈ムト渦ノ中ニ巻キコマレ、体ガ海中デ廻ッタ。渦ガ、クンクン、クンクント鳴ッテイタ。イツマデモ渦ノ中デ廻ッテイル。死ヌ、ト思ッタ。

突然爆発ガ起キテ、私ノ体ハ盛リ上ッタ波頭ニノシ上ゲラレテ高ク上ッタ。下ヲ見ルト、爆発ノタメ海中ガ真赤ニ見エ、海面ニ浮ブ人間ガ小サク見エタ。波頭ガ崩レテ、海面ニ叩キツケラレ、マタ渦ノ中ニ巻キコマレタ。

海面ガ安定シテキタ。海面カラ顔ヲ出スト、誰モイナカッタ。生キテイルノハ自分ダケダト思ッタ。トコロガ、周囲ニボコボコ人ノ頭ガ浮イテキタ。

私ノ体ニ、シガミツイテキタ者ガイタ。抱キツカレタママデイルト、私モ死ンデシマウノデ、ワザトモグルト、ソノ兵ハ苦シクナッタラシク、私ノ体カラ手ヲハナシタ。海上ニ、大キナ人ノ環ガ出来タ。ミナ集ッテキタ。重油ガ温ク、眠クナッタ。口カラ泡ヲフイテイル者。副長(加藤大佐)ト眠リヲ追イ払ウタメニ殴リ合ッタ。

副長ガ、元気ヅケルタメニ、

「歌ヲウタエ」

ト言ッタ。

皆デ軍歌ヲ歌ッタ。歌謡曲モ歌ッタ。駆逐艦デハ、アンナ大キナ艦ガ沈没シタノダカラ一人モ生キテイマイト思ッテイタラシイガ、ソノ合唱ヲキイテ私タチ乗組員ガ生キテイルコトヲ知ッタ。

探照灯ヲツケテ近ヅイテキタ。敵ノ潜水艦ノ魚雷ヲ食ウオソレガアルノデ、駆逐艦ハ動イテイル。泳イデ近ヅクト行ッテシマウ。四時間カラ六時間泳ギツヅケタ者ダケガ助カッタ。

私は、メモをとりながら、沈没時の光景があざやかな色彩につつまれてくっきりと浮び上ってくるのを感じていた。

私には、夕照を背景に巨大なスクリューを這い上ってゆく人々のシルエットや、海上に浮ぶ大きな人間の環や、重油の匂い、月の光、そして近づいてくる駆逐艦の放つサーチライトの光芒《こうぼう》などが、鮮やかなイメージとしてとらえられた。私には、確実に最後の沈没場面が、書けそうな自信が湧いていた。

七月二十日まで後五日間を残すだけになった。

その夜、ホテルニュージャパンで太宰治賞の授賞式があった。私は、会場の中央の席に次席のK氏と並んで、身の置きどころに困るような苦痛をおぼえていた。胸には、大きな花の徽章がつけられ、横の席には、臼井吉見、中村光夫、石川淳、河上徹太郎、井伏鱒二ら高名な作家や批評家が坐っている。それらの方々の前で大きな花をつけていることに、身のすくむような苦しさを感じていた。

会がはじまって、選考経過の発表があり、やがて河上徹太郎氏が選考委員を代表して私に大きな賞状と副賞を授与して下さった。そして、

「あなたの作品は、透明でしたよ。透明ななんとかいうのを前に書きましたね、透明、いいですよ」

と、温かさにみちたお言葉を下さった。

私は、反復練習していた感謝の辞を比較的淀みなく口にすることができて、それからにぎやかな祝賀会のパーティになった。

私は、何度も賞を逸した経験があるので、次席になったK氏に申訳ない思いがしきりだ

った。K氏の作品も角度を変えてみれば私のものより秀れているのかも知れないし、私だけが受賞者としてのあつかいを受けるのは辛かった。しかし、主催者の筑摩書房が、K氏を私と同等にあつかっているのは私にとって唯一の救いであった。

その夜、筑摩書房の方々に連れられてK氏とともにバーを二軒ほど歩いた。

「風紋」という二軒目のバーで、石川淳氏が隣りに坐っておられたが、なんとなく私の受賞した「星への旅」の結尾についての話になった。その部分は、集団自殺をはかる少年少女がロープを腰に結びつけて崖から海へ落ちて行くのだが、石川氏は選後評でその部分が拙劣であるというような趣旨のことを書かれておられた。

「私ならね。眼を崖の下へ据える。そして、少年少女たちが落下してくるのを下からの眼で書くよ」

石川氏は、さりげない口調で言われた。

私は、一瞬呆気にとられた。何度も書き直しをしてそれでも満足のゆかなかった結尾が、石川氏の言葉でまたたく間に氷解されるのを感じた。

私は、しばらくの間、口をかたくとざしていた。

十三

私は、翌朝早くから机に向っていた。原稿枚数は三百八十枚に達している。作品の中では、いよいよ敵機の来襲も始まろうとしているが、後何枚書けば終りになるのか見当もつかない。私は、重要部分であるからじっくりと腰を落ちつけて書きたかった。

その日の夕方、取材計画に予定していた「武蔵」関係者のうち最後の一人とも言うべき斎藤静八郎氏を明治座近くの事務所にたずねた。

「武蔵」沈没時には、艦上で戦死した者もふくめて一、一一〇名が「武蔵」とともに海底へ沈んだが、駆逐艦に救助された一、三七六名の乗組員も惨めな姿でコレヒドールに上陸させられた。その後、半数は内地へ後送され、六二〇名の乗組員がコレヒドールに残され、各地に分散された。

「武蔵」沈没時、少尉で辛うじて生き残った斎藤氏は、戦後、援護局の仕事に協力してそれら残存者の行方について詳細な調査をつづけ、ほとんど奇蹟的とも思えるような正確な記録をまとめた人であった。

氏は、私が訪れると早速古ぼけた名簿をとり出して説明をはじめた。私は、氏の指先がページを繰るにつれて胸に熱いものがこみ上げてくるのを感じていた。元乗組員の氏名がつらねられてはいるのだが、どのページの名の上にもほとんどが赤い縦線が引かれ、それは四散させられた各隊の大半が全滅していることをあきらかにしていた。

「これを書かなくちゃ、「武蔵」はわかりませんよ。気の毒でね、指揮系統がないんですから。各自がそれぞれ隊を組んで、武器も碌《ろく》なものもなく斬込んで玉砕しているんですよ。せっかくあんなに苦労して泳いで助かったというのに……」

斎藤氏の眼にも、光るものがあふれ出た。

私は、急いで家へ帰った。

「武蔵」には、敵機がむらがった。

第一波、第二波、第三波……

「武蔵」は傾いた。

壮大な沈没。

月の光に淡く照らされた海上に人の環が組まれる。

湧き上る大合唱。

「一、二、三、クチクカーン」

海面を接近してくる駆逐艦のサーチライトの光芒──

私は、ひたすら書きつづけた。夜も昼も私にはなかった。潮の匂い、四散する兵の体、機銃にとりつく血だらけの兵たち、私は、それらの中に完全に身を没した。

眠るのは、明け方に一時間ほどという日がつづいた。「新潮」の田辺氏は、夜も遅くなってから毎夜のように夜食を届け、「二十五日までぎりぎり待ちましょう」と、穏やかな口調で言ってくれたりした。が、その眼には、私の持つすべての力をしぼり出させてやろうという殺気めいたものが感じられた。

私は、氏と対決していた、というよりは、必ずうなずかさせずにおかないものを書きたいという、一種の敵愾《てきがい》心を感じていた。

七月二十四日の夜、結末の部分に向って筆を進めた。

「生存者の半ばを占める六百二十名の乗組員は、内地送還を許されず現地軍の要請にもとづいて、その地に残された。一隊百四十六名は、マニラ防衛部隊および南西方面艦隊司令部に配属され、翌年二月三日マニラ北方より戦車群を先頭に進出した米軍と激戦を展開、百十七名が戦死又は行方不明。また油井国衛中尉以下の乗組員は、マニラ湾口防衛部隊に編入され、鈴木新栄少尉のカラバオ地区隊三十五名は二十三名が戦死、油井中尉、新津清一兵曹の率いるコレヒドール地区隊三十五名は、「最後の一兵まで戦う」という通信を最後に玉砕、この地区での生存者は、衛生兵長猪俣浩一名だけであった。さらに浅井春三少尉の率いる軍艦島地区隊三十六名、酒主貞信兵曹長以下三十五名のガバリオ地区隊は、それぞれ自決または戦死によって全員玉砕。

またマニラ地区のクラーク飛行場作業員として使役に使われた者三百二十名は、武器を所持していないため突撃隊に編入させられ、棒つき円錐弾、ふとん爆弾等の俄かづくりの爆薬を手に敵戦車の下に飛びこんで玉砕。この地区での生存者は、佐藤益吉水兵長一名だけであった」。

その後に私は、「武蔵」建造主任付古賀繁一氏が「大和」「武蔵」設計主任牧野茂氏と会った折、牧野氏から「あれ、沈んだよ」と言われて呆然とする場面を書き、広島と長崎に青白い閃光を放った原子爆弾の投下を結尾とした。偶然のことではあろうが、同型艦「大和」「武蔵」建造の地に戦争の残忍さの象徴ともいうべき原子爆弾が投下されたことに、一つの意義を感じたのだ。

私は、筆をおき、初めから原稿を入念に読み返した。その結果、思いきりよく古賀氏と牧野氏の出会い以後を切り捨てた。「……この地区での生存者は、佐藤益吉水兵長一名だけであった」という個所で、すでに私の小説は完全に終っていたのだ。

枚数は、四百二十枚であった。私は、原稿用紙をそろえると、そのままふとんの中に倒れこむようにしてもぐりこんだ。

眼をさましたのは、その日の夜だった。

手洗いに起きようとした私は、自分の体に異常が起っていることに気がついた。数歩あるいた私は、足がくず折れるように曲って廊下に腰を落してしまった。起き上ろうとしても、足に力が入らない。体中から妙な笑いが起って、私は、だらしない笑いをつづけた。

妻が居間から出て来て、私をかかえ起そうとした。

「腰が抜けちゃった」

私は、無様な自分の姿がおかしくてならなかった。

数日後、私は新潮社へおもむき、田辺氏からゲラを渡された。私は、それを当然のように受けとったが、突然、私の書いた「戦艦武蔵」が「新潮」に発表されるらしいことに今さらのように狼狽した。

むろん私は「戦艦武蔵」が「新潮」に発表されることをねがいながら書き、〆切日にもようやく間に合ったのだが、書き進めている間は、作品を書いていることがなにか田辺氏との個人的約束ごとでもあるように思われ、「新潮」そのものは、氏の蔭にかくれていたらしい。

それが、ゲラに印刷された活字を眼の前にした瞬間、急に「新潮」の存在が再び大きく浮び上ってきたのだ。

「新潮」は文学を志す者にとって最も望ましい作品発表の舞台の一つである。その「新潮」に今まで前例もないような四百二十枚もの長い私の作品を一挙に載せてくれることは、私にとって信じがたいことに思われた。

ゲラを見つめていた私は、思わず田辺氏に、

「本当に載るんでしょうか」

と、きいてしまった。

氏が、おかしそうに笑った。

「載せるから、ゲラにしたんでしょう」

私はうなずいたが、それでもまだ疑いは消えなかった。

それまで私は、実際にゲラにしてからも作品が雑誌に発表されなかったという例を数限りなく耳にしていた。「新潮」誌に初めて作品を発表する私にとって、それほど長い作品が一挙掲載されることはほとんど想像もつかないことであった。そして、月が明けた八月三日に製本された九月号の「新潮」を手にし、かなりまとまった額の数字の記された小切手を受け取った時でも、私の疑念はわずかではあったが残っていた。私の載っている「新潮」は単なる雑誌見本にすぎず、それが店頭に並ぶことはないのではないかとさえ思った。

「バカね、あなたって。載ったのよ、載ったのよ」

妻は、私の肩をゆすった。十数年間主として同人雑誌に書きつづけてきた私は、専門の文芸誌に作品が、しかも長篇が発表されることに滑稽なほど疑い深くなっていたのだ。

妻は小切手を手にすると、

「これで借金もしないですみそうだわ」

と、言った。

私はその時になって、初めてわが家の財政がすっかり底をついていることを知った。取材に行くというと、妻はそのたびに私の財布にそれに相応した金を入れてくれた。私としては意外に家には金があるらしいと思ってはいたが、その反面では家の経済状態を知ることが不安で、殊更それにふれないようにしていた。

「まるで山内一豊の妻みてえだな」

私は、妻に言った。が、勤めをやめて以来初めて自分の手で得た収入だけに、なんとなく気分もくつろぎ、家長らしい落着きをとりもどすこともできた。

新潮社の出版部では、「戦艦武蔵」を単行本として出版することを決めたらしく、担当の藤野邦康氏は書き直す部分があったら急いでしてくれるように、と言ってくれた。

私は、取材した方々に雑誌を送ると、手紙を添えて誤った個所があったら指摘して欲しいと依頼し、古賀繁一、福井静夫、梶原正夫氏等の主だった方々に直接会って内容についての意見を乞うた。

その方々の私の作品内容に対する意見は、一様に良好であった。専門的な建艦技術の点も、正確に表現されているとのことであった。が、福井氏からは、用語について些細な点ではあったが、十三カ所の訂正すべき個所が指摘され、私もそれに従って修正した。

また文壇内でも、海軍士官であった阿川弘之氏から「新潮」の編集部を通して、「正式空母」は「制式空母」とすべきであるとの意見が寄せられた。

私は、「武蔵」が木更津沖で山本五十六大将の遺骨を引き渡した駆逐艦の名を阿川氏の『山本五十六』から借用していたので、その御礼も兼ねて阿川氏に電話をしたが、阿川氏

はカラッとした口調で、

「いや、あなたの作品にも参考になる部分がありますよ」

と言って、笑っていた。

その後阿川氏は、私の「戦艦武蔵」の本の表紙に推薦の辞を寄せて下さり、氏の温情に感謝した。

また海軍の下士官であった青山光二氏は、驚くような記憶力で、海軍用語その他について親身のこもった指摘をして下さった。「第一《ヒト》警戒配備トナセ」という命令も氏からの助言で書き加えたし、「総員防暑服ニ着カエ」という指令を「総員防暑服トナセ」と変えたりした。

こうした作家の方々の好意は、海軍のことに不案内な私にとって無上の喜びであった。

その頃、長崎放送から、数年前、「武蔵」の建造を中心としたルポルタージュの放送テープが残っているが、きいてみてはどうか……という話が、同局の川尻氏という人からあった。

私は、そのテープの中に出版される単行本に補筆するようなものがあるかも知れぬと思って、喜んで長崎放送東京支局へおもむいた。その録音テープにおさめられた内容は構成的にもかなりすぐれたもので、私の取材した方々の声も二、三きかれ興味深かったが、正直のところこれといって参考とすべきものはなかった。

ただその中で、元技師の某氏の言葉が私の神経を刺した。その人は、「『武蔵』は、平和をねがって建造されたもので、この巨艦さえあればアメリカも手は出さないだろうと思っていた。いわば私は、平和のために『武蔵』建造に従事したのです」と言う。

馬鹿を言うな、と思った。「武蔵」は、純然たる兵器である。多くの人々を艦船とともに巨大な砲弾で飛散させようという目的でつくられた殺戮の具である。それを「平和のために」というのは、現在の時点に立った考え方で、こうした浅薄な妄言が戦争の実態をぼやかし、戦争のもつ残酷さを薄めさせてしまっているのである。核兵器保有が平和のため……という大国の愚劣な言葉とまったく同一で、私は不快感を通りこして憤りをおぼえた。しかし、たとえ、得るものはなかったとしても、それをきかせてくれた長崎放送の方の好意は、今でもありがたいと思っている。

このような訂正作業は、今もってつづけられている。

私は、小説「戦艦武蔵」中で沈没寸前に艦長猪口敏平大佐の遺書を載せたが、その中の「本日の致命傷は魚雷命中(五本(確実)以上七本の見込み)にありたり」という個所を私は敢えて削除した。それは、戦闘直後に記された遺書の被雷本数があまりにも少ないことに疑いをもったからで、また一般的な記録として残されている被雷本数二十本以上または二十六本という数字にもその確実性に疑念をいだいた。

しかし、最近細谷四郎氏と電話で話し合ったところによると、「武蔵」乗組の生存者たちの結論として左のようなことがあきらかになったという。

一、「武蔵」に突き進んできた魚雷本数は七十三本。

一、両舷に対する魚雷命中本数は、

イ、右舷……煙突より短艇庫までのいわゆる後部に、五本。

ロ、左舷……第三次、第四次来襲で一、二番砲塔間の弾薬庫のある個所をねらって集中的に十本。その他煙突より後方に十本。

一、結論

「武蔵」の被雷は左舷に多く、右舷は少なくしかも後部にかぎられ、命中総本数は三十三本にほぼまちがいない。信号兵であった細谷氏はそれを確認するのに絶好の位置にあって、第三次来襲では二本が縦列に三本が並行して、また第四次来襲では三本が縦列に五本が並行して突き進んでくるのを目撃したという。

——こうした事実がつかめたかぎり、私もいつか機会があれば被雷本数を小説「戦艦武蔵」に書き加えたいと思っている。

さて単行本用の原稿は一カ月後、雑誌発表のものに二十枚ほど補筆して新潮社の出版部に渡した。

これですべてが終ったのだと思うと、物憂い疲労感が体に湧いた。いつものことではあるが、作品を書き上げた後には、必ず沈鬱な気分が襲ってくる。人によると晴ればれとした気分になるというが、私は逆で、これだけしか書けなかったのかという無力感のようなものや、自分のものが活字になって人の眼にさらされることへの萎縮感、やりきれない自己に対する嫌悪感などが重苦しく圧迫してくるのである。

私は、夜になると遠く上野や浅草に行ってひとりで酒を飲んで歩いた。浦和にいる兄や北浦和にいる弟の家に行っては二階で寝ころんだり、横浜の兄の家に行って兄と酒を飲んだりもしていた。

その月の下旬に入ると、各新聞の「文芸時評」が一斉にはじまった。私の作品はすべての新聞で紹介され、総じてかなり大きなスペースが費されていたが、作品評は各紙とも褒《ほう》貶《へん》相半ばするといったものであった。しかし、私としては、それで十分すぎるほど満足だった。私にとってそれだけ各紙でとり上げられたのは初めてであったし、批判されるのも当然のことだと思っていた。が、そうしたことよりも、私にとって嬉しかったのは、文芸評論家が私の作品を偏見をまじえず正面から見据えて批評してくれていることであった。

「戦艦武蔵」という題名からは、そのまま戦争を美化したものとして受けとられるおそれもないとは言えないが、私の書いた意図を正しく探りとろうとする姿勢がそれらの批評にみられた。私は、少々大袈裟かも知れぬが、日本の文壇のありがたさに感謝したい思いだった。

月があらたまると、『戦艦武蔵』が出版された。初版部数は、私が予想していたものよりはるかに多いもので、それらが山となって返本されはしないかという不安で、私は重い荷を背負わされたような困惑をおぼえた。

しかし、事実はちがっていた。初版が店頭に並んでから三日目には早くも再版の通知があり、さらに一週間たつと三版が追うように増版され、それはその後も勢いを衰えさせるどころか、さらにたかまってゆくようだった。

私は、その現象を呆気にとられてながめていた。

そのうちに、ふと「おれの小説は読みまちがえられているらしい」ということに気づくようになった。自分の書いたものが、それほど多くの読者に読まれるわけがない。私の処女出版ともいえる「少女架刑」という短篇集は、初版三、〇〇〇部で結局四、五〇〇部まで増刷し、思いがけなくよく売れたと出版社側から言われた。その後、初めての書き下し長篇小説の出版もあったが、初版五、〇〇〇部でそれきり増刷もなく、それどころかかなりの返本があったときいている。

そうしたことから考えてみても、私の書いた作品が数万部も出るなどということは、なにかが間違っている証拠に思えた。

「新潮」の田辺氏も、

「ばかに売れているそうじゃないですか。そんなに読者がつくわけがないと思っていたがなあ」

と、いぶかしそうに首をかしげていた。

しかし、そのうちに読者からの手紙が家に舞いこむようになり、それらの手紙によって、私の作品が想像していた通り読みまちがえられていることを知った。それは、四十代以上の軍隊生活経験者、殊に海軍に属していた人々が、一種の郷愁に近い感慨で私の作品を読んでいるらしいということだった。私も駆逐艦から「武蔵」を見た、とか、今までうすうすきいていた「武蔵」がどのようなものであったかよく知ることができた、といった類いのものが多く、中には戦時中の真剣な日本人の姿が描出されていて感動したという手紙もあった。

しかし、それらの手紙にまじって、私と同じように軍隊生活を経験しなかった世代の人や学生たちの手紙は、一様に戦争のはかなさむなしさを身にしみて感じたといった内容のものばかりで、むろん私の意図は後者にあっただけに、それらの手紙は私の救いになった。

本が出版された直後、私は、今まで取材に応じてくれた人や斡旋《あっせん》をしてくれた人に、単行本を発送したり届けたりしたが、取材中からぜひこれだけは果したいと思っていたことが残されていた。それは、特に取材面でお世話になった方々に、なんらかの形で謝意を示したいということだった。

私は、「武蔵」建造日誌の写しを貸してくれた泉三太郎と日本工房の内藤初穂社長の両氏に相談した。意見は、たちまち一致した。それら協力してくれた方々を、一夕お招きして懇談してもらおうというのだ。

「武蔵」の乗組員は、遺族をもふくめた「武蔵会」を組織していて相互の連絡がとれているが、建造関係の方は四方八方に散っていて戦後の消息すらわからない人が多い。そのため私の取材も殊に建造関係で苦労したのだが、ようやく探しあてて会いに行くと、しばらくは他の人の消息についての話になってしまう。

「お元気ですか、そうですか。お眼にかかりたいですなあ」

そんな言葉を、私は何度きいたかわからない。

そうしたことから私は、これらの方々を一堂にお招きしたらさぞ喜んでいただけると思っていた。また、それまでまったく交流のない建造関係と乗組関係の方々を引き合わせたいとも思っていた。

早速、各方面に電話をかけて都合をきき、案内状を刷って発送した。それらの事務的手続は、日本工房が一切を引き受けてくれた。

九月十二日、東京目白の椿山荘で「戦艦武蔵の会」がひらかれた。出版元の新潮社からは、田辺氏が都合で出席できず、同じ編集部の次長である菅原国隆氏が代表で出席してくれた。
私は、妻と受付の傍で立っていたが、やがて姿をあらわした人々の間で、
「やあ、お久しぶりですなあ。二十×年ぶりですね」
などというなつかしげな挨拶がすでにはじまっていた。
定刻になると、出席予定の人々は全員席につき、内藤初穂氏の司会で会がはじまった。
その夜集って下さった方々の氏名は、

▽「武蔵」建造関係
建造主任付　古賀繁一氏
営業部軍艦課長　森米次郎氏
長崎駐在造船監督官造船中佐　梶原正夫氏
建造主任室付技師　竹沢五十衛氏
設計技師　喜多喜久一氏
設計技師　杉野茂氏
▽海軍関係
「大和」「武蔵」基本設計者　松本喜太郎氏
艤装員海軍少佐　千早正隆氏

造船大尉　福井静夫氏

（役職・階級は「武蔵」建造当時）

▽「武蔵」乗組関係

第二代目艦長海軍大佐　古村啓蔵氏

軍医長海軍軍医大佐　浅見和平氏

海軍機関中尉　村上三郎氏

分隊士海軍軍医中尉　細野清士氏

航海長海軍中佐　池田貞枝氏

海軍主計中尉　高橋清氏

方位盤手海軍少尉　斎藤静八郎氏

信号手海軍二等兵曹　細谷四郎氏

海軍二等主計兵曹　島崎隆徳氏

（階級は「武蔵」乗組当時）

▽三菱重工広報室関係

室長　黒田真一氏

室長付　斎藤太兵衛氏

室員　磯道幸雄氏

室員　木原雅彦氏
室員　助川　靖氏
▽一般関係
「新潮」編集部次長　菅原国隆氏
旅館「古林」主人　磯江菊野氏
日興証券KK専務　遠山直道氏
朝日新聞社出版局　飯島宗次郎氏
日本郵船KK造船課長　阿部敦氏・同夫人
友人　泉三太郎氏

その他、内藤初穂氏、私、妻と三十三名の会であった。

古村啓蔵氏による乾杯の後、内藤氏の指名により、私が出席した方々の後に立って、その方が「武蔵」とどのような関係があったか、私の取材にどのようにご協力いただいたかを説明した。「武蔵」に関連のある人々ばかりであったが、相互には初対面の人が多く、私がそれらの方々の間に渡されている唯一の絆だった。

私が一人一人紹介するたびに、会場には、懐しさにみちた空気がたかまっていった。

電話でしか話したことのなかった松本喜太郎氏の後に立った私は、氏の著書である『戦艦大和・武蔵の設計とその建造』に多くの示唆を受けたことを述べ、あらためて松本氏に謝意を表した。

紹介が進む間、建造関係では、造船監督官の梶原正夫氏が戦後消息が知られていなかっただけに、古賀氏をはじめ長崎造船所関係者には殊になつかしそうであった。

また広報室の助川靖さんの紹介の折にも、席上にざわめきが起った。助川さんは「武蔵」建造主任渡辺賢介氏の令嬢で、お招きしておいた渡辺氏の未亡人がご病気のため代りに出席して下さったのである。

広島の旅館「古林」の女主人磯江菊野さんがあらわれたことは、古賀氏たちを驚かせた。森米次郎氏などは立ち上って嘆声をもらした。磯江さんは、顔を伏してしきりに眼頭をおさえていた。

「武蔵」乗組の方々は、一列に並んでみるとやはり死線を越えた人らしい精悍な顔付をしていた。その中でも古村啓蔵氏は、椅子が窮屈そうにみえるほど堂々たる体格と風貌をしていて、いかにも大艦長らしい風格を示していた。

なごやかな空気の中で、建造関係、乗組関係交互にスピーチがはじまった。初めに立った古賀繁一氏は、

「小説家というものは、ずいぶんしつっこいものだと思いました。何度も電話をかけて

きて、私も四回お眼にかかりました。おかげで会社の仕事の方が大分おろそかになりました」

と言って笑わせた。

長崎造船所関係者のスピーチには、

「もしも渡辺賢介氏が生きておられたら、さぞ喜んで下さったろうに……」

という言葉が、何度もきかれた。

スピーチの中で秀逸だったのは、森米次郎氏の話だった。司会の内藤氏が、

「われわれの最大の関心事は、果して「武蔵」はもうかったかどうかということで、当時営業関係の責任者で、海軍とお金のことで交渉にあたった森さんにお答えをいただきたい」

と、スピーチを依頼した。

笑いの中で森氏はにこやかに長身の体を立てると、

「あれはもうかりましたなあ」

と一言いい、席上は笑いに包まれた。

スピーチが一段落した頃、思わず口もとがゆるむようなことが起った。内藤氏が、

「どなたか、二度目でも結構ですが、お話いただける方はありませんか」

と口にした時、古村啓蔵氏が不意に立つと、

「おい、おれに話させろ」

と言った。

その時内藤氏は、

「ハイッ」

と、直立不動の姿勢をとった。

内藤氏は元海軍技術大尉で、古村氏ははるかに上官である。そうしたことが内藤氏の姿勢を思わず正させたのだろうが、それよりも古村氏のいかにも大艦の艦長らしい威風に圧倒されてしまったからで、私は思わず声をあげて笑った。

会が終りに近づいた。古村元艦長と古賀繁一氏が握手をし、当時の建造技師と乗組員の方々が互いに手をにぎり合った。私は、この会をひらいてよかった、と心から思った。

その夜は、遠山直道氏の案内で銀座のビヤホールで乾杯した。

私にとって、その夜の会は実に楽しかった。

十四

『戦艦武蔵』はさらに版を重ね、部数も十万部を越えた。

その頃、『戦艦武蔵』の映画化について映画会社やテレビ会社から話が持ちこまれるようになっていたが、私としては気乗りがしない、というより極力避けたい気持の方が強かった。それは、そうした会社で映像化される段階で必ず商業主義が優先するだろうし、そうすれば客集めの手段として戦争賛美の勇ましいストーリーに変えられたり、女性を登場させてお涙頂戴の筋ともなりかねない。

映像の世界は小説の世界とは異質のものであり、原作に忠実であって欲しいということにそれほど固執したくはないが、史実にもとづいたこの作品だけは、勝手にいじられたくはなかった。

それに、「武蔵」の巨大さを映像化させるには、日本の映画会社やテレビ会社でそれを可能とする制作費を用意できそうもなさそうだし、その点については、映画会社やテレビ会社の人も同じような事情を口にし、

「それですから、慎重に取り組んで研究してみたいのです」

と、言った。

が、私は、たとえ研究しても結論は同じだと思っていた。もしも安直なものができたら、「武蔵」を設計・建造した技師の方々や元乗組員の方々に申訳ないし、私は、この作品にかぎって映像化されることは拒絶することに心を決めていた(しかし、昨年夏、石原プロから映画化の話があり、プロデューサーの川野泰彦氏とシナリオライター井手雅人氏の真剣な制作企画をきいて石原プロに託すことにはなったのだが……)。

そうした折、東京放送から電話があって、「カメラルポルタージュ」という番組で「戦艦武蔵」をルポしてみたいという話があった。そして、椋尾尚司という若いプロデューサーが私の家にやってきた。

私は、椋尾氏の話をきいているうちに、氏の企てているプランに共感をおぼえた。氏の企画によると、「武蔵」を建造した長崎造船所を中心に、当時関係した技師や乗組員をルポしようという。その根底にあるものは、私の作品に盛られた要素が現在どのような形として残されているか、戦後は終ったといわれているが、果してそうなのか、それを追及してみたいという。私にも著者としてそのルポに協力して欲しいというのだ。

私は、承諾した。もし『戦艦武蔵』を映像化するのだとしたら、椋尾氏の示したような企画が最も好ましいし、それ以外には考えられないと思った。

椋尾氏は、それではすぐに準備にかかると言って帰って行った。

その頃、私は、「展望」新年号に予定されている「水の葬列」という作品に全精力をそそいでいた。その作品は、太宰賞に「星への旅」とともに応募したものであったが、受賞の対象は「星への旅」にしぼられた。しかし、「展望」編集部では「水の葬列」の新年号発表を予定し、私もその徹底的な書き直しをしていた。

岡山猛編集長の批評も十分にきいて、私は、第一行目から新たに書き起した。しかし、その作品はまだ完成せず、椋尾氏からの申出である長崎行きは、それを書き終えた後にすることに決めていた。

十一月二十日、私は、二百九十三枚の「水の葬列」を七十三枚圧縮して二百二十枚とし、「展望」編集部に手渡した。そして二日後に出たゲラに手を入れて、三日後に「展望」編集部へ届けた。

私の仕事は、すべて終った。早速椋尾氏と連絡をとり、十一月二十六日に長崎へ出発することになった。

私はその前日に、神戸へひとりで先行した。神戸には妻の姉の夫である北原五男がいる。日本郵船神戸支店に籍を置く義兄は、私たち夫婦がいさかいをするたびに必ず私の側に立つ。と、妻の姉は妻に味方し、ふたりの夫、ふたりの妻の集団的夫婦ゲンカに発展する。その結果、舌鋒するどいふたりの妻の理路整然とした速射砲的言語を浴びて、義兄と私は無惨にも屈し黙々と酒を飲む。そうしたことを十数年間もくり返してきた私と義兄には、互いに相寄り添うような物悲しい親愛感があって、会うと必ず酒を掬《く》み合うのである。

忙しかった私は、半年近くも姉夫婦に会わなかったので、一日早目に神戸へやってきた。その夜も早速酒となったが、

「おれ、今だから言うけど、お前の小説、読んでもちっともわからねえんだ。でも今度の戦艦大和は」

とそこまで言うと姉が、

「ムサシよ」

と、訂正した。

「そうそう、『戦艦武蔵』な、あれは面白くてな。でもお前、たしか大学は国文科だったろう。よく造船技術のことを知ってるな。工務関係のやつも感心していたぞ」

と、言う。それから酒がまわるにつれて、兄は戦艦「武蔵」が「大和」になり、ついには宮本武蔵とまで言うようになった。

私は、『戦艦武蔵』を書いた疲労感が、その夜、跡かたもなく拭い去られるのを感じていた。

翌日の夕方、新大阪駅で椋尾氏たちと会った私は、特急寝台列車に乗りこんだ。椋尾氏に同行してきたのは、カメラマンの滝口岩夫氏と照明係の宮沢忠衛氏で、翌朝長崎駅で降りた私たちは、私がホテルに、椋尾氏たちは前回私の泊った旅館「ひさ」に腰を据えた。そして、その日から取材と撮影がはじまった。

造船所に行くと、「武蔵」進水の工作関係を担当した大宮丈七氏が姿をあらわした。椋尾氏のプランでは、この大宮氏を主人公に「武蔵」を建造した長崎造船所をルポしたいという。すぐに私たちは造船所の事務所を出ると、「武蔵」を建造した第二船台に行ってみた。

「進水作業中に、「武蔵」の船体があまりに重くて船台にヒビが入ったといいますが、それはどこでしょうか」

椋尾氏が、大宮氏にたずねた。

「そうですね。今残っていますかどうですか」

大宮氏は、そう言うと、先になって第二船台で建造されている貨物船らしい船の下に入りこんでいった。

しばらく懐中電灯でさぐっていた大宮氏が、

「あった、あった」

と叫んだ。近づいてみると、あきらかにうねった亀裂が船台の中央部あたりにかなり長く走っている。

「あの時は、まったく驚きましたよ。船台が割れたのですからね」

大宮氏が感慨深げにつぶやく間にも、ライトが光り、アイモが廻った。

カメラは、大宮氏の動きをしきりに追った。滝口カメラマンは、高いガントリーの上にのぼって望遠レンズでとったりしている。

大宮氏の動きは、俳優そこのけであった。温和な顔はすこぶる個性的で、老工員と会うとなつかしげに話し合う。それが、カメラをまったく意識しない自然の動きなのだ。

その日、長崎造船所の総務課員と椋尾氏との間に、取材について一寸した取りきめの食いちがいがあった。

私の手にしている建造日誌は、写真でうつしたコピーで、実物は造船所内の大金庫に保管されている。椋尾氏は、その表紙と内容の数枚を撮影したいと言い、東京本社の諒解を得てきていて総務課でもそれを持ち出してきてくれたが、課員の一人が、急に撮影は好ましくないと言い出したのである。

「軍極秘のものですからね。たとえ二十年以上たっていても、撮影されるのは好ましくない」

と言うのである。

「でも、東京本社では差支えないと言っていますし、戦後かなり経過しているのですから、もうよろしいのではないですか」

私は、言葉を添えた。

「いや、いけません、軍極秘は軍極秘ですからね」

と、頑固に主張を曲げない。結局、その撮影はとりやめになった。

私は、その課員が造船所に災難がふりかかりはせぬかと危倶したのだろうし、その窓口でもある総務課の課員として、慎重な態度をとろうとしていることは理解できた。しかし、二十余年もたっているのに今もってそうした時代感覚をもちつづけていることはあまりにも事勿《ことなか》れ主義であり、三菱重工東京本社の開放的な空気とは雲泥の相異があるとも思った。

「例の漁師のことですが……」

椋尾氏は、企画表をひらいた。

私は、単行本の『戦艦武蔵』のあとがきに、長崎港口にある村落に住む漁師のことをこんな風に書いた。

「小さな船で長崎の港口近くにある島の老いた漁師をたずねた。その漁師は、憲兵や警戒隊員の眼をぬすんで、夜明け近い頃、ひそかに雨戸のすき間から、巨大な鉄の建造物が海上を音もなく動いて行くのを目にしていた。日時から推定すると、それは、艤装も終った「武蔵」が呉へ回航するため長崎港を出発する折のことにちがいなかった。

話し終ってから、ふとその老人は、

「今の話は、だれにも言わないでくれ」

と、顔をこわばらせて言った。

私は一瞬、その意味が分らなかったが、

「おれが話したなんて言うことがわかると、まずいから……」

と、重ねて言う老人のおびえた眼の光に、私は、ようやく老人の言葉の意味が理解できた。

「でも、戦争は二十年前に終りましたし、別にどうということもありませんよ」

私は、苦笑しながら言った。

「いや、まずい、まずいよ」

漁師は、私に話をしたことを後悔するようにしきりと手をふった」

例の漁師……というのはそのことであり、椋尾氏は、その老漁師をたずねてみたいと言うのである。

翌朝、私たちは、交通船に乗ってその村落へ向った。が、船に乗った頃から、私の胸の中にはかすかな不安がきざしはじめていた。私があとがきに書いた老漁師の話は、読んだ人々にかなりの興味を与えたようだったが、それらの人々は「事実あの通りだったのですか」と必ず質問し、遠慮のない友人たちは、

「あれは君のフィクションだろ。あまり話がうまく出来すぎているよ」

と笑いながら言う。

「いや、本当なんだ」

私が反論しても、「そうかなあ」と友人たちは、疑わしそうな眼で私を見る。

そんなことがくり返されているうちに、徐々に私自身の気持もぐらつくようになっていた。たしかに私は老漁師に会った時、その漁師の意外なおびえを感じたし、「まずいよ、まずいよ」と言った言葉もはっきり記憶している。

しかし、それは現代ばなれしているし、友人たちの言うようにフィクショナルなものだと疑われても無理はない。おれの受けとり方のまちがいだったのだろうか、私は自信を失

っていた。もしも、あとがきに書いたことが事実でなかったら、私は興味本位の作り話を書いたことになる。

私の不安は、船が村落に近づくにつれて一層強いものになっていった。

船が、小さな船着場についた。

人気のない村落であったが、カメラ、照明器具、録音機をかついだ私たちの姿は異様にうつるらしく、両側の家々から好奇にみちた眼がのぞいている。

私は、狭い道をたどって見覚えのある小さな家の前に立った。格子戸をあけると、前に訪れた時と同じように、敷居のところであぐらをかいて網をつくろっている老人が私の顔を見上げた。

私が事情を話すと、漁師は、部屋に上るように言った。私は、その漁師の態度に、あれはやはり錯覚だったのかと思った。そうでなければ、私たちを家へ招じ入れてくれるはずはなかった。

しかし、それから漁師の示した言動は、やはり私の錯覚ではなかったことを立証していた。それどころか、前回に示した反応よりはるかにはげしいもので、私は、その漁師の恐怖にみちた表情を空恐ろしいものをみるように見つめていた。

録音機が回転し、マイクが椋尾氏の手で差し出された時、漁師の顔は蒼白になった。

「いや。まずい、まずいよ」

漁師の声ははげしくふるえ、録音機をとめてくれと懇願する。

椋尾氏も、これほどではないと思ったらしく、

「××さん、もう戦争が終って二十年以上もたっているんですよ。心配することはなにもないじゃないですか」

と、しきりになだめにかかる。

そのうちに滝口カメラマンの一六ミリ撮影機アイモがまわりはじめると、漁師の恐怖は一層つのった。

「やめてくれ、やめてくれ」

と手をふり、顔をそらす。

アイモの音がやむと漁師は、私も何度か耳にした「小心者です。私は、小心者です。しゃべるのはまずいのです」と、頭をしきりにさげる。そして、カメラのアイモの音がしはじめると、ぎくりとしたようにふり返り、必死になって手で制する。

滝口カメラマンは、部屋の隅にある古びた鏡にレンズを向け、そこにうつる老漁師の表情を盗みどりしたりしている。

私は、息苦しくなった。椋尾氏と滝口氏の職業的執念のはげしさに圧倒されると同時に、この漁師の恐怖感をこのままにしておいてはいけない、と思った。

私は、漁師に懇々と説いた。「武蔵」のことを話すことを恐れているらしいが、戦後そ

れについての機密保持は解かれて、事実私は、戦艦「武蔵」について調査して小説に書きそれは単行本になって発行までされている。それなのに、漁師だけがそれについて話すのを恐れているのはまったく不必要なことだし、それはこれから生きてゆく上に不幸なことである、と説いた。

漁師は、私の話に素直にうなずいてきいていたが、納得したのかと思うとそうではなく、再びマイクが突きつけられアイモがまわると、狂ったように制止にかかる。それを私や椋尾氏が子供をあやすように説得をくり返すが、漁師はすっかりおびえきって頭をふりつづける。そのやりとりは、私たちがその漁師を私刑にかけてでもいるような図にみえるにちがいなかった。

そのうちに、不意に台所から漁師の妻である老婆が顔を出すと、

「父ちゃん、余計なことをしゃべるんじゃない。警察にしょっぴかれるよ」

と、絶叫にも近い声で叫んだ。

私たちは、老婆の蒼白な顔と憎しみに満ちた眼に呆然とした。

椋尾氏たちは、老婆の怒声で取材を諦めたらしく、その家を出た。

「少しは撮れたかい」

椋尾氏が言うと、

「ああ充分だ」

滝口氏が、答えた。

「あれじゃ、ライトをつけるどころじゃないよ」

照明係の宮沢氏が、笑った。

帰りの船の中で私たちは、「すごかったなあ」という言葉をくり返した。

滑稽というよりは、私は、なにか為体の知れぬものに押しひしがれたような重苦しい気分になっていた。あの老漁師夫婦には戦時中の恐怖感がそのまま残され、死を迎えるまで消え去ることはなさそうに思える。

私は、椋尾氏に、

「あの漁師の氏名は出さないようにしてやって下さい」

と、言った。

「そうしましょう。しかし、驚きましたね、きっとあの夫婦は、私たちに取材されたことで当分夜も眠れないかも知れませんね」

と、しみじみした口調で言った。

長崎へ来る前、椋尾氏との打合わせの中で、最も重大な取材がプランの中に組みこまれていた。それは、例の図面紛失事件の少年を探し出して取材することであった。

その少年は、軍極秘図面を焼却してしまった罪で大陸へ送られているが、その後の消息はまったくわからない。が、その後私は、長崎市内に住む平川卯三次氏が終戦後にその少年と路上で一度出会ったことがあるということを、人づてにきくことができた。

私は、少年にひそかに会ってみたいと思っていた。犯罪とははるかに遠い少年らしいふとした行為が、少年を犯罪者に仕立て、その生き方を大きく狂わせてしまった。戦時という異常な時期が、少年に思わぬ不幸を与えてしまったのである。

私は、図面紛失事件以来、少年がどのように生きたか、そして戦後をどのような心境で生きているのか、それを少年の口からきくことができれば、戦争を、そして戦後をさらに考える手がかりになるだろうと思っていた。

「例の図面紛失事件の少年のことですが、あの人は今生きているんでしょうか、死んでいるんでしょうか」

椋尾氏は、打合わせの時に私にきいた。

「生きているようなんですよ。戦後、長崎で会ったという人がいるんです」

私は答えたが、口にしてからまずいことを言ってしまった、と思った。

椋尾氏の眼は、予想した通り輝きを増した。そして、八方手をつくして探し出し、私と会っているところを撮影したいという。椋尾氏の意図は、あくまで少年を戦争の被害者としてとりあげ、その話から戦争というものを追及してみたいというのだ。

私は、そのプランに一つの条件を出した。もしもその少年が取材に応じたくないというのなら、その企画は断念すること。また取材を快く承諾してくれた場合も、少年の現在または将来に迷惑のかからぬよう、取材にもプライバシーの確保を優先的に考える。

これらの条件を諒解した椋尾氏は、あれこれと考えた末、こんな方法を考え出した。それはまず長崎の高台の樹林かなにかを舞台にし、私とその少年が向い合って話をしている情景を設定する。少年は、樹木のかげに半身をかくし、しかもレンズの方へは背を向けている。カメラマンは、かなり遠方から望遠レンズで撮影する。会話は、私の携行した録音機でとらえ実名も伏せるというのだ。

私は、その方法に満足し、積極的に少年を探し出すことに協力すると約した。

長崎へやってきてから三日目、私と椋尾氏は朝から少年探しにとりかかった。

少年とは言っても、今生きていれば私より四歳年上の四十代になっているはずである。

私は、まず長崎市内で戦後少年と会ったときく平川氏に電話をしてみた。

「たしか、あれは昭和二十二年頃でした。道でばったり会ったんですよ。ああいう事件があったので気まずいし、二言、三言話しただけで別れましたが……」

平川氏は、言った。

「どこに住んでいるか、なにか手がかりになることはご存知ないでしょうか」

「いや、知りませんね。その時もなにか気の毒な感じがして、なにもきかずに別れたんです」

私は、第一歩から出発しなければならないことを知った。

「たしか、あの少年は、Nという姓でしたね」

と、私はきいた。

「そう、たしかそんな姓でした」

平川氏は、多少うろたえ気味に答えた。

「名前の方はどうでしょうか、ご記憶はありませんか」

「さあ、なにしろ二十年も前のことですからね。おぼえてはいませんね」

平川氏は、きっぱりと言ったが、私は、氏が名前を故意にかくしているのを感じた。氏は、まちがいなく不幸な「少年」をテレビの画像の前に引き出すことにためらいをおぼえているにちがいなかった。

私もそれ以上平川氏を困惑させるのも本意ではないので、礼を言うと電話をきった。そして椋尾氏に、平川氏はたしかにN氏とは会ったが、それ以外のことはまったく知らないらしいと告げた。

私たちは、喫茶店に入ると、N氏を探し出す方法について意見を交した。

滝口カメラマンと宮沢氏は市内に撮影に出掛けていて、椋尾氏は、N氏探しに専念することができる時間的余裕があった。

まず平川氏が終戦後会ったかぎり、N氏が現在でも生きている確率はかなり高いとみていい、と判断した。

ただN氏が長崎市内にいるかどうかは、それ以後会ったという話をきかないだけにはなはだ疑わしい。しかし、長崎にいないとすれば、残された取材期間の二日間に全国にその行方を追うことはほとんど不可能に近い。

結局、私たちは、N氏が長崎市内または近郊のどこかに住んでいると仮定して追ってみることにきめた。

私たちは、まず長崎市役所に行ってみた。さまざまな課を歩いた後、ようやくある吏員の協力を得ることができてN姓の人物をさぐる手がかりをつかんだ。現在とはちがって、その頃は戸籍簿の閲覧は自由だった。

ともかく長崎市内のN姓の人のすべてを教えていただきたいと申し込み、吏員の手で、それらの人々の名が判明した。N姓は特殊な姓で、それほど多くはないと思っていたが、男の名は、薫、正人、泰、芳春、久男、忍、孝志、正行、近、春夫、昇、幸友、末次、春好、利之、吉太郎、久仁夫、喜代造、芳孝、恒雄、次郎、賢治、純英、忠治、幹男、昭三と二十六名もいた。また女の名は、加世子、津代美、美江子、保子、梅子、タヅ子、シズ江、功子、由美子、チヨ、チヨ、チヨ、モミ江と十三名、計三十九名のN姓の人々が浮び上った。

私は、それらの人々の生年月日、その他を戸籍簿で閲覧し、一人一人を丹念にしらべていったが、これと思う人物は発見できなかった。

図面紛失事件の折に少年が十九歳だということをたしかめ、小説にもそれに従って書いたのだが、それに相当する大正後期の生れのN氏は見当らない。一人これかなと思う人物がいたが、事件当時は外地にいて、N氏でないことはあきらかだった。

「だめですか」

椋尾氏は、私の顔をうかがった。

「いませんね」

私は、答えた。

椋尾氏の提案で、氏は長崎市郊外の市役所の出張所をさぐり、私は、市内でなにかの手がかりをつかんでN氏の所在をつきとめることになり、私たちは別れた。

私は、途方にくれた。手がかりといってもN氏について知っているのは平川氏しかなく、平川氏をさらに追及すればその名を明かしてくれる可能性がないとは言えない。しかし、平川氏がためらっているだけに、私には強引に頼みこんできき出す気にもなれなかった。

私は、市役所の前に立ってしばらく考えていた。基本的な点から考えを整理していったが、そのうちにふとあることに気づいた。

図庫兼設計場は、長崎造船所にとって最も重要な密室である。そこに入って仕事に従事していたのは有能な設計技師で、その下働きをする図工も優秀な者にかぎられている。少年もその密室の図工として選ばれただけに勤務成績も素質もすぐれていたはずで、当然長崎市内の旧制中学校を卒業したにちがいなかった。

さらに私は、その少年が図面紛失事件の起った昭和十三年の春に入所したということをきいていて、とすると、昭和十三年三月に旧制中学校を卒業し、しかも長崎造船所の所員の大半が長崎市とその附近の出身者であることを考えれば、少年の名も長崎市内外の中学の同窓名簿に記されているにちがいない、と思った。

私は、タクシーを拾うと、市内の学校まわりをはじめた。

旧制中学校は戦後の学制改革で高等学校に昇格し、しかも、戦後に新設されたものが多く、また戦災で名簿の焼失している学校もあった。それでも私は、名簿をひるがえし戦前に勤めていた教師にも会ってN姓の生徒がいたかどうかをきいたが、それらはすべて徒労に終った。

そのうちに私は、胸の中に、思いがけなく自分の行為と相反した感情が強くきざしはじめているのを意識しはじめていた。それは、N氏がいないでほしい、見つけ出したくはないという祈るような感情であった。

N氏は、もし生きていたらいまわしい過去の重荷を背負って、どこかでひっそりと暮しているはずである。著者の私がこんな憶測をするのは僭越《せんえつ》かも知れぬが、図面紛失事件についてはじめてその事実を記した私の小説『戦艦武蔵』をN氏が読んでいることも想像できる。

もしもそうだとしたら、N氏がようやく取りもどすことのできた心の平穏もやぶれ、一層身をひそめて日々を送っているのではないだろうか。それを私がさらに探し出してN氏の心情をかきみだすことは苛酷であるし、ましてテレビのブラウン管に、たとえその後姿でも写し出すことは気の毒に思えた。

しかし、ここまで追ってきたかぎり探しぬいてみたいという欲望に、私は勝てなかった。そして最後に残った丘の上にある名門校といわれる高等学校に行った時、すでに授業が終って帰り仕度をしていた一教師から示された同窓会名簿に、N姓の人を発見した。その卒業年度は、私の想像通り昭和十三年三月で、名は太郎であった。

私は、その教師にN・太郎氏の話をし、N氏の父親がその学校の教師をしていたこともきき出した。

私は、学校を出ると雨の中でタクシーをひろい、市役所へむかったが、その途中、「とうとう見つけてしまったか」という後悔の念が、私を憂鬱にしていた。

私は市役所につくと、協力してくれている吏員にN氏の名が太郎であることを告げ、調査を依頼した。

三十分ほど経って、吏員が書類を手にしてもどってきた。

「残念ですが、亡くなっておられますよ」

吏員は、私に書類を示した。

N・太郎氏の戸籍簿には、昭和二十一年十一月五日に某女との婚姻届が提出され、翌年六月三日に女児誕生の届けが出ている。婚姻届提出から七カ月後に子供の出生届が出ている事実は、恋愛結婚かそれとも婚姻届の提出がおくれたのかいずれかで、いずれにしてもN氏の実生活がにじみ出ているように思えた。その翌年九月八日に、N氏の死亡届が出されているのである。

結婚後わずか二年に満たずに病没しているN氏の不運に、私は胸がつまった。さらに翌々年の昭和二十五年に、N氏の未亡人はN氏の遺児を連れて長崎市郊外の某家へ再婚している。私は、N氏の父親の消息もしらべてみたが、それも昭和三十二年に死亡届が提出されていた。

私は、吏員に礼を言うと、市役所の公衆電話のボックスに入って平川氏に電話をかけた。

「Nさんは、N・太郎というのでしょう、××中学を卒業した」

と、私は、言った。

「そうですか、それにしてもよくわかりましたね、N・太郎ですよ。私は、そっとしておいてやりたかったものですから、失礼しました。ところで、お会いになったのですか」

「いや、亡くなられていました」

「死んでいますか？」

平川氏の声は、一瞬とぎれた。

私は、平川氏の奥ゆかしい気持にうたれ、しばらく話をした後、電話をきった。

その日の夕方、私は待合わせ場所の旅館「ひさ」に行って、疲れたようにもどってきた椋尾氏と会った。

私は調べたメモを示し、

「どうですか、その再婚した未亡人という人に会ってみますか」

と試みにきいてみたが、氏は頭をふり、

「まったく不幸な人ですね」

と、つぶやいた。

翌日私は、造船所でN氏とその旧制中学校を同年に卒業し造船所に入所した人を探し出してもらって会った。N氏の印象について話をきいたが、その人は、私の書いた小説の中で「色白の少年」という描写は事実とちがうことを口にした。色はむしろ浅黒く、もっさりした感じだったたという。

色白の……というのは、当時警察で少年に会った元海軍監督官梶原正夫氏からきいたのだが、私にはその食いちがいが理解できた。少年は一カ月余も留置場におかれ、しかも刑事に拷問を受けて当然顔色も青ざめ、それが色白の……という印象としてうつったものにちがいなかった。

その日、私はN・太郎氏の死因についてしらべたが、急性肺炎で治療も間に合わず死亡したことを知った。またN・太郎氏は、中学生時代にクリスチャンとしての洗礼をうけ、長身の無口な人であったことも知ることができた。

私の胸の中には、悲哀感が湧いた。年齢もそれほどちがわぬN氏に対して、私は、無言の語りかけをつづけていた。

N氏の父親に対するイメージも、私の内部で一層はっきりとしたものになった。父親は、N氏の卒業した中学校の書道教師をしていたが、度の強い眼鏡をかけた背の丸い老人であったらしい。図面紛失事件によって拘留された息子のことで、激しい衝撃をうけたことは容易に想像できる。戦艦「武蔵」建造のかげに、N氏父子の悲劇があったのだ。

翌朝、私は、椋尾氏たちと長崎をはなれ、博多駅で下車すると、「武蔵」艤装員・元海軍大佐(艤装時)貞方静夫氏の家にカメラを持ちこんだ。椋尾氏は、「武蔵」という店名のプラモデル店をいとなむ貞方氏の戦後の生活を取材したいという。旧家である貞方氏の前の道に、その店はあった。

私は、気品のある貞方氏夫人と雑談をした後、仕事の都合もあるのでカメラの設置にとりかかった椋尾氏一行とわかれて、一人で飛行場へ向った。

飛行機ぎらいの私は、飛行場へ行っても落着かなかった。常識的に考えてみても、あれほどの重量をもつ構造物が、引力にさからって空を飛行するなどということは不自然きわまりない。しっかりと地についた列車や自動車こそが乗物であって、自然の法則に抵抗しているように思える飛行機など人間の身を託すものではないはずだった。

しかし私には、時間的余裕がなかった。小雨の降る飛行場を歩いてタラップをあがった。それまで十回近く飛行機に乗ったことがあるが、その時も私にはタラップが死刑台への階段のように思えた。

やがてエンジンが全開して、ジェット機が滑走路を出、首にロープを巻きつけられて引張られるようなすさまじい速度感が私の体を熱くした。空港の建物が急に下方に後退し、たちまち機は密雲の中に突っこんだ。

しばらくすると窓が明るくなって、あたりに深く澄んだ青空がひろがり、雲の峰が眼下につらなった。私は、ようやく平静をとりもどした。ジェット機は、水平飛行に移った。私は、雲の切れ間からのぞく下界を見下した。

戦争が終って二十余年、この日本の国土は平和な風光をくりひろげている。が、長崎を歩きまわった私には、依然として戦争の深い傷が人々の中に食いこんでいることを認めないわけにはいかなかった。

カメラにおびえたように手をふりつづけていた老漁師。台所から突然姿を現わし激しい言葉を投げつけてきた漁師の妻。「武蔵」は沈没し、すでに戦慄すべき戦争は終っている。

にちがいない。

しかし、あの漁師夫婦には、依然として戦争に対する強いおびえがしみついてはなれない。おそらく老夫婦は、あの長崎港口に近い小さな村落で息絶えるまで恐怖感をもちつづける

N・太郎氏の運命は、さらに悲惨なものがある。十九歳の少年であったN氏のふとした悪戯に近い行為が、かれの人生を根底からくつがえしてしまった。N氏は、罪人という名を冠せられてからどのような日々を送ったのだろう。事件後N氏の存在が再びあらわれるのは、九年後長崎市の路上で平川氏にばったりと出会った時である。私の調査によれば、それはN氏が結婚したばかりの頃である。おそらくN氏にとって、戦後もどってきた心の安らぎを得た一時期であったにちがいない。しかし、翌年、N氏は病死した。妻は、翌々年子供を連れて早々と再婚している。N・太郎氏の存在は、完全にこの地上から消えてしまったわけだ。

戦争さえなければ、N・太郎氏は常人と同じような青春時代を送り、もし病死という不幸がなければ今頃は長崎造船所の中堅技師としてマンモスタンカーの建造に従事しているかも知れない。戦艦「武蔵」は、N氏の存在を無惨にもすりつぶしてしまったのだ。

海岸線を飛行しつづけるジェット機の中で、私は、戦艦「武蔵」という巨大な怪物が多くの人々を死におとし入れ、多くの人々に精神的な癒しがたい深傷を負わせたことをあらためて感じていた。しかも、不幸な老漁師夫婦もN・太郎氏も、それら犠牲者の氷山の一

角でしかない。

機内アナウンスがあって、ジェット機は下降姿勢に入った。

私の胸に再び不安が湧いたが、機は順調に下降して軽い衝撃を体に与えると、タイヤは羽田空港の滑走路に着地した。

タラップを降り、出口の方に歩きながら振返ると、米軍の軍用機らしい中型機が滑走路を飛び立ってゆくのがみえた。その中には、ベトナムの戦場に向うアメリカ軍の将兵たちが乗りこんででもいるのだろうか。

私たち日本人の戦いは、多くの傷痕を残しながらも終っている。しかし、軍用機に詰めこまれて遠ざかってゆくかれらは、新たな戦争に参加しようとしている。

私は、その機影が明るい空に没してゆくのを見つめながら、旅客出口の方へ歩いた。

あとがき

昭和四十一年九月号の「新潮」に発表された「戦艦武蔵」を書く一年前から、「プロモート」（日本工房発行）という小雑誌に「戦艦武蔵取材日記」という随想風の作品を連載していた。連載といっても、一回分が十二、三枚から二十枚程度で、当時の私にはそれを書くことが仕事のすべてといってよかった。

連載第一回分が活字になって間もなく、「新潮」編集部から小説「戦艦武蔵」を書いてみないかという話があったが、取材日記の連載は、その後五回分までつづいた。その最終回ともなった五回目は、「この取材日記を書くだけで小説にする気はない……」と「プロモート」の編集部に電話しているところで終っている。つまり「戦艦武蔵取材日記」は、八十枚ほど書いたままで投げ出されていたのである。

それから二年後、私は、その日記を最後まで書きあげてみたいと考えるようになった。未完の取材日記の中で自分にとって重要な意味をもつことを書きはじめていたし、それをさらに深くたしかめてみたいと思ったのだ。

私は投げだされていた取材日記を、最初から新たに書き下すつもりで書きはじめた。

当時、歩きまわった折にメモした大学ノート類は、すでに黄ばんでいて、それらを繰りながら眼を通してゆくと、忘れかけていたことが果しなく湧き出てくる。取捨選択が容易ではなく、思っていたよりはるかに苦しい作業だったが、やりがいのある仕事であった。

四百二十枚で稿を終えた私は、綜合雑誌「月刊ペン」に二度にわたって発表、出版は「図書出版」に依頼し、作品の題名を「戦艦武蔵ノート」と改題した。「戦艦武蔵取材日記」ではあまりにもかた苦しく、ノートと称するにふさわしいと思ったからである。

この作品を書き上げてから出版に至るまで二年間が過ぎたが、その間雑誌発表をすすめてくれた当時の「月刊ペン」編集長町田勝彦氏と、出版を引き受けてくれた「図書出版」社長山下三郎氏に感謝すると共に、調査に御協力下さった左の方々の名を記して厚く御礼申し上げたい。

細谷四郎氏、小野信夫氏、藺春花氏、岩崎伊太郎氏、村田軍一氏、梶原正夫氏、松本喜太郎氏、池田貞枝氏、瀬野尾光治氏、杉野茂氏、山口国男氏、川良武次氏、松下壱雄氏、内藤初穂氏、高橋幸作氏、鈴木弥太郎氏、林田繁人氏、斎藤静八郎氏、斎藤太兵衛氏、牧野茂氏、木原雅彦氏、竹沢五十衛氏、森米次郎氏、古賀繁一氏、加藤憲吉氏、助川靖氏、島崎隆徳氏、大塚健次氏、貞方静夫氏、東健吾氏、村上三郎氏、細野清士氏、千早正隆氏、中軽米美徳氏、太田主馬氏、浜田鉅氏、喜多岡伸雄氏、清水正雄氏、池山伊八氏、岩松悌二郎氏、阿部敦氏、中瀬大一氏、平井幸郎氏、黒田真一氏、中内正次氏、宮城勇太郎氏、東角井光臣氏、福井静夫氏、橋本進氏、磯江菊野氏、浅見和平氏、高橋清氏、本橋鉄三氏、竹下宗夫氏、山本一輝氏、伊東清次氏、平井章介氏、岩永八洲夫氏、高野庄平氏、福田呉子氏、永末英一氏、久保木五郎氏、宮津隆氏、平田美都子氏、古村啓蔵氏、大宮丈七氏、馬場熊男氏、平川卯三次氏、西島亮二氏、笹原徳治氏、長崎放送株式会社、岸川清吉氏、奥村正彦氏、永島正一氏(順不同)

以上のほか御芳名を失念した方々も多いが、諒とせられたい。

昭和四十五年七月

吉村　昭

城下町の夜

『戦艦武蔵取材ノート』を書いて上梓したが、その後も戦艦「武蔵」にまつわる話は跡を絶たない。それは、私の生きるかぎりつづくものかも知れない。

昨年秋、心臓移植手術の取材で南アフリカ、ヨーロッパ、アメリカを一巡したが、帰宅匆々福島県の棚倉町にある東白川農業商業高等学校の鈴木康彦さんという教員の方が訪ねてきた。

鈴木氏とは昔から顔なじみなのだが、その用件が講演依頼であったのには当惑した。初の海外旅行で疲労がはなはだしく、私は毎日ぼんやりと寝たり起きたりしてすごしていたからだ。

しかし、結局私は鈴木氏の説得にまけて、東北線で白河へ行き、そこから車で棚倉へ行った。学校の講堂で千名ほどの生徒に一時間半ばかり話をして、その夜は、亀文館という旅館に泊った。

校長や鈴木氏などをまじえて夜の食事をとったが、出されてきた料理が実にうまい。失礼ではあったが、田舎町としては意外な味だと言うと、旅館の板前さんは、戦時中赤坂の「花実や」という料亭で修業をし、待合の「中川」でも庖丁を手にしていた人だということを知らされた。

そのうちに、女中さんが部屋に入ってきて、その小島小三郎という板前さんが、私にぜひ会いたいと言っていると告げ、やがて、小島氏が、部屋へ遠慮がちに入ってきた。

「実は、私は戦艦「武蔵」の生き残りです」

氏は、言った。

私は、氏の顔を見つめた。「武蔵」の生き残りの人は数少ない。その一人に思いがけないところで会ったことが感慨深かった。

氏は、物静かな方で、私の問いに言葉少なく答える。赤坂で板前の修業をしその後海軍に入って、「武蔵」の主計科配属となり、烹炊《ほうすい》、つまり食事をつくる仕事にしたがったという。

「武蔵」の艦内設備は想像以上の規模をもつもので、たとえば電話なども直通電話四百九十一本、それ以外に電話交換室を通る一般交換電話も多く、さらに伝声管四百六十一本もはりめぐらされていた。また全艦冷暖房完備で、通風用電動機二百八十二台(一二八四馬力)もそなえられていた。

烹炊設備もすばらしいもので、大型の洗米機や自動的に野菜類などをきざむ機械が五台。

また六斗炊きの飯釜六基(三重釜回転式)、同じ大きさの料理釜二基、茶湯製造器二基(能力毎時四〇〇リットル)、それに二二三・四立方メートルの容積をもつ多数の冷蔵庫などが取りつけられていた。

「何十頭もの牛肉をつるしてある冷蔵倉庫もありまして……」

などという言葉が氏の口から控え目にもれるたびに、同席していた人々は感嘆の声をあげた。

一度に十個近い握飯を連続的につくる機械の話や、清涼飲料水を艦内でつくることなどが、殊に興味深かった。

そのうちに、「武蔵」の最後の戦闘と沈没時の話になった。

上甲板にあがれという命令で烹炊場から甲板に上ると、艦はすでに傾き、甲板上には死体や重傷者がころがっていた。

君が代のラッパが吹かれ、軍艦旗の降下につづいて、

「退艦」

という副長の命令に、氏も海にとびこんだ。

「武蔵」は艦尾を突き立てて水中に沈むと、同時に轟音をあげて巨大な渦が起り、氏の体も海中ではげしく回転した。

ようやく渦からとき放たれて、海面に顔を出した氏は、多くの乗組員とともに泳ぎつづ

けた。頭上には、一面の星。しかし、周囲の乗組員たちは、力つき声もあげずに沈んでゆく。

息をのむようにきき入っている私たちの前で、氏は、時折絶句する。日々を共にした多くの戦友たちの死の記憶がよみがえり、嗚咽しているのだ。

窓の外には、月が冴えざえと光っていた。その月明の中に、宿の裏手にある会津戦役の折に焼け落ちた亀ケ城という小城の石垣が、浮び上ってみえた。

それは、哀切にみちた琵琶語りをきくような一夜であった。

（「月刊ペン」昭和四十四年七月）

下士官の手記

四年ほど前、『戦艦武蔵』という小説を書いた。

私は、「武蔵」に乗ったこともないし、艦影を見たこともない。そのため多くの関係者に会って話をきき、それと平行して戦艦「武蔵」について書かれた書物もあさった。

書物は、二冊あった。一冊は、当時「武蔵」の同型艦「大和」の基本設計に参画した造船士官松本喜太郎著『戦艦大和・武蔵の設計とその建造』で、造艦技術の知識を得る上で大いに参考にさせていただいた。

他の一冊は、「武蔵」に乗組んでいた一下士官の手記であった。その下士官は、「武蔵」が長崎で艤装していた折に乗艦しフィリピン沖のシブヤン海で沈没するまで乗っていた人である。

私は、この手記に多くの期待を寄せて読んだが、失望した。事実とは遠い読物にすぎないのである。

他人の書いたものを、あしざまに評することは私もいやである。しかし、歴史ということを考えた時、この手記がどのような好ましくない影響を与えるものか、はっきりしておく義務があると思うのである。

手記の中に、艦長猪口敏平海軍大佐の最期の情景が描かれている。

艦が傾きはじめた時、艦長はこれまでと覚悟して正坐し、短刀をとり出す。それを腹に突き立て横一文字にかき切る。介錯は砲術長で、大刀をふり上げ首を斬り落そうとする時、艦がぐらりと傾いてそれを果さずに終る。艦長は突っ伏して息絶える……。

芝居じみた描写に、こしらえ事だなと思ったが、私の勘は適中していた。

副長加藤憲吉海軍大佐は、艦長の最期に立会った人で、氏は、その折のことをこんな風に話してくれた。

「いよいよお別れということになって、私たち数名の者が集ると、艦長は、遺書を書いた手帖をさし出して、「これを艦隊司令官に渡してくれ」と言われました。そして、艦長休憩室に入りドアの鍵をしめて再び出てはこなかったのです」

また信号兵であった細谷四郎二等兵曹もその場に居合わせたが、同様の話をしてくれた。

つまり猪口艦長は、切腹などしたのではなく、一室にとじこもって艦と運命を共にしたのである。

なぜその下士官は、手記の中で艦長が切腹したなどと書いたのだろうか。第一、その下士官は、艦内の奥深くにいて艦長の最期の場には立ち会っていない人物である。なにも知るはずはないのである。

この手記の中には、指摘するのも面倒なほど事実と相異したことが数多く書き記されている。手記とは名ばかりの、作り話にすぎないのである。

そんなことはどうでもよいではないか、と私も思う。艦長が切腹しようが、艦長休憩室に入ろうが大した問題ではないかも知れない。

しかし、それがすでに埋れかけているあの戦争という歴史に関係していることだけに無視することはできないのである。そして、この手記は、戦艦「武蔵」乗組員の唯一の記録として重視されているだけに、影響も大きい。

出版社と著者には気の毒だから名は明かさぬが、その手記が一つの史実として何度も活字にされている。誠実な書物を出版することで知られている二大出版社では、戦史叢書中にそれぞれこの手記の一部をそのまま転載している。この叢書が立派な出版社から発刊されているだけに、その手記も全面的な信頼を受けることになる。

また太平洋戦争の戦史を書くことで知られるすこぶる高名な二人の著作家は、その手記を貴重な資料としてなんの疑いもいだかず引用している。著作家が高名な方であるだけに、読者はその記述を信頼するし、恐ろしいことにはそれが確実な歴史として後世につたえられてしまうのである。

あえて言わせてもらえば、戦争の歴史に関することを書く著作家は、参考資料を机上につみ上げることよりも、外に出て歩くべきだ。
あの戦争は、わずか二十五年前に終った。直接歴史にたずさわった生存者が数多くいるのである。一下士官の手記などにすべてを頼らず、百名以上も現存する「武蔵」旧乗組員になぜ会おうとしなかったのか。

あの戦争は、死者数から言ってもこの日本という島国での最大の歴史というべきである。その歴史の記録は、後世の史家の唯一のよりどころとなる。責任は重く、そして大きい。一下士官の手記は、歴史を冒瀆《ぼうとく》するものであり、それを安易に転載、引用する出版社、著作家の罪はさらに深い。

（「歴史読本」昭和四十五年九月）

消えた「武蔵」

今年の春、新田康雄という方から電話があり、戦艦「武蔵」のことで指示を得たいことがあるのでお眼にかかりたい、という。「武蔵」について長篇小説を書いた私の手もとには資料も残っているので、承諾の旨を伝えた。

その日、新田氏は私の家にやってきた。体格の良い中年の人で、名刺の肩書には、西日本ダイビングプロ協会会長、指導教育担当とあった。

かれは、自分の仕事について説明した。一言にして言えば、水中にもぐることをつづけているプロダイバーで、多くの人に正しい潜水法を教えている。元来は、水中考古学専門のダイバーで、湖、池、川、海などの水底にある縄文・弥生式土器、石器、人・獣骨などを採集する。そのかたわら戦時中に沈んだ艦船その他の調査、引揚げなどにも強い関心をいだいているという。

最近の例では、今年の一月十五日に琵琶湖の水底から零式戦闘機を引揚げることに成功している。発見の動機は、琵琶湖の漁師の話を耳にしたことによる。

漁師たちは、ある個所に網をおろすと必ずひっかかり破れることから、湖底になにか金属製の物体が沈んでいることを知った。それは終戦前にみられなかった現象で、船が沈んだ事実もないので、飛行機ではないかという噂が流れた。

七年前、新田氏は潜水してみた。水深は二八メートルで、かれはそこに破損もしていない零式戦闘機を見出し、慎重に準備をととのえ引揚げたのである。それは新聞紙上にも写真入りで紹介され、機体は京都の嵐山美術館に引き取られた。

その他、オランダ病院船「オプテンノートル号」の潜水調査も行っている。同船はスラバヤ沖海戦で、戦闘海面にまぎれこんできたため日本海軍に拿捕《だほ》され、南方諸地域からタングステン、錫などの物資を日本内地に運ぶことに使用された。やがて敗戦を迎え、病院船を捕えたことが連合国側に糾弾されることを恐れ、舞鶴沖で爆薬を使用し、沈めたのである。

また、日本海海戦で金塊(時価二兆円)を載せたまま連合艦隊の攻撃によって対馬琴崎の東方沖合で沈没したロシアの装甲巡洋艦「アドミラル・ナヒモフ」(八、五二四トン)を水深九四メートルの海底で発見、調査を続行中だという。

「沈没した戦艦「武蔵」を発見し、水中撮影したいのです」

かれは、用件を口にした。私への依頼は、沈没位置を正確に教えて欲しい、ということであった。

戦艦「武蔵」は、昭和十九年十月二十二日午前八時、捷一号作戦の発動にもとづき、同型艦「大和」をはじめ戦艦四等計三十二隻の艦艇とともにブルネイを出撃している。翌朝、敵潜水艦の攻撃で重巡「愛宕」「摩耶」が撃沈され、ついで翌二十四日敵機の波状攻撃をうけて「武蔵」も撃沈された。時刻は、午後七時三十五分であった。沈没位置は、フィリピンのシブヤン海で、北緯十二度五十分、東経百二十二度三十五分と記録されている。水深は約一、三〇〇メートルと言われている。

私には、それ以上の知識はない。戦死者は一、〇三九名で艦内には遺骨が多数残されているはずで、新田氏が深海艇を使用して水中撮影に成功すれば、遺族の方々の慰めになるとも思え、出来るだけ協力したい、と思った。

私は、呉服商を営む細谷四郎氏の家に電話をかけた。氏は「武蔵」に乗組んでいた二等兵曹で、信号兵として艦橋にいたため沈没時の状況も正確に記憶している人である。小説「戦艦武蔵」を書く上で、私は氏に何度も会い、しばしば電話もかけた貴重な証言者であった。

氏は、在宅していた。

私が新田氏のことを話し、水中撮影に協力してもらえぬか、と言うと、

「趣旨は結構で御協力したいのは山々ですが、「武蔵」は沈没位置にいませんよ」

という意外な返事がもどってきた。

私は、その言葉の意味がつかみかねた。

細谷氏は、詳細に説明してくれた。

「武蔵」沈没時の航海長は仮屋実大佐だが、前任の航海長は、仮屋氏の義弟である池田貞枝大佐であった。池田氏は、戦後、太平洋戦争中に沈没した艦船の調査と、その内部に残された遺骨収容という大構想をいだき、戦没遺体浮揚会という組織を個人の力で創設した。現在、氏は故人となっているが、死の直前まで精力的に動きまわり、沈んだ艦船数二、一三一隻、推定遺体数六九、四六〇体という数字をはじき出した。

池田氏の悲願の一つは、むろん「武蔵」の調査であった。水深一、三〇〇メートルの海底からの引揚げは不可能だが、その方法についても研究した。

まず、沈没位置の確認のため、池田氏はアメリカ海軍の協力を得てシブヤン海におもむいた。記録に残された位置を中心に、電波探知機で海底をさぐった。反応はなく、調査海域は次第に拡大し、ついには、ほぼ円型に近い直径約二一〇キロメートルのシブヤン海全域に及んだ。しかし、巨大な「武蔵」を探知することはできなかったという。

「それで、私たち乗組員はこのような推定を下しているのです」

と、細谷氏は言って、驚くような言葉を口にした。

まず、敵機の波状攻撃をうけた「武蔵」の被雷本数について、「武蔵」乗組の生存者たちの証言を集めた結果、イ、右舷……煙突より短艇庫までのいわゆる後部に、五本。

ロ、左舷……第三次、第四次来襲で一、二番砲塔間の弾薬庫のある個所をねらって集中的に十本。その他煙突より後方に十本。

ハ、結論……「武蔵」に対する命中総本数は三十三本にほぼまちがいない。

ということを口にした。

このようなおびただしい魚雷をうけたが、「武蔵」はすぐに沈むようなことはなかった。それは、艦体に一、一四七にも及ぶ防水区劃があったからである。たとえば右舷に魚雷が命中しても浸水はその個所の防水区劃にとどまり、それによって艦は傾くが、艦を安定させるためただちに左舷の防水区劃に海水をそそぎ入れる。その効果はいちじるしく、艦が二十二度まで傾斜しても、それをもとに復すことができた。

しかし、集中的に魚雷をうけた艦の前部が沈下し、やがて艦首を突き入れるようにして徐々に沈没していったのである。

細谷氏たち生存者は、あらゆる証言を綜合した結果、「武蔵」の艦内にはかなりの未浸水区劃があることを確認している。戦艦「大和」とちがって、内部爆発も起していず、沈没した「武蔵」は多量の空気を内蔵した巨大な構造物になっているのである。

「「武蔵」は、そうした未浸水区劃が多いので、深い海底までは沈んでいないと考えているんです。中途まで沈んで、潮に流されて沈没位置からはなれ、海中をどこかへ移動してしまったんだと思っています」

氏は、言った。

私は、電話を切ると、その旨を新田氏に伝えた。

新田氏は、私が驚いたほどには驚かなかった。十分にあり得ることだと言い、周囲に陸地や島のあるシブヤン海のような海域では、水面の潮の流れとは逆方向に水中の海水は流れていて、「武蔵」は宙吊りのような形で移動しているのだろう、と言う。

「いずれにしても、細谷さんとは連絡をとります。私も四十歳で、あと十年ぐらいしかもぐることはできません。一生の思い出として「武蔵」を探します」

と新田氏は言って、辞していった。

私は、地図をひろげてみた。

思いがけぬ考えが、胸に湧いた。宙吊りの形をした「武蔵」がシブヤン海で電波探知機に探知されなかったのは、外洋に移動しているからではないだろうか、と思った。もしもそうだとすれば、驚くべき現象が起る可能性がある。

私は『漂流』という江戸時代の船の漂流をあつかった長篇小説を書いた折に、漂流記録も読みあさった。それによって地球の自転にともなって起きる海流の初歩的知識も得たが、大ざっぱに言えば、中南米方面から流れる北赤道海流がフィリピン諸島にぶつかり、北上して黒潮本流になり、九州、四国、本州の沿岸を洗って太平洋上にむかう。それは北アメリカ沿岸を北太平洋海流となって流れ、北赤道海流にむすびつく。つまり、太平洋を一巡しているのである。

一例をあげると、「良栄丸」というマグロ漁船の漂流がある。その船は、大正十五年十二月七日銚子沖を出港したがエンジン故障で漂流し、十二人の乗組員が死に絶え、一年後にアメリカ西海岸沖で発見されている。そのまま漂流をつづければフィリピン沖に流れ、さらに日本へ向ってもどってきたかも知れない。「武蔵」が海中を移動すれば、黒潮本流に乗って日本の沖合を通過、アメリカの沖を漂い、さらにフィリピン沖にもどる。「武蔵」が沈没してからすでに三十四年が経過している。「武蔵」は、多くの遺体をのせて何回も太平洋を周回しているのかも知れない。

漂流研究の権威である池田皓氏に電話をかけ、その可能性をたずねてみた。池田氏は、海流研究の第一人者である日高孝次東大教授の説を参考に、海流がいかに複雑なものであるかを述べた後、

「もしも、黒潮本流に乗ったとしたら、あり得ることかも知れません」

と、言った。

「武蔵」は、どこへ行ったのか。最新情報として新田氏のもとに、フィリピンのダイバーからシブヤン海のある岬の近くの水深一〇〇メートルの水中に、「武蔵」と同じ四基のスクリューをもつ大きな船が沈んでいると報せてきたというが、それが正確な情報か、も

しそうだとしても「武蔵」であるか否かはあきらかではない。

（「別冊文藝春秋」昭和五十三年秋号）

解説

最相葉月

平成二十二年初夏、東京南千住にある荒川ふるさと文化館に出かけた。荒川区日暮里に生まれ育った吉村昭の遺品を寄託された区では、吉村昭記念文学館の設立に向けた準備を進めており、没後の追悼展以来ほぼ毎年のようにその研究成果を企画展で紹介してきた。このたびふるさと文化館で開催された「作家・吉村昭の交遊録」展は、出世作となる小説『戦艦武蔵』執筆までの十数年にわたる文学修業時代を同人雑誌や交流のあった人々との写真で紹介している。学生時代から吉村と妻の津村節子を見守った先輩作家八木義徳と丹羽文雄の横顔や、執筆に伴走した編集者たちとの写真をながめていると、交遊録といっても文壇の華やかなイメージとはちがう、ごく限られた理解者との付き合いだけを太く長く大切にしてきた吉村の人柄が偲ばれた。

出口に近い一角には、真新しい墓石の前で撮影された記念写真があった。夫妻が別荘のある越後湯沢に建立した墓で、写真は吉村が亡くなる二年前の平成十六年頃に撮られたもののようだ。吉村は茶の厚いハーフコートと黒のズボンに身を包み、玉垣にゆったりと腰を下ろしている。微笑んでいるのは、親しい編集者たちに囲まれている安心感からだろうか。無彩色な出立ちの男たちに対し、津村のコートのエメラルドグリーンが広い平原に鮮やかに映える。吉村はそれからまもなく(おそらくこの撮影の日から半年以内に)舌がんを宣告されて入退院を繰り返すことになるのだが、そんな兆しはかけらも感じられない。和やかなひとときが切り取られていた。

吉村のがん闘病は、こうして全幅の信頼を置き、互いに酒を酌み交わした編集者たちでさえ誰ひとり知らされなかったと聞く。あるインタビューで「作家と編集者は道場で真剣勝負しているようなもの」と語っているが、このやわらかな笑みの奥に己への厳しさと文学への透徹したまなざしが秘められていると思うと背筋が伸びた。

墓石には、自筆の「悠遠」という文字が刻まれている。かつて吉村は、こう記した。〈悠遠という語を小説の中で使ったことはないが、この文字を眼にしているとゆったりした気分になり、また、逆に気持ちがひきしまる。物事すべてその到達点ははるか遠き彼方にあり、人間はそこに向かって歩きながら途中で死を迎える。〉(「波」平成四年三月号)

はるか遠き彼方。吉村はいつそこを見たのか。なぜそこに向かって歩き始めたのだろうか。

昭和二年に生まれ、物心つく頃から国が戦争をしているのはあたりまえという少年期を過ごしてきた吉村は、終戦について次のように語っている。

〈当時、私は戦争が罪悪だとは思ってなかったから、平和が訪れたということの意味も本当にはわからなかったのです。〉(「波」昭和五十六年二月号)

旧制中学を卒業した年に終戦を迎えるが、その間に姉、祖母、母が亡くなり、家は焼け、四番目の兄は戦死していた。吉村にとって、死は日常の光景としてすぐそこにあった。

小説を書き始めたのは、肋骨を五本も切除する肺結核の大手術をし、その療養生活を終えてからである。学習院大学の文芸部に所属して「学習院文藝」や「赤絵」などの同人誌に小説を発表していたが、授業のほうは必須科目に体育があり、病後間もない吉村は運動ができないため卒業はむずかしい。大学をやめて小説を書いていきたい、と会社を営む兄に告げたところ、「頭がどうかしているんじゃないのか。うちの家系には、そんな血はないんだ。もっと地道なことを考えろ」(「遠い道程」)と甲高い声で諭されたという。

だが志は揺らぐことなく、大学を中退して同じ文芸部にいた北原節子(津村節子)と結婚してからは、繊維関係の協同組合の事務局に勤めながら毎晩午前二時頃まで小説を書いていた。丹羽文雄が主宰する「文学者」や小田仁三郎主宰の「Z」に小説を書き始めたのはその頃で、文芸誌に注目される貴重な機会といわれた「文學界」の同人雑誌評にもたびたび採り上げられるようになっていく。「死体」や「青い骨」といった初期の作品には死や病の気配が色濃く、それが吉村にとって自分の文学と切り離せない切実なものだったことがうかがえる。

そして昭和三十四年一月、「文学者」に発表した「鉄橋」がついに芥川賞候補に選ばれる。このときは津村も同時に直木賞候補となったことで夫妻には多くの取材申し込みがあり、当時は候補となるだけでも大きな名誉であったことから、吉村はようやく自分の作品が認められたと喜んだ。ところがその後、「貝殻」「透明標本」「石の微笑」と計四回も芥川賞候補となるも受賞ならず、津村が昭和三十九年に新潮社の同人雑誌賞、翌四十年に芥川賞を受賞してこれまで以上に取材や仕事が殺到し、生活は一変した。離婚するのではないかと噂された苦い日々については津村の自伝的小説『重い歳月』や吉村の『私の文学漂流』にくわしいが、経済的に少し余裕が生まれたこともあり、会社の激務がたたって創作意欲が減退していた吉村は退職を決意し、いよいよ小説に専念することになる。

本書『戦艦武蔵ノート』のもととなる「戦艦武蔵取材日記」の連載が始まったのはそんな慌ただしい季節だった。戦後二十年を前にして、あの戦争を自分なりに理解したいという思いが高まっていた。戦時中は一億玉砕を唱えて戦争協力に勤《いそ》しんでいた人々が、戦後いきなり「戦争反対」を叫んでいる。自分は戦争に抵抗していたと声高に語る新聞の論説や知識人と呼ばれる人々の言葉に違和感を覚えた。人々の豹変ぶりに呆然とし、だが自分もまたその信用ならない人間の一人であると知っていた吉村は、「建艦日誌」の中に少年時代の自分が知る当時の日本人の熱気を感じ、この熱気こそが有無をいわさず庶民をあの戦争に導いていったのではないか、この戦艦を建造した人々やそこに乗船して死んでいった人々を書くことは、自分が見た戦争を書くことにつながるのではないか、そう思い立ち、取材に歩き始めるのである。

本書は小説『戦艦武蔵』刊行後にその後日談を含めて大幅に加筆修正したとあって、たんに取材した事柄をそのまま並べたメモではなく、小説家としての迷いや憤り、戦争観や文学観、ときに女性観までが赤裸となり、読者は機織り部屋をのぞき見しているようなうしろめたさや緊張感を覚えつつもページを繰る手が止まらない。私はノンフィクションの書き手の一人として、本書が徹底した資料調査と取材に基づく戦記文学誕生の背景を知る貴重な手記であり、また『戦艦武蔵』が日本におけるノンフィクション文学の嚆矢となる作品であることは認識し、小文にまとめたこともある（「小説新潮」平成十九年四月号）。ただ、本稿を書くために何度目かの再読をしていて、また新たな感動を覚えた。それは、これが吉村昭の〈小説になる、瞬間〉、すなわち点綴された記録がどのように小説へと昇華されていくのかを知るための手がかりを与えてくれるだけでなく、作家が自分の文学を確立していくまでの試行錯誤を飽きずに読ませるためにさまざまな細かい工夫が施された、めっぽうおもしろい読み物であるということだった。

学生時代から「小説に於ける真実は、虚構の中にこそ求められる」と考えていた吉村の文学観が、「武蔵」という「厄介な対象」から次々と突きつけられる事実に圧倒され、揺さぶられる。小説家としてのアイデンティティの危機である。沈没するときに右舷から飛び込んだ者は船底にびっしりと付着した牡蠣《かき》で傷を負ったという思いがけない証言。日本の科学技術の粋を尽くした巨艦にいかにも前時代的な「千里眼」という言葉が紛れ込んだ図面紛失事件の怪。技師らが愛おしげに口にする「フネ」という言葉の響きと、民間会社の人々までを巻き込んだ戦争のむなしさ。そして、機密保持のため棕櫚《しゅろ》のスダレが用いられたという驚くべき証言をもって、吉村にとって小説とは対極にあると思われた「武蔵」が巨大な生き物としてくっきりとした像を結んでいく。

戦争の象徴ともいえる「武蔵」を描くことによって、〈戦争を起しそして持続させた人間という奇怪な生き物を、根本的に究明する〉ことを心に誓った吉村の思索の軌跡が、取材によって積み重ねられていく事実と、吉村を支える人々――津村や友人の泉三太郎、内藤初穂、新潮社の田辺ら――とのやりとりを通じて鮮やかに浮かび上がる。取材し尽くしてもう何も聞くことはないとわかっていても、誰かに会っていなければ不安だから、と旧乗組員に会うことをやめない。〈証言者の肉声を得て、初めて筆をとる意欲をもつことができた〉(「波」昭和五十六年七月号)という吉村の心境は、小説であれノンフィクションであれ、事実に吸い寄せられ、身震いした経験をもつ書き手ならば少しは思い当たるかもしれない。吉村が自分の文学観を棚上げしても書かざるを得なかったのは、〈私の人間としての生存の問題であり、それが文学に対する私の考え方をおさえこんでしまったとでも言ったものであった〉（同前）。

事実をして語らしめることによって、事実を超える想像力が生まれ、読む者に大きな感動を与える。ここには時空を超えて普遍的な、作家が新たな文学世界を生み出す瞬間の葛藤と興奮とよろこびが惜しげもなく描かれている。私はこれこそ、「頭がどうかしているんじゃないのか」といわれても書かずにはいられない作家の業、作家の作家たる所以と思うのである。

吉村は昭和四十一年に『星への旅』で太宰治賞を受賞し、同じ年に文芸誌「新潮」に一挙掲載された『戦艦武蔵』で商業作家として本格的なスタートを切る。『戦艦武蔵』に『戦艦武蔵ノート』があるように、日本初の心臓移植を描いた『神々の沈黙』には『消えた鼓動』が、『零式戦闘機』や『海の史劇』には『万年筆の旅』などが、ノートとして刊行されている。『戦艦武蔵』から八年後に当事者たちの十分な証言が得られなくなったことを理由に戦史小説の筆を折り、歴史小説へと方向転換してからも同様である。求めに応じて随筆として書かれたノートも多く、小説誕生の背景を知りたい読者には格好のガイドでもある。

これらのノートを読んで胸を打たれることが大きく二つある。一つは、作品にとって重要な細部について徹底した調査を行うとき、また記憶の曖昧な点や聞き忘れたことを確かめるために何度も取材相手のもとに足を運ぶときの吉村の執拗さと謙虚さである。じつのところ取材は一度で終えたいものだ。繰り返し会ってくれと頼むのはとても勇気がいる。裏をとる中で相手の証言に事実と異なることがあると判明したとき、それを改めて確認しに行くのは相手の中で完成された物語に水をさすようでどうしても遠慮がちになる。だが真実に近づきたいと思うならそんなためらいは無用である。『戦艦武蔵』では信号兵だった細谷四郎に四、五十回も電話し、戦闘場面を復習するために同じ状況について再びインタビューを行い、ようやく自分の中に沈没場面が書けるという自信が生まれたとある。まさしく生存者の肉声こそが、吉村の背中を押すエネルギーだった。

だが話はそこで終わらない。私の打たれるもう一つの点である。吉村は、細谷をインタビューし直した夜に起こったある出来事についてさらに書き記している。太宰賞の授賞式に出席したところ、受賞作『星への旅』の末尾について石川淳からさりげない指摘を受け、呆然とし、悩みが氷解したと書いている。『私の文学漂流』に、金のために病院に献体された少女の遺体をめぐる小説「少女架刑」を書きあぐねている吉村に対し、津村が「死体を主人公にしたら」と助言する場面があるが、それと同じく、吉村昭の視点を考える上でとくに重要な場面である。たんなる取材ノートなら必要とは思えない出来事であり、作家としてはオリジナリティにかかわるできれば秘しておきたいエピソードのはずだ。にもかかわらずこうして惜しげもなく披露するところに、私は、市井の人々との暮らしの中で育まれた吉村の生来の率直さと、仲間と切磋琢磨しあった同人誌出身の作家のまっすぐな矜恃を見たような気がした。この惜しげもなさは、その後の取材ノートすべてに通底する。

ところで昨年、津村節子さんと初めてお目にかかる機会を得た。ご夫婦の思い出をうかがう中で、とても興味深いエピソードがあったので最後に一つ紹介したいと思う。

『戦艦武蔵』の取材以来、吉村は長崎を百七回訪れ、津村さんはそのうちの四十回ほど同行した。忙しい夫婦ともなれば同じ日程で一緒に旅行することもままならない。それに吉村は取材のとき以外、まったく旅行をしなかった。そこで吉村が取材に出かける場所についていき、吉村が仕事をしている間に一人で観光地めぐりをすることが多かったという。ところが、あるときから行き帰りの飛行機は別々に搭乗するようになる。日航機の墜落事故以降のことで、吉村はいつも自分は全日空に、津村さんを日航に乗せたそうだ。

「ほんと、私のことより自分のことが大切だと思っているんですよ」

「ご夫婦なら死ぬときは一緒、と思っておられるのかと……」

「そうでしょう。でも違うんです。二人とも死んだら子どもが困る、って。でもうちの息子、もう五十三歳ですよ」

津村さんはそういって笑っておられたが、どうだろう。もちろん子どもを心配したことは間違いないだろうが、それだけでは済まされない。日本文学にとってあまりにも大きな損失である。この職に就いてから、吉村昭、津村節子夫妻の存在を精神的支柱としてきた私には、そのように思えてならなかった。

暗闇で前に進めなくなると、私は吉村の取材ノートを読む。棕櫚の入手先を探して歩き回り、意を決して取材相手のもとに飛んでいく吉村の姿を思い浮かべる。悠遠の彼方を目指して歩いているか。耳の痛い問いを自分自身に向けながら。

（ノンフィクションライター）

本書は一九八五年に『戦艦武蔵ノート(作家のノートI)』として文春文庫より刊行された。

単行本『戦艦武蔵ノート』(図書出版社、一九七〇年)は「戦艦武蔵取材日記」と「戦艦武蔵資料」の二部よりなるが、文庫では「戦艦武蔵資料」は割愛した。「城下町の夜」「下士官の手記」は『精神的季節』(講談社、一九七二年)より、「消えた「武蔵」」は『白い遠景』(同、一九七九年)より収録した。

本文中の図版は著者自身の描いたものによる。

戦艦武蔵ノート

2010年8月19日　第1刷発行
2024年1月25日　第6刷発行

著　者　吉村《よしむら》　昭《あきら》

発行者　坂本政謙

発行所　株式会社　岩波書店
〒101-8002 東京都千代田区一ツ橋 2-5-5

案内 03-5210-4000　営業部 03-5210-4111
https://www.iwanami.co.jp/

印刷・精興社　製本・中永製本

© 津村節子 2010
ISBN 978-4-00-602172-6　Printed in Japan

岩波現代文庫創刊二〇年に際して

二一世紀が始まってからすでに二〇年が経とうとしています。この間のグローバル化の急激な進行は世界のあり方を大きく変えました。世界規模で経済や情報の結びつきが強まるとともに、国境を越えた人の移動は日常の光景となり、今やどこに住んでいても、私たちの暮らしは世界中の様々な出来事と無関係ではいられません。しかし、グローバル化の中で否応なくもたらされる「他者」との出会いや交流は、新たな文化や価値観だけではなく、摩擦や衝突、そしてしばしば憎悪までをも生み出しています。グローバル化にともなう副作用は、その恩恵を遥かにこえていると言わざるを得ません。

今私たちに求められているのは、国内、国外にかかわらず、異なる歴史や経験、文化を持つ「他者」と向き合い、よりよい関係を結び直してゆくための想像力、構想力ではないでしょうか。

新世紀の到来を目前にした二〇〇〇年一月に創刊された岩波現代文庫は、この二〇年を通して、哲学や歴史、経済、自然科学から、小説やエッセイ、ルポルタージュにいたるまで幅広いジャンルの書目を刊行してきました。一〇〇〇点を超える書目には、人類が直面してきた様々な課題と、試行錯誤の営みが刻まれています。読書を通した過去の「他者」との出会いから得られる知識や経験は、私たちがよりよい社会を作り上げてゆくために大きな示唆を与えてくれるはずです。

一冊の本が世界を変える大きな力を持つことを信じ、岩波現代文庫はこれからもさらなるラインナップの充実をめざしてゆきます。

（二〇二〇年一月）

岩波現代文庫[文芸]

B318
振仮名の歴史
今野真二

「振仮名の歴史」って？ 平安時代から現代まで続く「振仮名の歴史」を辿りながら、日本語表現の面白さを追体験してみましょう。

B319
上方落語ノート 第一集
桂米朝

上方落語をはじめ芸能・文化に関する論考・考証集の第一集。「花柳芳兵衛聞き書」「ネタ裏おもて」「考証断片」など。

〈解説〉山田庄一

B320
上方落語ノート 第二集
桂米朝

名著として知られる『続・上方落語ノート』を文庫化。「落語と能狂言」「芸の虚と実」「落語の面白さとは」など収録。

〈解説〉石毛直道

B321
上方落語ノート 第三集
桂米朝

名著の三集を文庫化。「先輩諸師のこと」「不易と流行」「天満・宮崎亭」「考証断片・その三」など収録。〈解説〉廓 正子

B322
上方落語ノート 第四集
桂米朝

名著の第四集。「考証断片・その四」「風流昔噺」などのほか、青蛙房版刊行後の雑誌連載分も併せて収める。全四集。

〈解説〉矢野誠一

2024. 1

岩波現代文庫［文芸］

B323
可能性としての戦後以後
加藤典洋

戦後の思想空間の歪みと分裂を批判的に解体し大反響を呼んできた著者の、戦後的思考の更新と新たな構築への意欲を刻んだ評論集。〈解説〉大澤真幸

B324
メメント・モリ
原田宗典

死の淵より舞い戻り、火宅の人たる自身の半生を小説的真実として描き切った渾身の作。懊悩の果てに光り輝く魂の遍歴。

B325
遠い声
―管野須賀子―
瀬戸内寂聴

大逆事件により死刑に処せられた管野須賀子。享年二九歳。死を目前に胸中に去来する、恋と革命に生きた波乱の生涯。渾身の長編伝記小説。〈解説〉栗原 康

B326
一〇一年目の孤独
―希望の場所を求めて―
高橋源一郎

「弱さ」から世界を見る。生きるという営みの中に何が起きているのか。著者初のルポルタージュ。文庫版のための長いあとがき付き。

B327
石の肺
―僕のアスベスト履歴書―
佐伯一麦

電気工時代の体験と職人仲間の肉声を交えアスベスト禍の実態と被害者の苦しみを記録した傑作ノンフィクション。〈解説〉武田砂鉄

2024.1

岩波現代文庫［文芸］

B328
冬の蕾
―ベアテ・シロタと女性の権利―
樹村みのり

無権利状態にあった日本の女性に、男女平等条項という「蕾」をもたらしたベアテ・シロタの生涯をたどる名作漫画を文庫化。〈解説〉田嶋陽子

B329
青い花
辺見庸

男はただ鉄路を歩く。マスクをつけた人びとが彷徨う世界で「青い花」の幻影を抱え……。災厄の夜に妖しく咲くディストピアの〝愛〟と〝美〟。現代の黙示録。〈解説〉小池昌代

B330
書聖王羲之
―その謎を解く―
魚住和晃

日中の文献を読み解くと同時に、書作品をつぶさに検証。歴史と書法の両面から、知られざる王羲之の実像を解き明かす。

B331
霧の犬
―a dog in the fog―
辺見庸

恐怖党の跋扈する異様な霧の世界を描く表題作ほか、殺人や戦争、歴史と記憶をめぐる終わりの感覚に満ちた中短編四作を収める。終末の風景、滅びの日々。〈解説〉沼野充義

B332
増補 オーウェルのマザー・グース
―歌の力、語りの力―
川端康雄

政治的な含意が強調されるオーウェルの作品群に、伝承童謡や伝統文化、ユーモアの要素を読み解く著者の代表作。関連エッセイ三本を追加した決定版論集。

2024.1

岩波現代文庫[文芸]

B333
六代目圓生コレクション
寄席育ち
三遊亭圓生

圓生みずから、生い立ち、修業時代、芸談、噺家列伝などをつぶさに語る。綿密な考証も施され、資料としても貴重。〈解説〉延広真治

B334
六代目圓生コレクション
明治の寄席芸人
三遊亭圓生

圓朝、圓遊、圓喬など名人上手から、知られざる芸人まで。一六〇余名の芸と人物像を、六代目圓生がつぶさに語る。〈解説〉田中優子

B335
六代目圓生コレクション
寄席楽屋帳
三遊亭圓生

『寄席育ち』以後、昭和の名人として活躍した日々を語る。思い出の寄席歳時記や風物詩も収録。聞き手・山本進。〈解説〉京須偕充

B336
六代目圓生コレクション
寄席切絵図
三遊亭圓生

寄席が繁盛した時代の記憶を語り下ろす。各地の寄席それぞれの特徴、雰囲気、周辺の街並み、芸談などを綴る。全四巻。〈解説〉寺脇研

B337
コブのない駱駝
―きたやまおさむ「心」の軌跡―
きたやまおさむ

ミュージシャン、作詞家、精神科医として活躍してきた著者の自伝。波乱に満ちた人生を自ら分析し、生きるヒントを説く。鴻上尚史氏との対談を収録。

2024. 1

岩波現代文庫［文芸］

B338-339
ハルコロ (1)(2)
石坂啓漫画
本多勝一原作
萱野茂監修
一人のアイヌ女性の生涯を軸に、日々の暮らしや祭り、誕生と死にまつわる文化など、アイヌの世界を生き生きと描く物語。〈解説〉本多勝一・萱野茂・中川裕

B340
ドストエフスキーとの旅
—遍歴する魂の記録—
亀山郁夫
ドストエフスキーの「新訳」で名高い著者が、生涯にわたるドストエフスキーにまつわる体験を綴った自伝的エッセイ。〈解説〉野崎歓

B341
彼らの犯罪
樹村みのり
凄惨な強姦殺人、カルトの洗脳、家庭内暴力と息子殺し……。事件が照射する人間と社会の深淵を描いた短編漫画集。〈解説〉鈴木朋絵

B342
私の日本語雑記
中井久夫
精神科医、エッセイスト、翻訳家でもある著者の、言葉をめぐる多彩な経験を綴ったエッセイ集。独特な知的刺激に満ちた日本語論。〈解説〉小池昌代

B343
ほんとうのリーダーのみつけかた 増補版
梨木香歩
誰かの大きな声に流されることなく、自分自身で考え抜くために。選挙不正を告発した少女をめぐるエッセイを増補。〈解説〉若松英輔

岩波現代文庫［文芸］

B344
狡智の文化史
―人はなぜ騙すのか―
山本幸司

嘘、偽り、詐欺、謀略……。「狡智」という厄介な知のあり方と人間の本性との関わりについて、古今東西の史書・文学・神話・民話などを素材に考える。

B345
和の思想
―日本人の創造力―
長谷川櫂

和とは、海を越えてもたらされる異なる文化を受容・選択し、この国にふさわしく作り替える創造的な力・運動体である。〈解説〉中村桂子

B346
アジアの孤児
呉濁流

植民統治下の台湾人が生きた矛盾と苦悩を克明に描き、戦後に日本語で発表された、台湾文学の古典的名作。〈解説〉山口守

B347
小説家の四季
1988―2002
佐藤正午

小説家は、日々の暮らしのなかに、なにを見つめているのだろう――。佐世保発の「ライフワーク的エッセイ」、第1期を収録！

B348
小説家の四季
2007―2015
佐藤正午

『アンダーリポート』『身の上話』『鳩の撃退法』、そして……。名作を生む日々の暮らしを軽妙洒脱に綴る「文芸的身辺雑記」、第2期を収録！

2024.1

岩波現代文庫[文芸]

B349
増補 もうすぐやってくる尊皇攘夷思想のために
加藤典洋
幕末、戦前、そして現在。三度訪れるナショナリズムの起源としての尊皇攘夷思想に向き合うために。晩年の思索の増補決定版。〈解説〉野口良平

B350
大きな字で書くこと／僕の一〇〇〇と一つの夜
加藤典洋
批評家・加藤典洋が自らを回顧する連載を中心に、発病後も書き続けられた最後のことばたち。没後刊行された私家版の詩集と併録。〈解説〉荒川洋治

B351
母の発達・アケボノノ帯
笙野頼子
縮んで殺された母は五十音に分裂して再生した。母性神話の着ぐるみを脱いで喰らってウンコにした、一読必笑、最強のおかあさん小説が再来。幻の怪作「アケボノノ帯」併収。

B352
日没
桐野夏生
海崖に聳える〈作家収容所〉を舞台に極限の恐怖を描き、日本を震撼させた衝撃作。「その恐ろしさに、読むことを中断するのは絶対に不可能だ」(筒井康隆)。〈解説〉沼野充義

B353
新版 一陽来復
―中国古典に四季を味わう―
井波律子
巡りゆく季節を彩る花木や風物に、中国古典詩文の鮮やかな情景を重ねて、心伸びやかに生きようとする日常を綴った珠玉の随筆集。〈解説〉井波陵一

岩波現代文庫[文芸]

B354
未闘病記
―膠原病、「混合性結合組織病」の―
笙野頼子

芥川賞作家が十代から苦しんだ痛みと消耗は十万人に数人の難病だった。病と「同行二人」の半生を描く野間文芸賞受賞作の文庫化。講演録「膠原病を生き抜こう」を併せ収録。

B355
定本 批評メディア論
―戦前期日本の論壇と文壇―
大澤聡

論壇／文壇とは何か。批評はいかにして可能か。日本の言論インフラの基本構造を膨大な資料から解析した注目の書が、大幅な改稿により「定本」として再生する。

B356
さだの辞書
さだまさし

「目が点になる」の『広辞苑 第五版』収録をご縁に27の三題噺で語る。温かな人柄、ユーモアにセンスが溢れ、多芸多才の秘密も見える。〈解説〉春風亭一之輔

2024. 1